替天行盜
卷11
變色龍
石章魚 著

死並不可怕

求生不能，求死不得

才是這個世界上最悲哀的事情

目錄

CONTENTS

第一章

一場空前災難

顏拓疆抬頭望著天空，內心湧現出深深的悲哀，
人果然不可以與天鬥，他想要報復馬永平，
卻想不到情況沒有因他的重新奪權而好轉，反而變得越發惡劣，
一切都是天意，從龍玉公主的棺槨被送回故里，
就註定了一場空前災難的到來。

顏拓疆在常懷新的陪同下巡視新滿營駐防的時候出事了，這次出事的是城內營區，在他們的軍營內部發生了和南陽大街幾乎相同的狀況。顏拓疆一直都在擔心馬永平並沒有完全肅清城內的殭屍病毒感染者，現在最壞的事情終究還是發生了。和這件事相比，馬永平的神秘失蹤反倒算不上什麼。

常懷新在搞清狀況之後向顏拓疆稟報道：「大帥，發生狀況的是鐵血營。」

顏拓疆下意識地握緊了雙拳，鐵血營駐紮著他的王牌軍，問題比他預想中更加嚴重。

常懷新道：「鐵血營的士兵並未參與南陽大街和西門的清剿行動。」

顏拓疆沉聲道：「情況怎麼樣？」

常懷新道：「已經派遣部隊就近封鎖，嚴控鐵血營的各個出入口。」

顏拓疆點了點頭，心中已經在思考或許應當採用馬永平的辦法，雖然極端但是行之有效，他低聲吩咐道：「調遣火炮和重機槍前往各個路口佈防，嚴防士兵從軍營離開……」停頓了一下又道：「不到迫不得已的時刻不要開炮……」

他的話並沒有說完，鐵血營的方向就傳來了一聲驚天動地的炮響。

常懷新被這聲炮擊震得明顯驚呆了，顏拓疆剛剛才下達了不到迫不得已不要開炮的決定，自己還沒來得及讓人將這道命令傳達出去，可現在就有人開了炮，擅自做主嗎？

這聲炮擊是開始卻並非結束，炮擊聲接二連三響了起來，顏拓疆怒道：「怎麼回事？什麼人這麼大膽，竟然擅自開炮？」

常懷新的心中同樣充滿了疑問，他派人去搞清楚這件事，剛剛派出人去查明狀況，就看到一輛汽車朝他們駛來，汽車上跳下來一名身上滿是血污的士兵，不等汽車聽聞他就從車上跳了下來，跌跌撞撞來到顏拓疆的面前，上氣不接下氣道：「報告……大帥……大事不好了……」緩了口氣方才能夠將話繼續下去：「鐵血營的士兵向我方開炮……」

顏拓疆聞言一怔，他首先想到的就是情報有誤，那些喪失意識的殭屍病毒感染者是不可能操控武器的，難道是鐵血營的士兵叛亂？轉念一想並無可能，鐵血營的士兵是自己的親衛軍，也是他一手培養並訓練出來的。

常懷新連番追問，情況比他們預想中還要嚴重，那士兵稟報說，已經親眼看到鐵血營感染殭屍病毒的士兵仍然可以操縱武器。

常懷新畢竟親歷南陽大街和西門的兩場戰鬥，這士兵的稟報和他的所見不符，他厲聲追問那士兵到底是不是看花眼了。

此時顏拓疆抬頭望著天空，內心湧現出深深的悲哀，人果然不可以與天鬥，因為不甘心，自己在安頓好馬永卿之後又悄然返回新滿營，他想要拿回失去的一切，想要報復馬永平，讓他得到應有的下場，卻想不到情況非但沒有因為他的重新奪權而好轉，反而變得越發惡劣，一切都是天意，從龍玉公主的棺槨被送回故里，就註定了一場空前災難的到來。

常懷新在問明情況之後重新回到顏拓疆身邊，低聲道：「大帥！」

顏拓疆伸手制止了他繼續說下去，低聲道：「傳令下去，組織全城向東撤退。」

常懷新表情愕然，不明白他因何如此果斷地要放棄好不容易失而復得的根基之地。

顏拓疆聲音中充滿了無奈和不甘：「這場劫難註定要來，咱們能做的就是儘量減少傷亡和損失，趁著那些殭屍沒有攻破防線，讓百姓先撤吧。」

常懷新道：「往哪裡撤？外面也不太平。」

顏拓疆又歎了口氣道：「東邊應該好一些，往東走吧，分出一部分軍隊護衛百姓，其他的人全都留下，如果不能將這些殭屍清除，那麼遭難的絕不僅是我們。」

從顏拓疆充滿悲情的話語中常懷新意識到事態的嚴重性，不過他仍然抱著僥倖心理道：「大帥，只要調動城內所有的重型武器瞄準鐵血營，同時在鐵血營周邊範圍內佈雷，爭取將他們全殲……」看到顏拓疆陰沉的臉色，常懷新接下來的話並沒有說，其實他的提議和此前馬永平的做法並沒有任何的不同，同樣是採取殺光政策，非常狀況下唯有斬草除根才是最好的應對方法，然而他也清楚斬草除根並沒有那麼容易，馬永平雷厲風行的殘酷手段已經達到了極致，可現在仍然有漏網之魚，而且這些殭屍病毒的感染者似乎比起之前的那一批更加厲害了，他們居然會使用武器，想起位於鐵血營內的軍火庫，常懷新不由得緊張了起來。

顏拓疆察覺了他的慌張，追問道：「你怎麼了？害怕了？」

常懷新道：「大帥還記得鐵血營內的軍火庫嗎？」

顏拓疆的臉色驟然改變：「怎麼？還沒有遷出去嗎？」

常懷新點了點頭道：「沒有完全遷出。」

新滿營的氣氛詭異而緊張，在顏拓疆下達了全城撤離的命令之後，百姓們拖兒帶女地開始從南門撤離，顏拓疆讓士兵隔離出一片相對安全的區域，這條路線成為新滿營居民的首選撤離路線。

新滿營的原住民並不多，大都是後來遷移過來的，所以他們故土難離的不捨感並沒有太過強烈，當然這也和他們連日來遭受的擔驚受怕有關，多半人在馬永平戒嚴的時候就已經產生了逃離新滿營的念頭。

城頭變幻大王旗，新滿營的當家人換來換去，老百姓可不在乎，他們在乎的是如何能夠好好活下去，怎樣才能保證家人的平安。

就在新滿營城內居民爭先恐後地逃離這座城池的時候，位於新滿營西北角的一座古寺內卻仍有人在，留守古寺的並非僧人，這裡的僧人也不能免俗，在得到撤離許可之後，古寺內的六名僧人第一時間逃了個乾乾淨淨。

一個高大的身影站在鐘樓之上，靜靜眺望著遠方，從這個角度能夠看到新滿營百姓撤離的情景。雨已停，這本該寧靜的深夜因全城撤離而變得格外躁動。

藤野忠信望著逃亡的人群，人們手中的火炬和燈燭從北到南形成了一道流動的燈河，藍魔已經發動了，率先發難的是鐵血營的軍隊，這只是一個開始。藤野忠信冷峻的面孔之上突然流露出些許的詫異，然後他猛地轉過身去，看到了鬼魅般出現在他身後的百惠。

藤野忠信並沒有料到百惠能夠從天廟逃出，內心的錯愕多過驚喜，雖然他也不希望百惠死在那裡。

百惠深深一躬道：「屬下來遲！」口中致歉，心中卻因為藤野忠信的無情摒棄而涼透。

「逃出來就好！」藤野忠信欣慰道，他本想追問百惠是如何逃離天廟困境的，可話到唇邊卻又打消了念頭。

百惠道：「城內發生了什麼事情？」

藤野忠信道：「不用擔心，一切盡在我的掌握之中。」

百惠雙眸之中流露出一絲驚愕的神情，咬了咬櫻唇道：「百鬼夜行？」

藤野忠信沒有說話，諱莫如深的笑容洋溢在他的臉上。

羅獵操縱甲蟲尋找力量相對薄弱的地方逃離，正南方的那群殭屍成為了首選，事實上他也沒有更多的選擇，在那群殭屍的兩翼，又有兩支天廟騎士的隊伍向他們包抄而來。

巨型甲蟲宛如一頭坦克衝入了殭屍陣列之中，六條利足同時發難，宛如絞肉機般絞殺了靠近他們的殭屍。巨型甲蟲的戰鬥力極其強悍，這群殭屍在牠的面前形同無物，甲蟲摧枯拉朽般殺出了一條血路，在側翼天廟騎士包抄過來之前衝出了殭屍的壁壘，然後邁開步子，向正南方向高速逃去。

顏天心轉身回望，看到那些怪物已被他們甩開，心中仍不相信這個事實。

羅獵腦海中突然浮現出龍玉公主的影像，暗叫不妙，龍玉公主第一次侵入他的腦域是趁著他缺乏防備，而這次侵入他的腦域卻是在他分神控制甲蟲之時。

龍玉公主選擇的時機恰到好處，要麼羅獵放棄對甲蟲的控制全力和她的意識相抗衡，如果羅獵堅持控制這隻甲蟲，那麼他的防守力就會有所減弱，而龍玉公主就有了控制羅獵腦域的機會。

羅獵低聲道：「我堅持不住了！」顏天心從他的目光中已經知道羅獵即將失去對甲蟲的控制，她暗歎不妙，羅獵竟在這個關鍵時刻出了問題，她從甲蟲的背上站起身來，沿著甲蟲的後背向後方奔去，揚起手中的鐳射槍，鐳射槍通過這段時間的蓄能已經回復了一定的能量，咻！一道紅色光束射中了一名向他們靠近的天廟騎士，顏天心奔跑的速度絲毫不停，抬腳就將那名天廟騎士從馬背上踹落下去，搶了他的坐騎，抓住馬韁用力一抖，駿馬和甲蟲平行奔跑。

那甲蟲此時漸漸失控，一雙後足用力一蹬，身軀立起，羅獵沿著甲蟲傾斜的背部向下跑了兩步然後騰躍出去，穩穩落在了顏天心的後方。

甲蟲的身體重新落在地面之上，牠的觸角幾乎直立，顯然已經忘記了剛剛發生了什麼，鎖定改變方向朝著牠右側馳騁的羅獵和顏天心，發足狂追上去。

羅獵一手攬住顏天心的纖腰，右手將一顆手雷朝著身後丟了出去，手雷的爆炸讓甲蟲剛剛提起的速度有所停頓。

顏天心不清楚羅獵到底發生了什麼事情，大聲道：「怎麼了？那甲蟲突然就失控了？」

羅獵還未來得及回答，顏天心卻陡然發出一聲驚呼，卻見他們的前方，一個瘦弱蒼白的小女孩迎著馬頭站立著，眼看就要被高速狂奔的馬蹄踏到，那小女孩驚得面無人色，顏天心出於本能用力勒住馬韁，胯下坐騎因為她的全力牽拉，前蹄猛然揚起，駿馬近乎直立，險些將馬背上的兩人甩出去。

而此時周圍的殭屍蜂擁而至，它們撕扯著那匹坐騎，羅獵和顏天心不得不從馬背上跳下來，顏天心手中鐳射槍接連發射，將靠近她的殭屍爆頭。

羅獵揚起手中太刀左劈右斬，下手堅決果斷，毫不留情。他算準了這些怪物對自己心存忌憚，所以將主要的精力都放在保護顏天心和進攻中去。說來奇怪，他在殭屍群中搏戰了那麼久竟然沒有感到一絲一毫的疲憊，反而越打越是有力，彷彿變成了一台永不知疲倦的殺人機器。

顏天心在羅獵的掩護下盡可能減少鐳射槍的使用，儘量以手槍來射殺靠近她的殭屍，她心中明白，在他們的身後還有一隻強悍的巨型甲蟲，在羅獵失去了對甲蟲的控制之後，那甲蟲重新站在了他們的對立面。

甲蟲不顧一切地向他們衝去，全然不顧牠的前方還有殭屍，不少殭屍因閃避不及而被甲蟲踩踏致死。甲蟲宛如一輛推土機，從殭屍群中強行推出一條血路。

顏天心舉槍剛射殺一具殭屍，又有一具殭屍踩著同伴的肩膀騰躍而起，居高臨下向顏天心撲來。羅獵眼疾手快，手中長刀橫削而過，劃出一道冷電，將那殭屍齊腰斬斷。

顏天心舉槍再次射擊之時，眼前一晃卻又出現那可憐兮兮的紅衣小女孩，這小女孩像極了龍玉公主，可模樣卻比龍玉公主小得多，看樣子不超過十歲，她期期艾艾叫道：「姐姐……」

顏天心內心一顫，這一槍就再也射不出去，片刻的恍惚卻造成防守上的疏漏，兩具殭屍同時向她撲了過來，羅獵慌忙將她護住，手起刀落，刀鋒先後斬落兩具殭屍的頭顱，同時大吼道：「天心，你清醒些！」

顏天心被羅獵的這聲大吼驚醒，定睛一看，方才發現他們兩人此時已經就快衝出殭屍的群落，與此同時那隻巨型甲蟲也已經衝到了近前，牠的唇顎部明顯開始發紅，羅獵此前已經領教了這廝噴火的本領，如果甲蟲狂性大發，發動噴火攻勢，恐怕自己也萬難倖免。

羅獵一腳將最後一具阻攔在他們前方的殭屍踹飛，然後牽著顏天心的手臂，兩人沒命向前方走去。顏天心一邊逃，一邊瞄準了巨型甲蟲發紅的頭部，接連射出鐳射光束。

鐳射光束雖無法一槍致命，畢竟能給甲蟲造成傷害，甲蟲也不敢硬撼鋒芒，不得不選擇回縮殭屍群中，暫時躲避顏天心的射殺，饒是如此頭頂也被鐳射光束燒出幾個小洞，幸虧牠堅硬的外殼厚度足夠，方才避免被鐳射光束直接燒穿。

前方出現了一個土丘，兩人快步向土丘上衝去，來到土丘之上，轉身回望，卻見移動緩慢的殭屍群被他們甩開很遠，那隻被鐳射槍射傷的甲蟲應該是被嚇到了，隱身在殭屍群眾緩慢推進，並沒有全速追趕上來。

不過危機遠遠沒有過去，天廟騎士的隊伍已經繞行到他們的右後方，正朝著土丘全速靠近，顏天心吸了口冷氣，顫聲道：「還有沒有機會控制那隻甲蟲？」

羅獵點了點頭，目前唯一可行的辦法就是重新將那隻巨型甲蟲控制住，只是甲蟲在被鐳射槍接連射中之後受了驚，變得小心謹慎了許多。更何況他無法找到擊敗龍玉公主的辦法，雖然他可能繼承了昊日大祭司強大的精神力，可是他猶如一個剛繼承了萬貫家財的孩子，即便坐在金山銀山之上，卻不懂得怎樣去花。

顏天心又看到了那小女孩，紅裙赤足就站在她的面前，蒼白的小臉，陰森的雙目死死盯住她，她的聲音彷彿來自地獄：「你們都要死……呵呵……」顏天心舉起手槍瞄準了那小女孩，準備一槍擊碎眼前的幻象。

那小女孩的表情卻陡然又變得可憐兮兮，含淚無助道：「姐姐……不要殺我……不要殺我……」

敵人從四面八方包圍而來，羅獵從顏天心緊張的神情已經猜到她興許又受到了龍玉公主精神力的影響，一個大膽的想法出現在羅獵的心頭，他雖然無法侵入龍玉公主的腦域，畢竟龍玉公主擁有如此強大的精神力必將擁有同樣強大的防禦力。可是顏天心對自己是毫無防備的，龍玉公主能夠侵入她的腦域，自己同樣可以做到，而且更加容易。

只是如果自己和龍玉公主的意識在顏天心的腦域中相逢，必然會產生一場前所未有的激烈碰撞，城門失火殃及池魚，而戰場就在顏天心的腦域之中，她將會受到怎樣的波及實在難以預測。

望著已經處於迷惘中的顏天心，羅獵卻又不能將她喚醒，如果在此時將顏天心喚醒，很可能會將龍玉公主已經侵入她腦域的精神力嚇走，而顏天心也會因為警醒而設置起一道隱形的防線，甚至於連自己都沒那麼容易進入她的腦域。

局勢緊迫，不容遲疑，羅獵的目光盯住顏天心的雙眸。

顏天心的腦海卻突然變成了空白的影像，空白的腦海中一個瘦小的紅色影像開始出現並不斷變得鮮明，漫天飛雪，小女孩穿著單薄的紅裙，赤足狂奔在雪地上，嘴唇因天寒地凍已經變成了烏紫，蒼白的小臉滿是惶恐，在她的身後一頭毛色雪白的蒼狼正在急速追趕而來。

那小女孩已經竭盡全力在奔跑，口中淒然叫道：「姐姐救我……」

顏天心向那小女孩迎去，換成任何一個人都不忍心這可愛的小女孩喪生於惡狼之口。

小女孩腳下一滑，撲倒在雪地上，身後的蒼狼迅速逼近，陰沉的目光盯著小女孩已經擺出了攻擊的架勢，顏天心舉起手槍瞄準了蒼狼，可就在此時那蒼狼的雙目投向了她，彼此目光相對，顏天心竟然從蒼狼的雙目中看到了一縷柔情，這目光如此熟悉，令顏天心內心一顫，這蒼狼的目光為何與羅獵如此神似。

當一個人的精神力潛入他人的腦域，等於進入了這個人的內心世界，而不同的精神力則會在這個世界以不同的形象存在。

羅獵成功進入了顏天心的腦域，卻無法感知自己的形象，他也看到了漫天飛雪，看到了龍玉公主精神力的縮影，看到了那紅裙飄曳的小女孩，羅獵大步追趕著這小女孩，他必須在龍玉公主逃出顏天心的腦域範圍之前將她控制住。

只有牽制住了龍玉公主的精神力，方才有重新控制那隻甲蟲的機會。

顏天心因蒼狼的目光而沒有扣動扳機，她的內心在劇烈交戰著，摔倒在雪地上的小女孩期期艾艾地叫道：「姐姐……救我……」她的聲音如此淒慘如此無助，讓人難以拒絕。

顏天心再度瞄準了蒼狼，蒼狼望著她，並未急於發動攻擊，而是停下了腳步，他們就這樣對峙在漫天飛雪之中。

顏天心望著那蒼狼，發現蒼狼於雪中直立起身軀，竟然幻化成人形，變成了羅獵的模樣。

顏天心的腦域已經形成一個無形的戰場，羅獵重新變化成為人形是因為他在和龍玉公主精神力的角逐戰中扳回了一局，蒼狼是龍玉公主製造出的假像，她試圖利用對顏天心的影響力將羅獵進入其中的精神力扼殺。

顏天心手中的槍口緩緩垂落下去。

龍玉公主的陰謀被挫敗之後，雪中的紅衣女孩發出一聲尖叫，突然變得青面獠牙，她從地上一躍而起，撲向顏天心，揚起的利爪閃過十道寒光，狠狠抓向顏天心的面門。

電光石火的瞬間，顏天心應變不暇，她想要舉起手槍，卻突然感覺到自己的手足完全不受控制。

眼前哪還有什麼小女孩，只剩下一隻牙尖嘴利的紅色火狐，眼看那火狐就要抓到自己，後方白影一閃，卻是那頭蒼狼一口叼住了火狐的尾巴，猛一甩頭，將火狐狠狠甩了出去，火狐慘叫一聲摔在雪地之上，接連幾個翻滾。

蒼狼不等火狐爬起就衝了上去，火狐雖然身材瘦小，可勝在靈活，一狼一狐在雪地上纏鬥起來，一時間雪花四處飛濺，顏天心感覺頭腦劇痛，宛如無數把小刀不停刺入她的腦海深處。

潔白無瑕的飛雪竟然漸漸變成了粉紅色，到最後完全變成了血一樣的殷紅。蒼狼在這場鬥爭中終於還是占到了上風，將火狐壓翻在地，一口咬住火狐的頸部。

現實中，殭屍群已經將羅獵和顏天心暫時容身的土丘團團圍住，如同坦克般的巨型甲蟲踩踏著殭屍向土丘靠近。牠的步伐突然漸漸緩慢了下來。

如果不去嘗試，你可能永遠不會認識到自身的能力有多大，若無此次進入顏天心腦域的經歷，羅獵還不知道自己的意識竟然可以分開兼顧，在顏天心的腦域之中他成功壓制住了龍玉公主的精神力，雙方的精神力在顏天心腦海中纏鬥角逐，羅獵強大的精神力還能抽出一部分去重新控制那隻甲蟲。

甲蟲昂起頭部，牠的頭部發紅透明，忽然一道烈焰從牠的口中噴出，隨著甲蟲頭部的轉動，首先殃及的就是牠周圍的殭屍，身處火力核心的殭屍立時被燃成灰燼，還有一部分殭屍身體燃燒起來，宛如沒頭蒼蠅一樣四處亂衝亂撞。

現在的顏天心已經完全處在意識錯亂的狀況下，腦海中瞬息萬變的詭異場景讓她無暇兼顧現實中發生了什麼。她雙手捂住頭顱痛苦到了極點，羅獵既擔心顏天心無法承受腦域中的激烈衝突，又擔心她突然暈厥過去，如果顏天心突然喪失了意識，那麼就意味著顏天心的腦域世界在瞬間崩塌，自己和龍玉公主之間的交鋒也會就此中斷。

龍玉公主逃脫束縛事小，顏天心也可能因此腦部受到極大的損傷，羅獵急於結束這場無聲的交鋒。

顏天心的腦域世界中，烈風夾雜著暴雪籠罩了白茫茫的荒原，火狐發出淒厲的嚎叫，牠終於從蒼狼的壓制下掙脫出來，發足想逃，蒼狼爆發出一聲怒吼，騰空一躍，再度將火狐壓制在雪地中，冷森森的牙齒死死咬住了火狐的咽喉。

羅獵的意志力達到了一個前所未有的強大境界，在對付龍玉公主的同時，他向那隻強橫的甲蟲發出了號令。

甲蟲從殭屍群中衝殺出一條血路，羅獵抱起意識模糊瀕臨昏迷的顏天心再度跳上甲蟲的背脊，內心中迫切逃離的信號傳遞給身下的甲蟲，那甲蟲堅硬厚實的甲殼緩緩向兩側開啟，在牠厚重的甲殼下藏著一雙薄如蟬翼的翅膀，嗡！土丘上傳來一聲宛如直升機升空般的轟鳴聲，那巨大的甲蟲竟然飛向空中。

在外圈包圍的天廟騎士紛紛將手中武器向空中投擲過去。甲蟲升空奇快，大多數武器錯失了目標，雖有部分武器擊中了甲蟲，卻無法對牠造成任何傷害。

顏天心頭痛欲裂，耳邊卻傳來羅獵焦急的呼喚聲，提醒她千萬不可睡去。

暴風雪之中，火狐再度從蒼狼的壓制中逃出，利用靈活身法和蒼狼糾纏著。

蒼狼和火狐都已拿出了自身的全部力量，一番激烈的顫抖後，彼此分開了一小段距離，喘息著對峙在暴風雪中，火狐深藍色的雙目中充滿了怨毒和不甘，牠抖落了身上的雪花，竟然發出人聲：「羅獵，我要讓你後悔終生……」

火狐的身軀燃燒了起來，成為雪中熊熊燃燒的烈火，那團烈火瞬間被暴風雪湮沒，而顏天心腦域中的風雪世界突然陷入一片無盡的黑暗中。

巨型甲蟲已經遠遠甩開了追擊牠的隊伍，而牠的頭顱卻開始變得紅亮，羅獵一手抱住顏天心，一手抓住甲蟲背後的甲紋，試圖通過意志力向甲蟲傳達下降的命令。而另一個相反的命令同時侵入了甲蟲的腦域，甲蟲的意識領域中兩個不同的命令在拚命爭奪著。

甲蟲的身體迅速發熱，牠巨大的身軀開始變得紅亮起來，羅獵已經意識到不妙，他第一時間抓住了那支幾度挽救他生命的筆觸發了逃生裝置。

甲蟲的軀體在高空中爆炸開來，這來自於身體內部的爆炸將甲蟲炸得四分五裂，在空中燃起了一團烈焰，羅獵知道這是因為龍玉公主和自己爭奪甲蟲控制權導致的後果，甲蟲的身體雖然強橫，可是牠的腦域世界遠不如人類堅固和複雜，這來自於腦域內部的激烈交鋒已經讓牠無法承受，最終選擇了自毀。

羅獵的本能反應讓他和顏天心再次死裡逃生，甲蟲的自毀引發的劇烈爆炸開始之時，在羅獵和顏天心的身體周圍已經形成了一個透明的圓球，爆炸引發的氣浪將這個圓球推向遠方，羅獵感覺猶如騰雲駕霧般向遠方飛去，低頭望去，下方的景物迅速向後方倒退，羅獵估計甲蟲爆炸帶給他們的推力將圓球的時速送到了百公里以上，顏天心如果不是處在昏迷之中一定會因眼前的刺激場景而尖叫。

鐵血營的士兵表現出了超強的戰鬥力，甚至比他們未被感染之前更加的強悍，來自於鐵血營內部的炮火將前去清剿的軍隊打得一片混亂，四起的狼煙中，兩支由殭屍感染者形成的軍團分別向西向南發起了衝鋒。

負責清剿的軍隊在鐵血營周邊的路口已經築起了臨時工事，鐵血營的西門朝著大路，這裡也是正面戰場，壓力最重，三輛卡車魚貫而出，因為卡車帶著篷布，所以看不清其中到底藏有多少人，看到卡車出現，防守方馬上下令射擊，防守士兵依仗臨時修起的掩體向最前方的汽車展開射擊，卡車的駕駛室內只有一人，他臉色青灰，雙目赤紅，加足油門向前方掩體衝去。

密集的彈雨射中了卡車車體，車頭部受損最重，被子彈打得如同蜂巢，擋風玻璃被子彈射得粉碎，無數子彈射擊在駕駛者的身上，他的身體因為受到子彈的不斷衝擊而劇烈顫抖著，卡車仍然繼續向前方駛去，直到那駕駛者的頭顱被射得稀巴爛，卡車失去控制偏離出路面歪歪斜斜駛向一旁，撞擊在右前方的一所民宅之上，卡車因這次強烈的撞擊發生了爆炸，火光中第二輛卡車又衝了過來。

這種不要性命的戰術讓防守方心驚不已，面對第二輛主動送死的卡車，他們唯有用迅猛的火力繼續攻擊，要在卡車衝撞掩體前將之擊毀，這輛卡車顯然要比剛才那輛衝得更遠，不過仍沒有到達目的地就被迅猛的火力擊中了油箱，卡車在爆炸中四分五裂，而沒等防守方獲得更多的喘息機會，第三輛卡車又亡命衝來。

所有的槍火瞄準了這輛卡車，接連兩次摧毀了敵方的進擊，讓這些防守的將士已經湧現起強大的信心，槍彈織成的火力網向第三輛瘋狂衝來的卡車射去，在前兩輛卡車的掩護下，第三輛卡車順利衝到防線五米的範圍內，被射中的卡車發生了爆炸，這次的爆炸比起此前的兩次威力大了無數倍，原來這輛卡車後面的車廂內裝滿了炸藥。

鐵血營的殭屍不但擁有著勇往直前的無畏精神，還懂得合理利用戰術，先利用兩輛空卡車引開防守方的注意，在這兩輛卡車的掩護下，裝滿炸藥的卡車方才得以成功推進到有效爆炸距離，在這麼近的距離內爆炸藏身在掩體後的士兵無法逃過爆炸的衝擊。

這聲驚天動地的爆炸將用做掩體的沙包炸得四處紛飛，藏身在掩體後方的士兵死傷慘重。爆炸過後，從鐵血營內六輛裝滿殭屍士兵的卡車向外衝出，殭屍軍團的全面反攻正式開始。

從南門突破的殭屍人數並不算太多，總數不到五十人，這支隊伍表現得非常謹慎，只是盤踞在南門處和路口的防守士兵謹慎交火，與其說他們是在尋求突破，還不如說是在故意消耗防守方的火力。

防守方很快就意識到對方的這種開火更像是挑釁，根本沒有任何的殺傷力可言，現場指揮官下令不可中了敵方的奸計，除非對方進入有效射程，否則不可盲目開火。

南部的這道防線也是僅次於西門的重點，他們特地調來了兩門火炮和六挺機槍，其餘的火炮尚在增援途中，只要佈防到位，到時候數十門火炮會同時發射，可將鐵血營夷為平地。

幾名炮手正在準備，主炮手的臉色突然變得詭異，感覺到自己的嘴巴被人封住，他拚命掙扎，想要引起周圍同伴的注意，可是周圍戰友都在忙著各自的工作，無人留意到他發生的事情。主炮手聽到自己頸椎碎裂的聲音然後軟綿綿倒了下去，周圍士兵看到他突然倒地方才意識到出了事，一個個慌忙圍了過來。

眾人的注意力集中在這名突然倒地的炮手身上時，負責另外門炮的主炮手感到後心一涼，捂住胸口，鮮血從他的手指縫中汨汨流出，他方才意識到自己被人從後心刺穿了身體，沒有來得及說話就趴在了火炮支架上。

兩名炮手離奇死亡，眾人還未搞清狀況，幾名機槍手也先後罹難。

周圍士兵毛骨悚然，難道是遇鬼了，這麼多人竟沒有一人看到敵人現身，為何他們的主力射手卻先後身亡？恐慌的情緒在士兵內部蔓延著，就在眾人到處尋找可能隱藏敵人的時候，南門那支五十人的殭屍軍隊開始展開了進攻，防守一方慌忙展開反擊，而就在此時，一顆手雷掉落在士兵的隊伍之中，關鍵時刻一名士兵勇敢地衝了上去，用身體將手雷蓋住，手雷的爆炸將那名士兵炸得血肉橫飛。

雖然這士兵死得極慘，卻用他自身的肉體護住了周圍的同伴，可是他們的磨難卻未就此結束，一顆接著一顆的手雷掉落在他們的陣營中，爆炸接二連三的響起，士兵被炸得哭爹喊娘，更可怕的是，他們根本不知道這手雷是自己人無意中掉落還是敵人扔過來的。

知己知彼百戰不殆，可是戰鬥打響卻看不到敵人，這是何其可怕的事情，所有士兵馬上就認清了一個事實，他們在被動挨打，他們正在遭受屠殺。

一支機關槍調轉了方向，近距離向士兵們發動了射擊，防守方剛才就已經被手雷砸得摸不著頭腦，而機槍突如其來的近距離掃射更是讓他們鬥志全無，沒有人操控機槍，機槍卻鬼使神差地開始射擊，密集的子彈傾瀉在士兵們的身上。

防守方士兵再也沒有戀戰下去的勇氣，他們哀嚎著向遠方逃去。

五十名荷槍實彈的殭屍從南門殺出，他們端起武器瞄準逃走的士兵射擊，在他們的概念裡絕沒有窮寇莫追的概念，血腥讓他們興奮，屠殺讓他們快樂。

噴射出火焰的機槍從掩體上緩緩升起，漂浮在距離地面一米左右的地方，機槍彷彿有鬼魂附身，追逐屠殺著那些逃跑的士兵。

一顆子彈朝著機槍的方向射去，一朵藍色的血花迸濺在虛空之中。

射出這一槍的士官也看到了那朵血花，他愣住了，本來他是想瞄準那挺機槍，可惜他的槍法不夠精準，終究還是錯失了目標，機槍在此時已經射完了全部的子彈。

掌控機槍的並非是鬼魂，而是身體因注射藥物發生異變的馬永平，馬永平為了活下去選擇與日本人藤野忠信合作，在他看來自己的抉擇無異於和魔鬼簽訂了契約，從此命運再也無法掌控在自己的手中。

馬永平最初接受注射藥物只是權宜之計，連他自己都沒有預料到這藥物會帶給自己天翻地覆的變化，他的體能在短時間得到數倍的強化，他擁有了隱形的能力，變成了一個隱形人，剛才的子彈射穿了他的肩膀，可是傷口很快就開始自癒，在此之前，馬永平是想像不到的，在身體改變的同時，他的性情也發生了改變，這改變非常的奇怪，他變得憎惡一切，甚至包括自己的名字，最初他一度抵觸藍魔的稱號，可現在他認為藍魔要比馬永平順耳得多。

藍魔丟掉了射光子彈的機槍，一步步走向那名槍傷他的士官。

那士官瞄準機槍掉落的地方又開了兩槍，倒不是他存心浪費子彈，而是因為他根本看不到目標在哪裡，一個詭異的聲音在他的耳邊響起。

「你在找我嗎？」

士官馬上調轉槍口，他是個訓練有素的軍人，反應自然不慢，可是他的手腕卻被握住，強大的力量迫使他丟下了手槍。藍魔望著那士官竭力掙扎的模樣，打心底發出冷笑，他的目光落在士官因掙扎而暴露出的脖子上，內心忽湧現一個前所未有的強烈渴望，他緩緩張大了嘴巴，湊近士官，猛地咬住了士官的脖子。

第二章

你的命是我的

藤野忠信臉上的笑容倏然收斂，
藍魔的腦海中出現了一張猙獰可怕的面孔，
那張面孔張開血盆大口，猛地咬住了他的大腦，
劇烈的頭痛如同有人正用斧子將自己的頭腦生生劈開。
藤野忠信道：「你的命是我的，你我之間沒有討價還價，
更沒有平等二字，只要我喜歡，隨時都可以讓你生不如死！」

顏天心從昏迷中醒來，感覺到頭痛得就像要裂開一樣，嘗試回憶此前發生的一切，卻因陣陣劇烈的頭痛而無法堅持下去。睜開雙目發現自己處在一個洞窟內，在她的身邊有一束手電的亮光，不過光芒已經黯淡。

顏天心意識到自己的身邊沒有其他人，內心不由得惶恐起來，本想呼喚羅獵，卻因為不清楚自己目前所處的環境不敢貿然發聲，拿起那支手電筒，推測出可能是有人故意將手電筒留在這裡，思緒稍稍活動頭又開始痛了起來，顏天心捂著頭，強迫自己不去多想，拿起手電筒照射地面，果然在地面的沙地上找到了一行字：「我去找水！」

顏天心從字跡看出是羅獵所留，心中稍感安慰，一定是羅獵把自己帶到了這裡，他去找水了，此時顏天心方才意識到自己口渴得難受，抿了一下嘴唇，嘴唇已經因缺水而乾裂。

從洞內殘破的佛像來看，這裡應當是黃沙窟，此前她和羅獵從新滿營逃離的時候，就選擇在這裡躲避容身，想不到時隔數日，他們又回到了這裡。

顏天心扶著洞壁站起身來，準備出去看看。

此時外面傳來腳步聲，顏天心先握住手槍，外面傳來羅獵親切的聲音：「天心，是我！」

看到羅獵熟悉的身影出現在面前，顏天心方才露出了欣慰的笑容：「我還以為你丟下我不管了呢。」

羅獵笑了起來，將水壺擰開蓋子遞給了顏天心道：「先喝水。」

顏天心接過水壺喝了幾口，乾渴得就要冒火的喉嚨才感到清涼起來，羅獵伸手摸了摸她的額頭，輕聲道：「燒退了，剛才你燒得厲害。」

顏天心道：「我發燒了？」她有些詫異地摸了摸自己的額頭，又在羅獵的額頭上試了試，發現自己的體溫正常。

羅獵道：「可不是。」他揚起手中的濕毛巾道：「再不退燒我就打算為你物理降溫了。」

顏天心當然明白物理降溫的含義，呸了一聲道：「壞蛋，想趁人之危。」

羅獵哈哈笑道：「你頭還痛不痛？」

經他提醒，顏天心這才意識到自己的頭痛也減輕了許多，看來羅獵才是自己的良藥。

羅獵卻知道顏天心的頭痛和發燒很可能都是因為自己和龍玉公主在她腦域中的爭鬥引起，看到顏天心甦醒，神智正常，羅獵方才從心底鬆了口氣，在顏天心昏迷的這段時間羅獵擔心不已，生恐顏天心因這場腦域內的無形爭鬥而大腦受傷，甚至會長眠不醒，如果真的導致了那樣的後果，自己將會抱憾終生。

顏天心問起他們究竟是如何從怪物的包圍圈中逃出來的，羅獵避重就輕，並沒有提起龍玉公主和自己的那場搏殺。雖然如此，顏天心聽到甲蟲在空中自體爆炸，羅獵及時摁下那支筆的逃生裝置，兩人在透明防護罩的保護下方才得以逃生也是心驚不已。

羅獵看了看時間已經是凌晨三點，考慮到顏天心的身體狀況，他並未急於趕路，兩人靠牆坐下，羅獵展開臂膀讓顏天心躺在自己的懷中，這樣能更舒服一些，雖然是夏季，夜晚仍然有些冷。

偎依在羅獵的懷中，顏天心感到溫暖而踏實，閉上雙眸，小聲道：「不知張大哥他們有沒有順利逃出去？」

羅獵道：「如果一切順利，他們應當逃到了神仙居。」老于頭將地道的出口說得非常清楚。

顏天心道：「不知我的族人現在情況如何。」

羅獵道：「他們既然沒到老營盤，就證明已識破了馬永平的陰謀，新滿營乃是軍隊集結之地，前往那裡等於送死，他們應當不會做出這樣錯誤的決定。」

顏天心卻沉默了下去，從她的沉默羅獵明白了她此刻的心情，顏天心的內心必然是極其矛盾的，她不希望族人為了她去冒險，可是如果族人因為害怕冒險而放棄了她，她又會因此而感到失落。

羅獵溫柔撫摸著顏天心的秀髮，低聲道：「別想太多，趁著天沒亮，咱們還能睡一會兒，等恢復了體力，咱們就前往新滿營。」

顏天心點了點頭，偎依在羅獵的懷中不知不覺已經睡去。

羅獵卻無法入睡，雖然他們逃出了殭屍和怪物的圍困，可是龍玉公主詭異的身影卻始終在他心頭揮抹不去，至今羅獵都無法確認龍玉公主是否已經復活，可是她強大的精神力已經開始復甦，羅獵做出一個推論，此前所遭遇的形形色色的怪物都是在龍玉公主的控制下。

羅獵甚至感覺到龍玉公主正通過某種方式在追蹤他們，回想他們之間的交鋒經歷，很可能是因為自己吸收的那顆慧心石，如果其中當真包含著昊日大祭司的修為和能量，那麼身為昊日大祭司愛徒的龍玉公主對這種能量應當是極其熟悉的，她或許是通過追蹤能量來搜尋自己的所在。

羅獵騰出手來抽出那支幾度救了他們性命的筆，腦海中關於這支筆的資料漸漸浮現出來，在吸收了慧心石的能量之後，羅獵發現腦海中深藏的記憶正在迅速被開發出來，慧心石猶如催化劑一般啟動了父親當初種在他體內的智慧種子，那些隨著記憶種子深深植入體內的記憶和知識宛如雨後春筍一般迅速冒升出來，儘管羅獵早已做好了足夠的心理準備，仍然被擁入腦海中的這些記憶所震驚，這些記憶大大顛覆了他的認知，顛覆了他的整個世界觀。

羅獵輕輕擰動那支用鈦合金製作的神奇鋼筆，旋動到第三個檔位，摁下鋼筆的尾端，一個淡綠色的光點從鋼筆的頂端逸出，猶如暗夜中的螢火蟲，光點飄向洞口，迅速彌散開來，形成一團淡淡的光霧，黯淡的光霧封住了他們所在的黃沙窟，飄蕩在那裡，猶如漂浮的灰塵，不上升不落下不聚攏。

羅獵啟動的是遮罩功能，龍玉公主的追蹤能力極強，他們的這次逃亡屢屢暴露行動路線，歸根結底還是因為留下了蛛絲馬跡，在顏天心的腦域中和龍玉公主發生了那場意念之戰以後，羅獵就開始懷疑龍玉公主正在以追蹤腦波的方法來追蹤他們。

父親在他體內種下的智慧種子，猶如送給了他一本隨時可以查閱的百科全書，過去他對這本百科全書的瞭解不夠，缺乏檢索的快捷目錄，而在他吸收了慧心石的能量之後，他彷彿找到了目錄，只要想到問題就能夠在最短的時間內找到相應的解決辦法。

他撿到的手錶和筆，以及顏天心的那把鐳射槍全都是來自未來世界的高科技裝備，按照父親所說，這些高科技的裝備在穿越時空之後全都失效，無一例外地變成了廢鐵，在羅獵看來這些裝備並非因穿越時空而損壞，而是其中的能量轉換系統在穿越過程中因自我保護而發生了休眠。

如同智慧系統的宕機，隨著時間的推移，在某種特殊的條件下，這些設備又發生了重啟。隨著記憶的復甦，羅獵對這些設備的使用方法理解也越來越深刻。比如這支筆不僅擁有強大的逃生功能，還有遮罩隱形的作用。比如他腕上的手錶可以調節種種探測方法，甚至能夠探測到腦電波的活動。擁有了這些高科技的設備，可謂是如虎添翼，只要合理應用必然能夠收到奇效。

雖然顏拓疆果斷下達了全程撤離的命令，也派出軍隊沿途維持秩序，可是有一點他終究還是失算了，他並沒有料到鐵血營感染的士兵如此強悍，那些士兵並沒有花費太久的時間就已經突破了他們的封鎖，這些被殭屍病毒感染的士兵開始進入全面反擊的狀態，最可怕的是，這些感染者不僅可以使用武器駕駛車輛，他們的感染力也在進一步增強，只要被他們咬過的目標馬上就會感染，成為殭屍軍團中的一員。

在凌晨五點鐘的時候，整個新滿營的大街小巷都有不同程度的戰況，東西南北四座城門，除了西門仍在顏拓疆一方的控制中，其他的城門已經全部落在了殭屍軍團的手裡。

原本打算從南門撤退的百姓只能向西門轉移，在轉移的過程中殭屍軍團不停伏擊，新滿營已經淪為了人間煉獄。

老于頭推開了暗門，率先爬了上去，他先走到窗前看了看外面，神仙居的庭院內空無一人，看來煙鬼也意識到形勢不妙，幾個常年以此為家的老煙鬼如今也不知去向，老于頭確信目前尚無危險，這才將眾人請了上來。

阿諾一上來就緊張道：「有沒有藥？」

老于頭道：「煙館裡面少不了這些東西。」

趁著老于頭去藥房找藥的功夫，張長弓給眾人分派任務，大家分頭檢查神仙居，並在重點地段佈防。

陸威霖來到三層小樓之上，這也是神仙居的最高點，以狙擊手的角度來看，此地位置絕佳，可以有效監測西北南三個方位，至於正東方向交給了鐵娃警戒。

陸威霖很快就感覺到形勢異常，在神仙居周邊一帶根本沒有人影出沒，周圍的大街小巷全都空空蕩蕩，新滿營的百姓似乎在一夜之間都消失了。他利用望遠鏡搜尋更遠的地方，西門位置槍聲不斷，火光沖天，那邊仍然在發生激烈交戰。

因為顏拓疆的撤離令，所有軍民連夜撤離，正是因為這個決定造成了大部分的人員都集中在新滿營的周邊，中心城區反倒成為最為空曠的地方，張長弓沉穩的腳步聲從後方響起。

「怎麼樣？」

陸威霖道：「戰鬥應當集中在四個城門附近，從槍聲來聽，以西門最為激烈。」

張長弓從陸威霖的手中接過望遠鏡向遠方看了看，他剛才已經和周文虎一起迅速搜索了神仙居周邊，神仙居周圍別說是人，連一條狗都沒有。張長弓道：「看來城裡的人已經撤退了。」

陸威霖點了點頭道：「一定發生了大事。」

周文虎這會兒也走了過來，他驚聲道：「應當是殭屍病毒爆發了，馬永平無法控制住城內的情況才選擇全城撤退。」

陸威霖通過瞄準鏡觀察了一下外面，沉聲道：「咱們接下來怎麼辦？」

張長弓舉目望了望正東的方向，東方的天空已經露出一片魚肚白，黎明就要到來，根據他目前瞭解到的狀況，只要太陽出來，那些殭屍就會尋找陰暗的地方去躲避，興許城內的狀況會有所改善，他斬釘截鐵道：「就在這裡等著，等羅獵他們過來會合。」

周文虎並不缺乏和殭屍作戰的經驗，他提醒張長弓道：「那些殭屍害怕陽光，如果今天是個晴天，陽光出來之後，他們會尋找陽光照不到的地方躲避，那時候就是最好的突圍時機。」

陸威霖道：「要走你走，我留下來等羅獵。」

周文虎訕訕笑了笑，他說出這番話並不是自己要逃離的意思，經歷了那麼多事，他早已將生死置之度外，在新滿營他並無牽掛。

張長弓道：「清點一下武器，看看咱們有多少可用的彈藥，咱們必須要堅守一段時間，如果明天日出之後羅獵他們仍然沒有過來會合，咱們就想辦法離開新滿營。」

雖然決定等待，可是也不會無休止地等待下去，畢竟張長弓目前不是孤身一人，他還需要對整個團隊負責。為了羅獵和顏天心，而不顧一切地將所有人的生命置之不顧，那是極端不負責的行為，張長弓不可以這樣做，內心中暗暗做出了決定，如果明天日出之後，羅獵他們仍未到來，他會讓其他人先行撤退，自己再留下來多等兩日。

對他們來說也並不全都是壞消息，宋昌金在神仙居內經營這麼多年，不止是那條密道，單單是神仙居下面就有許多的密室，這其中多半儲存著福壽膏，這對宋昌金而言意味著巨大的財富，這其中居然還有一間小型的軍火庫，槍支彈藥儲存頗豐，甚至連重型機槍和烈性炸藥一樣不缺，別說是張長弓，連熟知城內情況的周文虎都對此感慨不已，宋昌金果然不是普通人物，居然藏得如此之深。

阿諾照顧瑪莎吃藥休息之後，張長弓叫上老于頭一起掩護阿諾在周圍一帶佈置炸藥，這是為了以防萬一，如果殭屍發現了他們的藏身之地大批襲來，他們可以利用炸藥對來襲殭屍造成重創。

一切佈置完畢之後，天色已經濛濛亮，陸威霖活動了一下手腳，再度觀察瞄準鏡的時候，從視野中看到了一具殭屍，這殭屍應當是脫離了隊伍，蹣跚走在通往神仙居的道路上，血紅色的雙目呆滯無神，雙手中端著一柄步槍，走上幾步就張開嘴巴，嘴巴開得很大，正常人決計無法開到這樣的程度。

殭屍抬起頭居然望向東邊最亮的地方，凝視良久並沒有任何畏懼光芒的表現。

陸威霖心中暗奇，這殭屍居然不怕光？這就麻煩了，豈不是意味著這些殭屍在白天仍然要在新滿營的大街小巷內橫行無忌？陸威霖瞄準了殭屍張開的大嘴，果斷扣動了扳機，子彈瞬間掠過三百多米的距離，從殭屍張開的大嘴中射了進去，然後又從它的腦後鑽了出來，殭屍直挺挺倒在了地上，手足不斷抽搐著，東方的天空開始露出一絲紅意，朝陽即將從地平線升起。

望著紫紅色的朝霞，顏拓疆從未感覺到像現在這般親切，旭日東昇，群魔退散，這些畏光的殭屍應當會選擇散去，現在的戰局對己方明顯不利，此消彼長，殭屍的數量在迅速增加，甚至可能超過了正常的士兵，顏拓疆期盼著太陽早一點出來，這些怕光的殭屍很快就會尋找陰暗的地方藏起來，而新滿營倖存的軍民也就獲得了逃離這裡的最好機會。

常懷新和幾名將領來到顏拓疆的身邊，他肩頭染血被流彈所傷，其餘幾名將領看樣子也好不到哪裡去，每個人都或多或少受了傷。顏拓疆看到眾將的樣子心中一時間也不知道應當說什麼好，醞釀了一會兒方才道：「大家辛苦了。」

常懷新道：「大帥，咱們只怕守不住了！」身為軍人他們並不害怕戰鬥，可這次他們面對的並非普通的敵人，常懷新不知別人怎樣想，他是寧願戰死也不願變成殭屍的。他的家人早已轉移，想起自己答應了兒子要儘快趕過去跟他會面，內心中頓時一陣難過，局勢的險惡遠超他們每個人的想像，興許這次走不了了。

顏拓疆並沒有嫌棄常懷新說喪氣話，冠冕堂皇的話誰都會說，可是那些話根本就於事無補，現在最需要的是直面現實而非粉飾太平。

顏拓疆道：「太陽就要升起來了，只要太陽升起，咱們就還有機會。」

他的話剛剛說完，久違的陽光就從東方的地平線露出，金黃色的晨光瞬間籠罩了整座新滿營，然而顏拓疆所期待的戰局改變並未到來，殭屍軍團在太陽出來之後行動開始變得緩慢，戰鬥效率也因此而低了不少，但是並未出現主動撤退的現象，和以往接觸到的殭屍完全不同，這些殭屍並不怕光。

顏拓疆在得到最新戰報之後，心中殘存的最後一絲希望也破滅了，如果殭屍軍團沒有撤退，根據眼前的戰況，己方應當堅持不到晚上。他們必須要做好撤退的準備了，顏拓疆吩咐下去，如果能夠多堅持一刻就是一刻，只要他們堅持住這最後的防線，仍然羈留在城內的百姓逃生的希望就更大一些。

顏拓疆下令的時候不時抬頭望向天空，在常懷新看來，顏拓疆應當已經失去了主意，抬頭望天可能是期盼上天能夠在最後關頭出現奇蹟吧，常懷新對這場戰爭並不樂觀，包括他在內的多半將士都認為這是一場不可能勝利的戰鬥。

隨著太陽的升起，那些殭屍的進攻有所緩和，雖然他們並沒有躲避光線，可是強烈的陽光仍然讓他們的身體產生了一些變化。

鏖戰了一夜的守城士兵也終於能夠得以喘息，顏拓疆讓部下趁著這個機會盡可能地恢復體力，同時護送城內的最後一批難民離開西門。召集心腹將領將最後的撤退時間定在了下午兩點，兩點之後無論情況如何，他們都將率領全軍撤離這座城池。

不過在撤離這座城池之前，他還有些事需要處理。

旭日東昇的時候，藤野忠信再次登上了鐘樓，暮鼓晨鐘，今日的古寺已經無人敲鐘，古寺的周圍已經撤了個乾乾淨淨，藤野忠信伸手撫摸著青銅大鐘上面的銘文，腦子裡卻想起天廟中的情景。

「你為何要這樣做？」百惠的聲音在他的身後響起。

藤野忠信輕輕在大鐘上拍了拍，嗡嗡之聲不絕於耳。

百惠道：「城內的病毒爆發是你一手造成，你有沒有接到社長的命令？」

藤野忠信緩緩回過頭去，雙目靜靜望著百惠，自從這次她回來，就覺得她的身上發生了一些變化，藤野忠信說不出具體改變的是什麼，可是總覺得百惠和過去不同，從百惠的目光中他看到了質詢和不解，甚至他從中還找到了被她掩飾的憤怒和不屑。

過去不是這個樣子的，藤野忠信知道她對自己的感情，任何時候她面對自己雙目中流露出的都是仰慕和愛意，而現在突然改變了，藤野忠信並不怪她，畢竟在天廟的時候是自己先拋棄了她，本以為她必死無疑，卻想不到她居然可以逃出生天。

藤野忠信道：「你只需為我負責！」他在委婉地提醒百惠，她有今日全都是拜自己所賜，身為部下就要隨時做好為主人犧牲的準備。

百惠道：「你應當知道後果，擅自散播殭屍病毒是極其危險的，你不是說目前還沒有從根本上控制病毒的方法，如果病毒蔓延出去，危害的不僅僅是中華的利益，整個世界無一能夠倖免。」

藤野忠信平靜道：「你無須擔心，如何善後輪不到你來操心。」

百惠咬了咬嘴唇正要繼續勸說他的時候，卻感到一種前所未有的危機迫近了自己，她猛然抽出太刀，以驚人的速度刺向後方，後方並無人影，可是百惠的刀刺到中途就遇到了阻礙，凝滯在空中停止不前，百惠用力牽拉了一下，刀身如同鐵鑄絲毫無法撼動。

百惠瞪大了雙眸，充滿了震駭莫名的光芒，她可以利用忍術隱形，而對方在她的面前竟是完全隱形的，如果不是她察覺到了身後空氣流動的異樣，只怕對方來到自己的身邊都毫無察覺。

百惠應變奇快，她棄去太刀向後騰躍出去，護住藤野忠信，同時彈射出一顆煙霧彈。

煙霧彈炸裂開來，白色的煙霧彌散於空中，煙霧勾勒出隱形人的輪廓，他應當是完全赤裸的，煙霧並未馬上消散，籠罩在他臉上的煙霧形成了一張煙霧面具，這張煙霧繚繞的面孔在百惠看來有幾分熟悉。

霧中人露出一個詭異的笑容，百惠正準備出聲讓藤野忠信先走，卻聽藤野忠信泰然自若道：「我來介紹一下，這位就是我新找的幫手——藍魔！」

煙霧散去，藍魔的身軀重新隱沒在空氣之中，他將那柄太刀橫起送到百惠的面前。

百惠猶豫了一下還是接過自己的刀，還刀入鞘，內心卻如墜冰窟，她忽然意識到藤野忠信的野心比起自己想像中更大，而現在他似乎已經不需要自己了。

藤野忠信向百惠道：「百惠，你帶人去外面看看。」

百惠默不作聲，快步離開了鐘樓。

藍魔望著藤野忠信，發現他的目光自始至終都沒有離開自己的面部，不由得有些詫異道：「你看得到我？」

藤野忠信道：「看到的未必可以相信，我這個人寧願相信自己的感覺。」

藍魔道：「你吩咐的事情我已經完成了，整個新滿營只有西門還在顏拓疆的帶領下負隅頑抗，其他地方已經全都在我們的控制之中。」

藤野忠信道：「很好！」

藍魔道：「還有什麼事情需要我去做？」

藤野忠信從他的話中聽出了他潛在的含義，微笑道：「記不記得我跟你說過的契約？」

藍魔不由自主握緊了雙拳，手指關節發出清脆的爆響聲。

藤野忠信道：「你是不是急於擺脫我？」

藍魔道：「你有恩於我，我是個受人滴水之恩就會湧泉相報的人。」

藤野忠信道：「將恩情記在心中的人，也會把仇恨記得同樣清楚，顏拓疆對你的恩情比我更大吧？到最後你還不是那樣對他！」

藍魔被他的話深深刺激到了，憤怒吼叫道：「你住口！」

藤野忠信臉上的笑容倏然收斂，藍魔的腦海中陡然出現了一張猙獰可怕的面孔，那張面孔張開血盆大口，猛地咬住了他的大腦，劇烈的頭痛如同有人正用斧子將自己的頭腦生生劈開，疼痛讓藍魔捂住頭顱，雙膝一軟跪在了地上。

藤野忠信道：「你的命是我的，你我之間沒有討價還價，更沒有平等二字，只要我喜歡，隨時都可以讓你生不如死！」

藍魔顫聲道：「我……我錯了……」腦海中那可怕的面孔倏然消失，劇烈的頭痛頓時無跡可尋。他擦去額頭的冷汗，內心中惶恐不已。

藤野忠信道：「有件事我還沒來得及告訴你，給你注射的藥效只能維持一個月，一個月後如果無法得到新的藥劑，那麼等待你的可不僅僅是恢復原形，所以……」他停頓了一下又道：「你不要奢望可以逃到一個我找不到的地方。」

藍魔心中黯然，他終於意識到自己只不過是一個任人擺佈的傀儡，是藤野忠信手中的一件武器。

藤野忠信道：「其實人如果放低一些姿態，本可活得很好，只要你效忠於我，我可以幫你復仇，甚至可以幫你重新成為這片土地的王者。」

藍魔道：「明白了！」一個受人擺佈的王者？

藤野忠信道：「今日豔陽高照，正午時分你的士兵會因為強烈的陽光而進入休眠狀態，所以必須加緊戰事，力求在正午之前將西門拿下。」

藍魔道：「屬下明白，絕無任何問題。」

藤野忠信又道：「留下顏拓疆的性命，這個人我還有用處。」

藍魔詫異道：「什麼？」問過之後馬上意識到很可能會招來藤野忠信更猛烈的報復，馬上又低聲道：「是！遵命！」

羅獵和顏天心終於看到了新滿營的城牆，在看到新滿營之前，他們已經聽到了來自於新滿營連續不斷的交火聲，城內的情況看來不容樂觀，他們能夠想到的最大可能就是新滿營內又出現了新的殭屍病毒感染者，所以才會發生交火。

顏天心的精神已經恢復，頭痛也完全消失，這讓羅獵非常欣慰，證明昨天在顏天心腦域內的那場激烈顫鬥並沒有對她的身體造成損傷。

顏天心雙手遮住頭頂的陽光，向新滿營的方向眺望，憂心忡忡道：「就算咱們到了這裡，又用什麼方法潛入新滿營？」

羅獵拿出那支逃生筆，熟練地在指尖旋轉了幾圈，然後道：「記不記得那女忍者最厲害的手段是什麼？」

顏天心道：「隱形！」說完她搖了搖頭道：「可惜咱們沒那個本事。」

羅獵道：「都走到了這裡總不能回頭，咱們或許可以大搖大擺地走進去。」

顏天心將信將疑地望著他，羅獵旋動那支逃生筆，白色的光塵瞬間籠罩住了他們的身體，顏天心發現羅獵的身影突然從她的面前消失了，低頭看了看自己，同樣看不到自己的身體，顏天心驚呼道：「魔法嗎？」她當然知道這並非魔法，真正的奧妙都藏在那支逃生筆的裡面。這支逃生筆應當釋放出了某種奇特的物質，讓有效範圍內的人進入了隱形狀態。

「羅獵？」心上人的突然消失讓顏天心感到一絲不安。

羅獵從一旁牽住了她的手，輕聲道：「我說過，咱們要大搖大擺地從人門口走進去。」

西城門下傳來一聲驚天動地的爆炸，這次的爆炸將西門層樓右側的城牆炸出了一個巨大的缺口，城門防線的士兵傷亡慘重，時間已經是上午十一點半，隨著陽光變得越來越強烈，那些殭屍軍團的士兵明顯開始懈怠，有些地方的殭屍士兵已經開始撤退。

防守一方的壓力自然減輕，顏拓疆正在和幾名將領商量撤退的事情，他們在城樓內的會議剛剛召開，爆炸就發生了。

地動山搖的爆炸讓許多人跌坐在了地上，整個層樓都籠罩在煙塵中，顏拓疆被爆炸聲震得出現了明顯的耳鳴徵兆，搖搖晃晃從煙塵中站了起來，看到兩名部下奔向了自己，一人攙扶住他，大聲說著什麼，顏拓疆雖然看到他的嘴巴在不停地開合，卻聽不到他說話的內容，兩隻耳朵傳來尖銳的嘯響。

手下人攙扶著顏拓疆逃離臨時會議室。漫天瀰漫的硝煙遮住了天空，顏拓疆看到硝煙中不停閃爍得槍火。

一支百餘人的殭屍小隊已經突破了西城門的防線，他們要在陽光徹底照耀這座城池之前衝入城樓。

蓬！又一聲爆炸就在前方炸響，兩名負責突圍的士兵被炸得血肉橫飛，一隻血糊糊的東西落在顏拓疆的肩頭，他伸手抓起，卻是一隻被崩飛的耳朵。顏拓疆的聽力開始緩慢的恢復，交火聲從小變大，被震暈了的頭腦也開始漸漸回歸清醒。他看到常懷新率人朝自己的方向迎了過來，慌忙迎了上去。

斜刺裡一個青面獠牙的殭屍從煙霧中衝了出來，撲向顏拓疆。

顏拓疆舉起手槍瞄準了那意圖襲擊自己的殭屍的腦袋接連開槍，周圍士兵也同時瞄準了那個目標，殭屍的頭被射得稀巴爛，腦漿散落了一地，和常人白色的腦漿不同，這腦漿竟然是詭異的藍色。

常懷新大吼道：「保護大帥！」黑色的煙霧中突然衝出十多具殭屍，他們來得如此突然，士兵們來不及開槍就被撲到在地，有些雖然已經開槍，可是子彈並未射中殭屍的頭部，無法對殭屍造成致命的傷害。

常懷新掩護顏拓疆沿著城樓左側的樓梯向下逃去，成功衝上城樓的殭屍其實不到十人，但是被他們撲倒咬傷的士兵馬上就感染了殭屍病毒，成為了殭屍軍團中的一員。短時間內城樓上雙方的人數出現了逆轉，面對如此窮凶極惡的殭屍，士兵們再也沒有戀戰之心，爭先恐後地向城樓下逃去，一名士兵還未來得及逃走，就被十多名殭屍圍攏在包圍圈內，他大叫著不停扣動扳機，很快就將槍膛內的子彈打完，而那些殭屍卻仍然在不斷迫近，士兵的胸膛劇烈起伏著，他突然做出了一個決定，轉身爬上了城樓，從城樓之上大叫著跳了下去。

寧死不屈，士兵的身軀從高高的西門城樓上墜落，摔在地上口吐鮮血奄奄一息。四周的空氣彷彿凝固了一樣，在士兵屍體的前方傳來了一聲女子的驚呼，因為西門交火聲不斷，無人留意到這一聲驚呼到底來自何方，其實就算有人聽到也不會有任何的發現，在士兵屍體的旁邊根本沒有任何人。

驚呼聲卻是顏天心所發，她和羅獵利用逃生筆的隱身功能成功隱形，此時剛巧來到交戰激烈的西門，西門戰況處於最為激烈的時刻，因爆炸在西門城樓的南部城牆產生了一個巨大的缺口，新滿營的士兵邊戰邊退，正在從缺口向外撤離。

羅獵並沒有料到新滿營的狀況會惡劣到這種地步，硝煙瀰漫中看到一名士兵被一具殭屍撲倒在了地上，然後抓住那驚恐的士兵狠狠撕咬在他的身上，周圍士兵亂槍齊發，射殺的目標不僅僅是那具殭屍還有剛剛被殭屍咬傷的戰友，戰鬥是極其殘酷的，此前的經驗告訴他們，只要被殭屍咬傷，馬上就會被病毒感染，成為殭屍軍團中的一員，趁著傷者沒有形成新的危害之前將他射殺不失為未雨綢繆的辦法。

羅獵拉著顏天心向城樓撤離，現場交火頗為激烈，你來我往流彈亂飛，如果深入密集交戰的區域很可能會被誤傷。

顏天心喃喃道：「這是怎麼了？究竟發生了什麼？」

又一聲驚天動地的爆炸從城樓的下方響起，原本就搖搖欲墜的西門城樓在這次的爆炸中徹底坍塌。

遠處傳來焦急的呼喊聲：「掩護大帥，掩護大帥！」

顏天心內心一怔，新滿營的大帥只有一個，那就是她的叔叔顏拓疆？可是叔叔不是已經帶著馬永卿遠走高飛了嗎？又怎麼會出現在新滿營？

羅獵來到那從城樓上跳下來的士兵身邊，看他的樣子已經不行了，羅獵抓住了他的手臂，那士兵口中不停吐著鮮血，羅獵追問道：「城裡發生了什麼事？」

「殭屍……全都是殭屍……」

顏天心道：「大帥回來了？」

那士兵只聽到有人發問，卻看不到對方的身影，認為自己已經失去了視覺，艱難道：「大帥……回來……」話未說完，頭垂了下去，已經氣絕身亡。

城樓的廢墟中，三具荷槍實彈的殭屍從滾滾濃煙中走出，原本高懸空中的烈日此刻卻被一片烏雲遮蓋。

羅獵和顏天心慌忙向後方撤去，看到那三具殭屍舉槍瞄準了已經死去的那名士兵，輪番射擊，雖然那名士兵已經死了，可是看到這些殭屍如此侮辱死者的屍體也激起了他們的憤怒。

顏天心舉槍瞄準了殭屍的頭顱，接連三槍將它們爆頭擊斃。

羅獵道：「你叔叔可能回來了。」

顏天心黯然歎了口氣，看來叔叔仍然放不下權力，雖然不知新滿營目前的情況到底怎樣，可是從眼前來看，他和馬永平的這場權力之爭誰都不會是勝利者。既然走了又何必回來？原本顏天心以為叔叔是一位愛江山更愛美人的情聖，可現在看來他終究還是更愛手中的權力，內心中居然有些為馬永卿感到可憐。

羅獵和顏天心的看法不同，雖然他和顏拓疆接觸的時間並不長，可是卻認為顏拓疆是位拿得起放得下的梟雄人物，僅僅因為權力，顏拓疆是不會回來的。現在的新滿營已經不是他過去的安樂窩，馬永平已經將這裡變成了一個爛攤子。羅獵寧願將顏拓疆往好處想，認為顏拓疆的回來或許是為了解救這裡的百姓，畢竟這座城池是在他的手上發展壯大，他不忍心看到百姓蒙難。

昔日顏拓疆引以為傲的堅固城牆而今已經千瘡百孔，數次規模不同的爆炸已經將城牆炸出了十多個大大小小的缺口，通過這些缺口就能夠進入城內。

羅獵和顏天心選擇了一個相對僻靜的缺口，在沒有搞清新滿營的狀況之前，他們並不想和任何一方發生正面衝突，更不想招來大批的敵人。

阿諾禁不住叫了聲我的乖乖，放下望遠鏡又拿了起來，從西門爆炸升起的火光和煙霧，他基本上已經能夠判斷出這次爆炸的威力，西門城樓果然保不住了。

張長弓期待的陽光終於還是被烏雲給徹底遮住了，雖然是正午，整個天空陰鬱得彷彿就要夜幕降臨。

陸威霖放下狙擊槍，活動了一下頸部的關節道：「勝負已定，這座城池看來已經被殭屍佔領了。」

周文虎心中黯然，馬永平終究還是棄城而逃了，想想昔日這甘邊富庶繁華之地大半都已淪為了一片焦土，怎能不讓人唏噓。

張長弓道：「駐軍被趕走後，下一步他們可能就要在全城範圍內掃蕩了。」

陸威霖笑道：「我巴不得他們早點來，把這幫殭屍的腦袋當成西瓜一樣打。」

他的話剛說完，阿諾就捧著兩個大西瓜走了上來，嚷嚷道：「吃西瓜嗎？」

幾人對望了一眼，同時笑了起來，阿諾被笑得一頭霧水，嘟囔道：「笑個屁啊，剛在地窖裡找到的西瓜，有福同享有難同當，趕著跟你們分享，都沒捨得自己吃。」

張長弓道：「我去叫鐵娃過來。」

阿諾將西瓜放在了地上道：「你們吃，我去頂他一會兒。」

張長弓叫住他道：「老于呢？」

阿諾聽他一問也愣了一下：「我還以為他跟你們在一起呢。」

陸威霖道：「莫不是偷偷跑了？」

張長弓搖了搖頭道：「城裡哪兒都不安全，也只有神仙居暫時算得上太平，老于如果想走，就沒必要跟著咱們一起回來。」

阿諾跟著點頭道：「老于那個人還是很厚道的，我看他不是拋棄朋友只顧自己的人。」

鐵娃的聲音從另一側響起：「師父，師父！有人來了！」

張長弓幾人第一時間向鐵娃身邊趕去，順著鐵娃所指的方向用望遠鏡望去，視野中出現了一支全副武裝的小隊，二十多人，這群人神情惶恐，朝著他們所在的神仙居而來。

鐵娃低聲道：「殭屍！」他將彈弓舉起，準備隨時射擊。

一旁周文虎卻詫異道：「大帥！」他認出其中的一人竟然是大帥顏拓疆，周文虎還不清楚城內發生的事情，自然想不通顏拓疆因何會在逃離新滿營之後又捲土重來。

張長弓聞言一怔，如果說這支軍隊中有顏拓疆在，那麼他們很可能就不是殭屍。

他的猜想很快就得到了周文虎的印證，周文虎道：「他們不是殭屍，常懷新也在裡面。」

幾人說話的時候，此前不知所蹤的老于頭也來到了樓上，低聲道：「他就是朝這邊來的，他知道神仙居的下面有密道。」老于頭和顏拓疆一起逃離了新滿營，對顏拓疆的事情非常清楚。如果單從顏拓疆逃亡的方向來看，還不能肯定他是要來神仙居，但是結合此前發生的事情，老于頭能夠斷定，顏拓疆必然是來此無疑。

阿諾呸了一聲道：「管他是誰，只要進入咱們的防區，老子一樣將他幹掉！」說話的時候望著張長弓，顯然是等著張長弓的決斷。

張長弓舉起望遠鏡又看了一會兒，他在從這支軍隊的行為舉止來判斷他們到底有沒有感染殭屍病毒。

周文虎道：「這種時候沒必要對自己人下手。」

阿諾因他的這句話而感到不滿，瞪了這廝一眼道：「誰跟他們是自己人？」

周文虎尷尬道：「我只是覺得，現在大家應當同仇敵愾……」

張長弓揮了揮手，做了個手勢道：「大家注意埋伏，不可輕易開火。」

顏拓疆本來並不是想要逃入城內，可是在西門失守之後，到處都是殭屍，他們無法突破殭屍軍團的封鎖線，唯有選擇向新滿城內移動，暫時躲避殭屍軍團的搜索，目前殭屍軍團的勢力基本上都圍繞城牆佈防，新滿營的城市中心反倒是殭屍最少的地方。顏拓疆想起了此前自己的逃跑路線，雖然在他逃出城之後將出口炸毀。但是在老營盤應當還存在著另外一個出口，儘管這條地下通道中很可能有殭屍存在，但是和外面無所不在的殭屍軍團相比，從地道中離去顯然要容易得多，也現實得多。

顏拓疆身邊剩下的只有二十六人，包括他和常懷新在內，讓他欣慰的是，城內的百姓經過這一夜的轉移，多半已經逃離，駐紮新滿營的士兵也有部分逃走，剩下的這些人，就只能各自為戰，各安天命了。

這二十六人雖然有不同的外傷，可大都是輕傷，無人被殭屍咬傷或抓傷，這是他們再三確認之後的結果，可疑的三名同伴已經被他們擊斃，並非是因為他們心狠，而是在當前的形勢之下不得不做出這樣的選擇，如果在他們的小團隊中出現了一名殭屍病毒感染者，那麼很快就會蔓延開來，導致他們這支最後逃亡小隊土崩瓦解。

顏拓疆對自己也有同樣的要求，他向部下已經明確表示，如果自己也感染了殭屍病毒，他們同樣可以毫不猶豫地擊斃自己，只有將病毒扼殺在萌芽狀態，方能保證他們中有人能夠順利地逃出去。

常懷新做了個手勢，兩名士兵快步奔向巷口，左右看了看，確信前方的路口沒人，方才快速通過這條道路進入下一個巷口，馬上有兩名同伴遞補了他們剛才的位置。

顏拓疆並不知道他們現在的一舉一動完全在別人的監視之下。

常懷新對落到目前的境地並不後悔，因為他清楚此乃天災人禍，顏拓疆也無法掌控，換成任何人都無法掌控，至少顏拓疆做出了讓百姓及時撤離的決定，比起馬永平的全城戒嚴，不允許任何人出入城門，顏拓疆的決定更得民心，如果沒有果斷下達撤離的決定，新滿營恐怕會淪為殭屍之城。

顏拓疆望著身邊的這群部下，內心中有些愧疚，在他們的幫助下自己得以東山再起，而自己尚未來得及對這些老部下論功行賞，就落入這生死兩難的困境之中。

常懷新向前看了看，再通過三條街道就能夠到達他們的目的地神仙居了，他不知道顏拓疆因何要去那裡，不過以他對顏拓疆的瞭解，顏拓疆做出的每一個選擇都要經過深思熟慮，但是這位頭領口風極緊，在抵達目的地之前，恐怕他不會說出此行的原因。

發現這支小隊動向的不僅僅是張長弓，古寺和神仙居相距不到一里路，藤野忠信不時用望遠鏡觀察著城內的情景，這支穿行於城內的逃亡小隊被他無意中收入了視野，藤野忠信慌忙調整焦距，當他看清逃亡的人是顏拓疆一行的時候，心中不由得想起了踏破鐵鞋無覓處，得來全不費工夫那句話。

無論是誰看到顏拓疆的移動方向都會感到奇怪，按照正常人的選擇，現在這種時候都是想方設法出城，而顏拓疆卻做出了相反的選擇，他向城中心移動。難道是想找一個藏身之地隱藏起來？等到風頭過去再考慮逃亡的事情？藤野忠信很快就否認了這個可能，沒有人比顏拓疆更熟悉這座城市，他一定知道出路。

在判斷出顏拓疆的目的地之後，藤野忠信開始觀察神仙居，他看到光芒一閃，內心一動，神仙居有人？藤野忠信自然不會想到是張長弓那幫人在神仙居，他認為顏拓疆此前就做好了安排，在神仙居留下了退路。低聲吩咐下去，派人潛入神仙居探察情況。

顏拓疆一行順利來到神仙居門前，先由士兵敲了敲門，等了一會兒發現無人回應，初步判斷出裡面沒人，這才小心推開了院門，眾人進入神仙居的院落中，分散開來準備首先搜尋這座院落排除可能存在的危險。

「嗨！」頭頂傳來了一聲呼喊，所有士兵同時舉槍瞄準了上方，陸威霖手中的狙擊步槍已經鎖定了顏拓疆。在他的身邊老于頭舉起雙手揮手道：「別開槍，大帥，是我！」

第三章

黑色血痕

阿諾將瑪莎從地上攙起，
瑪莎望著地上抽搐的殭屍，半天沒說出話來，
阿諾關切道：「你有沒有事？」
瑪莎正想說自己沒事時，感覺右臂有些麻酥酥的疼痛，
低頭望去，只見手臂上有兩道黑色血痕，
卻是剛才被那殭屍士兵抓出的傷痕。

顏拓疆看到現身的居然是老于頭，心中也是倍感詫異，他和老于頭一行在老營盤附近分手，想不到老于頭居然也輾轉回到了這裡。顏拓疆心機深沉，他想像不出老于頭因何會出現在這裡？顏拓疆才不會相信老于頭這次回來是為了普度眾生，心中暗忖，難道這神仙居內還藏著什麼寶物，所以老于頭才會去而復返。

顏拓疆仍然沒有下令讓部下垂下槍口，陸威霖從他的反應已經看出此人疑心太重。

老于頭看到陸威霖仍然舉槍瞄準顏拓疆，低聲道：「陸老弟將槍放下，大家是自己人。」

陸威霖豈會聽從他的命令，冷冷道：「讓他們先放下槍再說。」

顏拓疆毫不畏懼地望著陸威霖的槍口，然後從槍口轉移到陸威霖的臉上，從陸威霖堅忍果決的表情他判斷出，眼前的年輕人擁有一槍擊斃自己的能力，雖然在他的身邊有那麼多的部下，二十多杆槍同時瞄準了陸威霖，但是就算他們同時開火，也阻止不了陸威霖對自己的誅殺。顏拓疆向周圍望去，看到小樓的幾扇窗中也有槍口露了出來，對方人數或許不如自己這邊多，可是他們佔據了有利的地形，雙方若是真的發生交火，倒楣的肯定是自己這一方。

顏拓疆這才下令道：「把槍放下。」

身邊部下聽到他的號令方才將槍垂落下去，陸威霖也將槍口移開。

老于頭鬆了口氣，身邊一道人影衝了出去，撲通一聲就跪倒在顏拓疆的面前，卻是周文虎從小樓內衝了出去。

顏拓疆看清給自己下跪的人是周文虎的時候，心中也是百感交集，在自己被馬永平篡權，虎落平陽之時，為虎作倀的周文虎也被列入他以後必殺的名單之一，可此一時彼一時，他們在這樣的境況下相見，被命運捆綁在同一陣營中。顏拓疆道：「起來吧，文虎。」

周文虎含淚道：「屬下罪孽深重，對不起大帥。」

顏拓疆哈哈笑了起來：「現在說此等屁話有什麼用處？起來吧，若是當真覺得罪孽深重，隨時都有送命的機會。」

周文虎因顏拓疆的這番話而愣住，一旁常懷新道：「大帥何等胸懷，豈會跟你一般計較，起來吧。」

周文虎這才站起身來，此時張長弓和阿諾也走了出來，眾人相見之後，顏拓疆讓常懷新帶人去幫忙。他則和張長弓、老于頭一起來到房間內，彼此將瞭解到的情況交流了一下。

老于頭知道顏拓疆此番前來的目的，問道：「大帥此來是不是想通過上次那條密道離開？」

在老于頭的面前顏拓疆自然沒有必要隱瞞，他點了點頭道：「不錯，城牆周圍都已經被殭屍封鎖，他們目前集中在城牆周圍活動，我們沒有來得及撤離出去，所以才想到了神仙居。」

老于頭歎了口氣道：「可出口已經炸毀了。」

顏拓疆對此表現得頗為樂觀，他提醒老于頭道：「你難道忘記了，上次咱們走的是另外一個出口，老營盤的出口因為殭屍阻擋，咱們並未經行。」

老于頭道：「我說的就是那個。」他這才將老營盤被困，他們又是如何突圍的事情一一講述了一遍，顏拓疆聽他說完，內心隨之變得沉重起來，原以為這下面有一條出路，可沒想到出路全部被封。可既然如此，老于頭他們因何要回到新滿營？這世上豈會有主動送死的道理？

顏拓疆為人多疑，不過他隱藏頗深，喜怒不形於色，故意問起羅獵和顏天心的下落，他知道這群人中真正的首領是羅獵，不知因何還未現身。

老于頭老於世故，從顏拓疆的發問就知道他對自己並不信任，反正也沒有瞞他的必要，老于頭又將兩撥人馬走散的事情告訴了他，因為當時情況緊急，羅獵和顏天心並未來得及進入地道，現在是死是活還不清楚。

顏拓疆此時已經信了八成，低聲道：「你們留在這裡就是為了等羅獵他們前來會合？」

張長弓點了點頭道：「不錯！」

顏拓疆心中暗讚，羅獵這年輕人果然有過人之處，能讓一幫好漢對他如此肝膽相照，回想起自己，雖然雄踞一方，可身邊可共生死的忠誠手下卻不算多，到最後只剩下這二十多人跟著自己。

張長弓道：「大帥若是不信，可以親自去地道中查探一下情況。」

顏拓疆笑道：「都已經證明過的事情，我又何須花費那個精力，大家同坐一條船，我自然相信你們。」說完又道：「不過這裡也非久留之地，那些殭屍已經佔領了新滿營。用不了太久時間就會展開全城搜索，既然神仙居的地道已經中斷，咱們還是儘快離開這裡，另選道路離開。」

張長弓道：「羅獵和顏掌櫃還未回來，我們必須要在這裡等著。」

兩道灰色的身影沿著建築物的陰影快步行進，他們時而奔跑，時而停下，盡可能隱藏身形，從兩人的裝扮來看應當是日本忍者。因為殭屍大都集中在城牆附近，所以新滿營的中心顯得格外空曠，從古寺前往快活林，最近的一條道路就是南陽大街，可是因為南陽大街此前被馬永平摧毀，這裡的道路遍佈障礙，很少有人會選擇這裡行進。

兩名忍者選擇的就是南陽大街，進入這片斷壁殘垣，他們明顯加快了速度，縱跳騰躍在這片廢墟之上，在一座牆壁後，兩道身影一點點顯露出來，卻是羅獵和顏天心，逃生筆的隱形功能持續的時間已到，兩人剛好在這裡現出了身形。

羅獵在現出本身之前就已經留意到那兩名忍者，憑直覺判斷，兩人極有可能是要前往神仙居。他豎起食指向顏天心做了個噤聲的手勢，指了指左側的一人做了個割喉的手勢，然後指了指右側的那名忍者，示意這個活口由自己來負責。

那兩名忍者認為自己行蹤隱秘，正在迅速接近神仙居的時候，顏天心準備出動，卻又被羅獵一把拉住，只見廢墟中一具殭屍破土而出，張開雙臂撲向那位於右側的忍者。

兩名忍者應變也是奇快，右側忍者一腳踹中那殭屍的胸口，左側忍者揮動太刀，寒光閃過，從殭屍的頸部橫削而過，那殭屍的頸部被斬斷，一顆腦袋嘰哩咕嚕地滾落下去。

忍者以為得手之際，螳螂捕蟬黃雀在後，顏天心和羅獵分別對那兩名忍者發動突襲。顏天心出手果斷，左手捂住那忍者的口鼻，右手握住匕首從忍者的喉頭劃過，那忍者掙脫不及，鮮血從喉頭向前噴出。

顏天心丟下那忍者的屍體，卻見羅獵已經成功抓住另外那名忍者，將他拖到殘牆的角落之中，顏天心緊跟了過去，扯掉蒙在忍者臉上的灰布，染血的匕首抵住那忍者的咽喉。

顏天心看到那忍者的面貌不禁驚呼了一聲：「咦！怎麼是你？」

羅獵也是在活捉那名忍者之後方才意識到她居然是個女人，定睛望去被他制住的忍者乃是此前不辭而別的百惠。

百惠是奉了藤野忠信的命令前來神仙居打探情況，沒料到還沒有抵達神仙居就已經被人制住，最初她的內心也是極其恐慌的，可看到眼前竟然是羅獵和顏天心，內心中不由得鬆了口氣，旋即卻又意識到彼此之間仍然處在敵對的立場，即便是認識他們，對方也不會手下留情。

百惠冷冷道：「要殺要剮悉聽尊便。」性命已經在他人的掌控中，求饒也是沒用，不如顯得無畏一些。

顏天心道：「誰說我們要殺你？」她打量著百惠，真是想不到百惠居然能夠獨自一人逃到了這裡。

羅獵放開百惠，目光卻仍然沒有離開她的左右，他知道百惠擅長隱身之術，對她自然加倍提防。百惠並非一人前來，她的同伴已經被顏天心殺掉，由此不難判斷，她應當和組織會合。

羅獵道：「你是要去神仙居嗎？」

百惠沉默良久方才道：「你們快走吧，整座新滿營都已經被殭屍佔領，這些殭屍會隨著時間的推移不斷進化。」

羅獵和顏天心對望了一眼，百惠有些所答非所問，不過從她的話中不難判斷她是在給他們忠告。

顏天心冷冷道：「你可是要去神仙居嗎？」

百惠點了點頭：「命令在身不得不從。」

羅獵皺了皺眉頭，他從百惠的話中捕捉到了一些容易忽略的資訊，沉聲道：「藤野忠信也在這裡？」

百惠暗暗心驚，羅獵智慧超群，分析力極強，輕易就能讀懂別人的心思，自己本想隱瞞藤野忠信的事情，卻不知在何處露出了破綻。

羅獵道：「這裡的一切和藤野忠信有無關係？」

百惠沉默了下去，她不敢輕易開口，因為擔心羅獵會從她那裡得到更多的資訊，羅獵卻道：「你我雖然立場不同，可有些事只要稍有人性的人都不會去做，你說對不對？」

百惠內心劇震，目光和羅獵相遇，只覺得他的雙目深邃莫測，自己的目光突然就陷入到他的眼睛中去，腦海倏然變得一片空白。

顏天心看到百惠陡然變得迷惘的表情已經猜到羅獵對她用了催眠術，形勢緊迫，羅獵不可耽擱，也沒有時間去仔細盤問百惠，最好的方法就是將她催眠，讓她將一切原原本本地說出來。

羅獵在吸收慧心石的能量之後，方方面面的能力在不知不覺中已經突飛猛進，此前他和龍玉公主在顏天心的腦域中發生了一場意識之爭，最終以他的勝出而結束，百惠雖然是一名出色的忍者，可是她的意志力在羅獵面前仍然不堪一擊，再加上她心底存有善念，在目睹藤野忠信的種種惡行之後，對藤野忠信的看法也有了改變。

雖然百惠再度回到藤野忠信的身邊，可是她的內心始終處在掙扎之中，羅獵利用催眠術讓她放鬆了內心的防線，百惠在無意識的狀態下將自己所瞭解的事情全都交代了出來。

羅獵和顏天心聞之心驚，他們怎麼都想不到這次的殭屍病毒是人為製造，竟然是藤野忠信一手釋放，藤野忠信想幹什麼？他不僅要毀掉新滿營，還要製造更大的災難。

顏天心用望遠鏡尋找古寺的位置，從他們這裡看不到古寺，也就是說藤野忠信也看不到這邊發生了什麼。

顏天心道：「怎麼辦？」

羅獵道：「先和張大哥他們會合，然後再做決斷。」

神仙居的防守極其嚴密，至少有五支槍瞄準了大門的方向，大門並未關閉，在這麼多雙眼睛的注視下，就算是飛入一隻鳥兒也逃不過他們的視線。

如果沒有逃生筆，羅獵一行是不可能大搖大擺進入神仙居的，羅獵扛著被顏天心打暈的百惠，和顏天心從正門走入了神仙居，他們看到守住各個角落的士兵，讓顏天心意外的是，她的叔叔顏拓疆也出現在這裡，而今正在長廊內和張長弓、老于三人商量著什麼。

羅獵並沒有驚擾他們，和顏天心一起進入一旁敞開門的無人房間，解除隱形狀態之後，羅獵讓顏天心稍等，然後站在門外，輕聲道：「大帥何時過來的？」

羅獵的聲音雖然不大，可是在眾人聽來卻如雷貫耳。顏拓疆倒還沒覺得怎樣，在他看來應當是張長弓這群人欺騙了自己。

張長弓雖然認為羅獵必然能夠脫險，可怎麼都想不到他是如何在眾人的眼皮底下來到了神仙居，神仙居內三十餘人居然無人察覺他們的到來，他三步並作兩步來到羅獵身邊，在羅獵的肩頭捶了一記，然後雙手握住他的肩膀哈哈大笑。

張長弓有種如釋重負的感覺，不僅僅是因為好友脫險，也因為羅獵走後這千斤重擔都被他挑在肩上，如今總算可以交還給羅獵，經歷的波折越多越能體會到羅獵在這個團隊中的重要性。

羅獵自然沒有向顏拓疆解釋的必要性，向他微微頷首，其實根本用不著他來解釋，顏天心已經隨後出現，微笑道：「叔叔，我還以為您已經走了。」

顏拓疆看到侄女兒平安無恙，心中也感到安慰，不知他們到底有沒有找到天廟？

顏拓疆叔侄二人去一旁敘話之時，阿諾也跑了過來，見到羅獵平安歸來自然開心萬分，羅獵叫上兩人來到小樓之上，陸威霖雖然看到羅獵和顏天心回來，卻因為職責所在沒有從埋伏的地方移動半步，別後重逢固然值得慶賀，可是所有人也清楚他們現在並未離開危險。

張長弓將別後的狀況簡單說了一遍，羅獵並未詳細說明他們是如何擺脫危險來到這裡會合的，沉聲道：「你們已經暴露了，藤野忠信派人過來查看這邊的狀況。」

阿諾罵道：「那王八蛋居然活著逃出來了。」

羅獵舉起望遠鏡看了看，找到古寺的位置，低聲道：「藤野忠信目前藏身在那座古寺內，根據百惠的交代，這次城內全面爆發的殭屍病毒乃是他一手散播。」

張長弓倒吸了一口冷氣道：「此人心腸竟如此歹毒，難道他不清楚這樣做的後果？如果殭屍病毒擴散出去，遭殃的不單是新滿營，很可能是整個世界。」

羅獵拿出了一張地圖，指點了一下新滿營的位置，然後在新滿營的周邊畫了一個圈：「還好新滿營的位置比較偏僻，一時間病毒不會傳播得如此之快。」

陸威霖道：「顏拓疆昨晚已經下令全城轉移，整個新滿營的軍民大都已經撤離，有可能其中就有病毒的攜帶者。」

羅獵搖了搖頭道：「應當不會，藤野忠信散播的這種病毒和此前不同，應當是過去殭屍病毒的變種。」

張長弓道：「如果吳先生在就好了，他有克制殭屍病毒的方法。」

羅獵道：「吳先生將藥方給了我！」他在這件事上故意說了個謊，總不能告訴同伴們是利用來自未來的高科技儀器分析出藥物的成分，他將自己寫下的藥方遞給了阿諾，讓他等會兒去找老于頭看看，有沒有可能配出藥物。

陸威霖道：「既然你已經來了，咱們就可以功成身退。」

羅獵道：「現在還不能走，咱們必須要抓住藤野忠信，逼他交出藥方，也唯有如此才能保證……」羅獵的話還沒有說完，就聽到頭頂傳來飛機的轟鳴聲，幾人都聽到了空中的動靜，一個個抬頭望去，卻見空中有一架軍綠色的雙翼飛機在盤旋。

阿諾看到那飛機驚喜叫道：「飛機！飛機！」

此時顏拓疆也從房間內出來，他抬頭仰望天空，臉上露出詫異的神情。即便是周文虎這些久經沙場的將領，也未曾親眼目睹過飛機這一新奇的裝備，那飛機出現在新滿營的上空還是開天闢地頭一次。

阿諾感歎道：「如果咱們有一架飛機，想要逃離這裡就容易多了。」

陸威霖一旁潑冷水道：「還不知道是敵是友。」

顏拓疆和顏天心一起走了上來，顏拓疆道：「這一帶我從未聽說過誰有飛機。」其實馬永平曾經提議過購買飛機，顏拓疆認為這東西中看不中用，飛在天上總感覺不是那麼的踏實，萬一落下來豈不是要摔個粉身碎骨。

飛機掠過城南的時候，有人向空中開始射擊，不過那飛機應該早有準備，飛得足夠高，遠離子彈的射程。

羅獵心中暗忖，這飛機肯定不是他們這一邊的，從顏拓疆的反應來看應當也不知道飛機的事情，至於外面的殭屍更不可能召喚一架飛機過來。排除之後，只剩下兩個最大的可能，一，這飛機是路過，純屬巧合，二，這架飛機屬於日方，是藤野忠信為了撤退做準備，這其中後者的可能性更大。

藤野忠信抬頭望著天空，他微笑向空中揮了揮手，似乎算準了飛機上的人能夠看到自己。

一名忍者來到他的身後，恭敬道：「主人，他們還未回來。」

藤野忠信皺了皺眉頭，百惠請纓前去，原本他是猶豫要不要派她過去，可最後還是考慮到她過去對自己的忠誠和她的個人能力才答應了下來，時間已經過去了一個半小時，應當是出了差錯。

藤野忠信舉起望遠鏡眺望著遠方的建築，低聲道：「是時候發起總攻了！」

羅獵決定和顏天心一起前往古寺，藤野忠信既然能夠派出百惠探察他們的底細，他們同樣可以採取反制，種種跡象表明，藤野忠信才是這次新滿營劫難的製造者，只要能夠控制住藤野忠信，興許就可以找到解決危機的辦法。

利用逃生筆的隱形功能，他們兩人可以輕鬆接近古寺，並神不知鬼不覺地進入那裡，逃生筆的隱身功能雖然強大，可是也有一定的適用範圍，隱形的時間最長能夠達到十分鐘，範圍有限，剛才羅獵和顏天心帶著百惠同時進入隱形狀態已經是最大的極限，隱形的對象越多，保持隱形狀態的時間也越短。

對他們而言這已經足夠，在隱形效果消失之前，他們可以找到一個安全隱蔽的地方，等到能量有所恢復，就可以再度啟動設備進入隱形狀態。

羅獵和顏天心迅速接近了古寺，他們在隱形效果消失之前順利進入了古寺東側的民宅內，這會兒功夫外面的槍聲似乎又變得密集起來。顏天心從窗口向外望去，看到不遠處正有一支約莫百人的殭屍隊伍從古寺旁邊經過，奇怪的是這些殭屍並沒有進入古寺搜索，它們似乎擁有著明確的目標，從殭屍的行進方向來看，它們去往的地方正是神仙居。

顏天心低聲道：「要不要回去通知他們？」

羅獵搖了搖頭，神仙居方面已經做足了準備，相信這支殭屍軍隊的調動他們已經察覺到，他和顏天心回去無非是多兩個人加入戰鬥罷了，羅獵對張長弓他們的實力擁有著足夠的信心。

想要從根本上解除新滿營的危機還需從藤野忠信入手，唯有找到事情的始作倆者方才有可能瓦解這次危機。

陸威霖從瞄準鏡中鎖定了一具殭屍，從殭屍的軍銜可以看出它未感染前應當是一名軍官，陸威霖沉聲道：「已經進入射程了。」

張長弓通過望遠鏡觀察著周圍的狀況，在他們的四周，約有六支隊伍正在向神仙居的位置聚攏，看來他們的行藏已經暴露，這些殭屍軍隊的行進路線擁有著明確的目標。

阿諾在神仙居周圍的民宅中佈置了大量的炸藥，不過不到最後關頭，是不會進行引爆的，張長弓道：「狙擊手準備！」

顏拓疆雖然就在張長弓的身邊，可是他並沒有發號施令的意思，聽到張長弓的話，他點了點頭，示意手下人聽從張長弓的同意調遣，包括陸威霖在內的六名狙擊手鎖定了遠方的目標。

陸威霖沉聲道：「射！」

六枝狙擊槍幾乎在同時發射，子彈分別射向不同的目標，他們無一例外地瞄準了目標的頭部，想要活下去，就必須要乾脆俐落地解決敵人。

陸威霖從瞄準鏡中看到那殭屍的腦漿爆裂開來，旋即又瞄準了一名新的目標，這次瞄準的是一名殭屍的腰部，那殭屍的背囊中裝著滿滿的手雷，陸威霖一槍擊中目標，引發了手雷的爆炸，背著手雷的殭屍被砸得血肉橫飛，爆炸以它為中心輻射開來，將周圍的殭屍炸得四處橫飛，不少手臂和大腿都飛上了天空。

顏拓疆靜靜站在一旁觀戰，心中不由得感歎起來，陸威霖的槍法百發百中，從他嫻熟的動作就能夠看出此人乃是訓練有素的頂尖高手，只看了一會兒顏拓疆就能夠斷定，自己的軍中沒有人能夠比得上陸威霖的槍法。

相比陸威霖，顏拓疆那些部下的槍法就沒那麼精準。殭屍軍隊已經推進到有效射程內，他們開始利用手中的槍支向神仙居射擊，雖然他們的準星並不怎麼樣，可勝在人多，一時間子彈如雨向神仙居飛瀉而來。

神仙居內眾人各自尋找掩護，陸威霖先射殺了兩名機槍手。遠處傳來卡車的聲音，卻是兩輛卡車分別從前後的道路向神仙居疾速駛來。

張長弓引弓搭箭，瞄準了衝向正門的卡車一箭射了出去，羽箭發出咻的一聲尖嘯，瞬間化成一道閃電，鏃尖擊碎了卡車的前擋風玻璃，準確無誤地釘入那殭屍司機的顱腦，卡車失去控制，歪歪斜斜撞在一旁的民宅院牆上，撞出了一個巨大的缺口，整輛卡車都衝了進去。

鐵娃活動了一下筋骨，利用栓在兩根廊柱之上的牛筋繩向後方牽拉，形成了一個巨大的彈弓，彈子兒卻是一顆手雷，鐵娃綳直了牛筋繩將手雷彈射出去，手雷射向空中而後呈拋物線般落了下去，正落在衝向後門的卡車車廂內，手雷在車廂內爆炸，將行進中的卡車砸了個底兒朝天，燃燒的車輪落在後方的殭屍隊伍中，頓時將兩名躲避不及的殭屍砸倒在地，火引燃了他們的身體。

顏拓疆看到眼前的情景，內心也不禁熱血澎湃，就算是死也要轟轟烈烈打上一場，不知何時起他已經忘記了軍人的血性，殘酷的戰鬥，部下的犧牲讓他塵封的雄心和血性開始復甦。

密集的槍聲將昏睡的瑪莎驚醒，她掙扎著從床上坐了起來，感到一陣頭暈目眩，叫了聲阿諾，卻無人應聲，馬上意識到所有人都在忙於戰鬥，她的身邊並沒有人在，瑪莎站起身來，想找武器，卻發現並無武器在身邊，她拉開房門準備出去幫忙，卻看到一名士兵從門前跑過，瑪莎停下腳步，本想等到那士兵離去之後再出門，可是那士兵卻突然停下了腳步，身軀後仰，他的雙手不停掙扎，腳尖踮起，宛如中邪了一般。

瑪莎嚇了一跳，不知這士兵發生了什麼，此時那士兵已經摔倒在了地上，身軀不斷抽搐著，頸部左側血糊糊一片，看來是被人咬傷，可瑪莎全程根本沒有看到任何人攻擊那名士兵。

其餘人大都在忙於抵抗外面向神仙居靠近的殭屍，並未發現這一狀況。

瑪莎一顆心怦怦直跳，抽出貼身的匕首，卻見那名倒地的士兵從地上站了起來，瑪莎聽到一個陰沉的聲音道：「去，幹掉他們！」

瑪莎能夠斷定這聲音絕非那士兵所發，在士兵的周圍也看不到其他人，難道是空氣在說話？瑪莎的內心被恐懼佔據，她想到了鬼魂，難道大白天見鬼了不成？瑪莎不敢貿然出門。

此時那名士兵緩緩轉過頭來，他的脖子上仍然不停流血，可能是失血過多的緣故，臉色晦暗，眼圈發黑，皮膚也如瞬間被風吹乾了水分一樣，佈滿了褶皺，他歪了歪腦袋，張開嘴巴，白森森的牙齒縫隙中流淌著綠色的黏液。

瑪莎心頭駭然，這名士兵分明感染了殭屍病毒。士兵似乎發現了什麼，他一步步向門前走了過來。

瑪莎緊張到了極點，那士兵來到門口吸了吸鼻子，然後緩緩推開了房門。

瑪莎此時躲在了門後，那士兵站在門前，喉頭發出嘶嘶的粗重呼吸聲，瑪莎屏住呼吸生怕那殭屍士兵發覺自己的存在，那殭屍士兵向房內走了幾步，然後又緩緩退了出去。

瑪莎捂著胸口暗自鬆了口氣，可突然那士兵可怖的面孔猛地探到了門後，瑪莎嚇得發出一聲驚呼，揚起匕首狠狠向那殭屍咽喉刺去，殭屍一把抓住了瑪莎的手腕，用力一揮，瑪莎頓時如騰雲駕霧般飛了起來，身軀撞在了牆壁上然後又掉落在了地上。

那殭屍士兵舉起手槍瞄準了瑪莎的額頭。

蓬的一聲槍響，瑪莎嚇得身軀一顫，卻看到那殭屍直挺挺撲倒下去，阿諾在殭屍身後現身，他的手中舉著一把手槍，槍口仍在冒煙，他的及時出現救了瑪莎一命。

阿諾將瑪莎從地上攙起，瑪莎花容失色，望著那地上扔在抽搐的殭屍，半天沒說出話來，阿諾關切道：「你有沒有事？」

瑪莎搖了搖頭，正想說自己沒事的時候，卻感覺右臂有些麻酥酥的疼痛，低頭望去，只見她的手臂上有兩道黑色血痕，卻是剛才被那殭屍士兵抓出的傷痕。

阿諾也留意到了瑪莎手臂上的傷痕，內心一沉：「你受傷了？」

瑪莎咬著嘴唇，雙眸中已經湧出晶瑩的淚水，她顫聲道：「你走，不要管我……」

阿諾道：「不要害怕，有我在。」

瑪莎忽然從地上撿起了那殭屍掉落的手槍，先指向阿諾，然後抵住自己的下頷：「你走，我不想傷害你！」意識到自己被殭屍抓傷之後，瑪莎心中萬念俱灰，父親遭遇這樣的噩運，現在自己也是如此，興許這就是自己的命數，瑪莎暗自垂淚，真主啊！萬能的真主，難道您不再庇護您忠實的信徒了嗎？

阿諾看到瑪莎毅然決然的目光，知道她心意已決，如果自己再往前一步，恐怕會逼迫她做出不理智的選擇，他點了點頭：「保重！」轉身欲走，卻突然慘叫了一聲摔倒在了地上。

瑪莎吃了一驚，出於關心，第一時間衝到阿諾身邊將他扶起，卻想不到阿諾只是故意偽裝用來轉移她的注意力，看到瑪莎過來，趁機一掌擊在她的頸後，將瑪莎打得暈厥過去。

阿諾搶在瑪莎倒地之前將她抱起，望著瑪莎蒼白的俏臉，心中暗暗下定決心，無論怎樣自己都要嘗試一下，只要還有一線希望就不會把她放棄。

羅獵和顏天心順利進入了古廟，並沒有花費太大的功夫，他們就發現了鐘樓上的三名忍者，其中一人正在利用望遠鏡瞭望神仙居的方向，羅獵向顏天心眨了眨眼，示意她負責掩護自己，距離隱身功能失效還有不到三分鐘的時間，他必須有效利用這段時間，擊倒三名忍者。

顏天心點了點頭，舉起手槍。

羅獵沿著階梯躡手躡腳走上鐘樓，準備停當之後，宛如猛虎下山一般衝向那負責瞭望的忍者，三名忍者從空氣的異常流動中察覺到了變化，幾乎在同時轉過身來。顏天心接連扣動扳機，連續兩槍解決了瞭望者身邊的忍者。

中心忍者閃電般抽出太刀向身後劈砍過去，雖然他看不到目標，可是憑直覺意識到危險就在身後。

羅獵一把抓住了他的手腕，身體繼續前衝，屈起右膝狠狠撞在那忍者的小腹，這次重擊讓忍者頓時喪失了戰鬥力，魁梧的身軀彎曲了下去，緊接著羅獵的重拳擊打在他的下頜，將忍者打得四仰八叉地倒了下去。後腦撞擊在青銅大鐘之上發出噹的一聲悶響。

鐘聲悠揚遠遠送了出去，羅獵搶下太刀抵住那忍者的咽喉，刀鋒一挑，將他臉上的黑布挑落，羅獵本以為此人會是藤野忠信，可挑落黑布之後方才發現黑布背後竟是一張全然陌生的面孔。

顏天心負責掩護，在鐘聲響起之後並沒有發現廟裡有其他人過來接應。

羅獵用刀鋒指著那忍者道：「藤野忠信在什麼地方？」

那忍者臉上露出古怪的笑容，羅獵看到他嘴角蠕動，頓時意識到不妙，再想阻止已經遲了，那忍者咬碎口中暗藏的毒藥，立時氣絕身亡。

唯一的活口已經自殺，羅獵和顏天心迅速搜尋了整座古廟，發現除了這三名忍者之外，並無其他人在，藤野忠信更是早已不知去向，看來藤野忠信在他們到來之前已經撤退。

顏天心小聲道：「怎麼辦？」

羅獵站在鐘樓之上，撿起那名忍者掉落的望遠鏡觀察周圍，卻發現有百餘名殭屍正朝著他們所在的位置蜂擁而來，或許是被鐘聲和槍聲所吸引，羅獵輕聲道：「先離開這裡再說！」

藤野忠信此時已經驅車抵達了新滿營的北門，一路上難免會遇到不少殭屍士兵，然而那些殭屍在藤野忠信到來之後紛紛選擇避讓，竟無一人向藤野忠信發動進攻。

藤野忠信在離開北門的時候聽到了鐘聲，他皺了皺眉頭，卻並未回頭，雖然沒有看到古廟中此時的情景，卻已經猜到有人已經攻陷了那裡。

藤野忠信駕駛著汽車一直駛向北方，出了北門不遠就已經到達大片平整的戈壁，城內的戰火目前還沒有蔓延到這裡。

車越行越遠，交火聲漸漸遠去，空氣中的硝煙味道也漸漸變淡，藤野忠信的視野中出現了一架軍綠色的飛機，他的唇角露出會心的笑意，汽車一直行駛到飛機前方，飛行員從飛機另外一側閃身出來，為了抵禦風沙和紫外線，她將自己包裹得非常嚴實，紅藍花紋的絲巾遮住了大半個面孔，雙眼也用墨鏡遮住。合體的白色襯衣用一根寬闊得有些誇張的棕色皮帶束在軍褲內，美腿修長筆直，左右腿兩側各有一個槍套，插在槍套內的雙槍閃閃發光。

黃昏的風吹亂了她的秀髮，揚起白嫩纖長的右手輕輕將亂髮攏入耳後，慵懶的風姿讓人呼吸為之一窒，就如一朵盛開在戈壁上的格桑花。

藤野忠信推開車門跳了下去，臉上的笑容卻已經不見，反手將車門重重關上，然後警惕地打量著那女郎。

對方用日語道：「我還以為到了箱根的大湧谷！」

藤野忠信道：「你看錯了，明明是富士山上五合目。」

女郎點了點頭道：「為何沒有雪？」

藤野忠信道：「明明在下雪。」

「黑色的雪？」

兩人你來我往地對著暗號，所有的暗號相符之後，藤野忠信方才解除了戒心，他走向那美麗女郎，主動向她伸出手去，對方卻沒有將手伸向他的意思，藤野忠信唯有訕訕地將手放下，自我介紹道：「在下藤野忠信！」

女郎仍然保持著神秘的蒙面狀態，輕聲道：「你好。」

藤野忠信皺了皺眉頭，他並沒有掩飾內心中的不悅，對方明顯失禮了。如果拒絕和自己握手只是因為男女有別，而在自己自報家門之後，她並未將名字告訴自己，這是對自己的蔑視。

藤野忠信並沒有發作，淡然道：「我還以為來的應當是三架飛機。」

女郎沒有回答他的問題，只是將一封信遞給了藤野忠信。

藤野忠信接過那封信，抽出信封看完，慌忙向那女郎深深一躬道：「石島夫人，在下失禮了。」

石島夫人伸出手去將他交還給自己的那封信接過，當著藤野忠信的面撕了個粉碎，隨手拋棄，白色紙片飄散在風中，宛如千百隻白色的蝴蝶在同時起舞，她輕聲道：「你為何要啟動血櫻計畫？」

藤野忠信道：「並非在下擅自做主，而是情況失控……」停頓了一下又道：「在此事結束之後，我會書寫一份詳細的報告。」

石島夫人道：「有沒有找到天廟？」

藤野忠信搖了搖頭道：「中間出了意外。」

「我不問過程，只要結果！」石島夫人厲聲道。

藤野忠信從對方那裡感到了一陣無形的殺機，不禁噤若寒蟬，他忽然感覺到上頭派她過來並不是沒有原因的。

石島夫人冷冷道：「看來是一無所獲，沒有完成任務，卻擅自啟動了血櫻計畫，你還真是膽大。」

藤野忠信道：「也不是一無所獲，我們找到了昊日大祭司的遺體。」

阿諾抱著瑪莎奪門而出，他剛剛離開房間，一名殭屍士兵從屋頂撲了下來，關鍵時刻樓上的陸威霖留意到了這一變化，瞄準那殭屍的腦袋就是一槍，殭屍中彈後直墜在地面上。

阿諾抬起頭，聽到陸威霖的大吼聲：「上來，我掩護你！」

阿諾抱著瑪莎向台階衝去，身後兩名剛剛受到感染的士兵瘋狂向他追了過來。張長弓也過來協助陸威霖，兩人接連射殺了幾名殭屍士兵，讓他們納悶的是，外面的防線尚未被攻破，幾百名殭屍還沒有成功進入神仙居，剛才攻擊阿諾的幾名殭屍士兵顯然來自於他們的內部，全都是顏拓疆的手下。

顏拓疆也發現了這個問題，在他的手下接連被殭屍病毒感染之後，他感到情況有些反常，畢竟這些人跟他逃入神仙居的時候還是好端端的，難道其中有人在來到這裡之前就已經被咬傷，直到現在病毒才發作？

張長弓忽然轉過身來，手中的弓箭瞄準了顏拓疆的方向，顏拓疆被他嚇了一跳，自己和張長弓無怨無仇，不知他因何會倒戈相向？

眾人尚未反應過來是怎麼回事，張長弓一箭已經射了出去，這一箭射向顏拓疆的方向，目標卻不是顏拓疆，從他的右肩上方掠過，擦著張長弓的耳朵，發出一聲尖銳的嘯響。

顏拓疆身邊的常懷新以為張長弓要對大帥不利，調轉槍口瞄準了張長弓，陸威霖反應及時，也將槍口對準了常懷新，如果他膽敢扣動扳機，陸威霖會在他傷害張長弓之前先行將他射殺。

緊張的局勢一觸即發，不過所有人很快就意識到張長弓的那一箭絕非針對顏拓疆，以他的箭法，在這樣的距離出其不意的射擊絕不會錯過任何目標。高速行進的羽箭在空中突然就停了下來，竟然漂浮在空中，就像被一隻無形的手握住。

張長弓大吼道：「讓開！」彎弓搭箭，咻！咻！咻！一連三箭向箭矢漂浮的空中射去，張長弓是一名出色的獵人，他的觀察力和感知力極其出色，在所有人忙於防守殭屍的時候，他發現了一些蛛絲馬跡。此前在西夏王陵，他就和擁有隱身能力的忍者交過手，當他們的內部突然出現了殭屍病毒感染者，張長弓就格外留意有無外敵潛入，在他聽到有腳步聲向顏拓疆接近之後，馬上就鎖定了目標。

隱身潛入的正是藍魔，在藤野忠信賦予他強大的力量之後，藍魔信心倍增，他指揮殭屍軍團包圍神仙居，自己則利用隱身能力率先潛入神仙居，藍魔很快就意識到自己也是殭屍中的一員，在獲得隱身能力和數倍力量的同時，他對鮮血也變得越發渴望，他變得麻木。在剛開始改變的時候，他還會懊悔，還會懷念過去的一切，而隨著時間的推移，他開始變得漠視一切。

目睹被他咬傷的對象也會變成殭屍，藍魔明白自己的體內必然存在殭屍病毒，他已經不再是一個正常人，無論他擁有多麼強大的力量，歸根結底只不過是一個高等級的殭屍罷了。

藍魔原本想神不知鬼不覺地解決這群人，可終究還是被張長弓發覺，望著疾電般射向自己的一箭，藍魔身體一偏，暫時放緩對顏拓疆的襲擊，一把將射向自己的羽箭抓住，隨著他力量的提升，身體的素質也在增強，他的視力發生了奇怪的變化，他甚至能夠看得到子彈射向自己的軌跡，昔日高速行進的一切在他的視野中都開始變慢。

其他人眼中快似流星的一箭在藍魔的眼中卻在慢吞吞飄來，慢得足夠他打個哈欠，伸個懶腰，然後再輕鬆將這一支箭摘入手中。

陸威霖對危險擁有著不次於張長弓的靈敏嗅覺，他馬上就意識到真正的危險就在他們的身邊，舉槍瞄準這看不見的敵人，呯！呯！陸威霖選擇瞄準的位置基於他的經驗判斷，在張長弓射出那三箭之後，這隱形的敵人必然會選擇躲避，而陸威霖的兩槍就射擊在他可能逃逸的方位，超一流的槍手會提前判斷出對方的移動，搶先封鎖對方的去路。

顏拓疆雖然已經不再年輕，可是他的反應速度絲毫不次於其他人，發足向一旁逃去，方才逃了幾步，藍魔將手中的羽箭投擲出去，羽箭經他徒手扔出速度和力量絲毫不次於弓箭射出，羽箭穿透了顏拓疆的大腿，顏拓疆一個踉蹌跌倒在了地上。

常懷新慌忙去攙扶，周文虎舉槍衝了過來，擋在兩人身前，舉槍朝著敵人可能的位置接連射擊。

藍魔穿行在子彈之中，在周文虎尚不知敵人已經來到近前的情況下揚起拳頭，狠狠擊中了他的胸膛，這一拳的力量極其強大，竟然將周文虎的胸膛洞穿，鮮血淋漓的手穿透了周文虎的後心，從他的背後鑽了出來。

藍魔恨極了周文虎的背叛，這一拳凝聚全力，這一拳將所有人震驚，正常人不可能擁有這樣的力量和殺傷力，望著那隻因沾染了鮮血而顯形的拳頭，顏拓疆被嚇得魂飛魄散，原本攙扶他的常懷新此時也喪失了所有的勇氣，拋下顏拓疆獨自逃去。

藍魔卻不會放過這個背叛自己的傢伙，血淋淋的手撚起一顆飛向自己的子彈，猛然彈射了出去，沾染了周文虎鮮血的子彈向常懷新的後腦射去，擊穿了他的顱骨，常懷新突然被人抽取了靈魂，直挺挺撲倒在了地上。

張長弓抽出霰彈槍瞄準那血手所在的位置射出了一槍。

藍魔感覺無數沙塵擊打在自己的身體上，因為來自霰彈槍巨大的衝擊力他踉蹌著後退了一步，不過這力量還不至於讓自己停下步伐。張長弓接連又是兩槍，霰彈射中目標的時候，火星和彈片勾勒出一個男子身體的輪廓，不過幾次射擊無法給藍魔帶來致命的傷害。

張長弓也清楚這一點，他高聲道：「跳！」

目睹剛才那場交火的人都已經明白，他們所面對的是一個不可能戰勝的敵人，陸威霖和鐵娃率先做出了反應，兩人直接從小樓上跳了下去。抱著瑪莎尚未來得及登上小樓的阿諾，也慌忙回頭向下逃去。

老于頭站在密道所在的房門前向眾人招呼道：「這裡來！這裡來！」對他們來說，逃入密道是目前唯一可行的選擇，雖然密道的出口被封，可現在的密道中至少是安全的。

幾人匆匆向老于頭逃去，老于頭一邊指揮著眾人，一邊舉起槍，接連將兩名從後方追趕而來的殭屍擊斃。

顏拓疆並未來得及逃離，他舉起手槍對準了自己的太陽穴，士可殺不可辱，他寧願戰死也不願變成一具行屍走肉，不等他扣動扳機，手腕已經被人握住，藍魔並不是要奪走他的手槍那麼簡單，喀嚓一聲，硬生生扭斷了顏拓疆的右腕，疼痛讓顏拓疆幾乎暈厥過去，他怒吼道：「畜生！」

一個無比熟悉的聲音在他的耳邊響起：「你放心，我不會殺你，我要讓你活著，我要讓你生不如死！」

第四章

血的氣味

藍魔吸了吸鼻子，顏拓疆身上氣味並不誘人，
相比而言，他更喜歡新鮮而年輕的熱血味道，
人不同，鮮血滋味也不同，男和女不同，青年和老年不同，
藍魔甚至能夠從血液中感受到對方的智慧，
感受到對方心如止水還是柔情脈脈，
與世無爭還是野心勃勃。

阿諾在逃入地下密道之前引發了事先佈置的炸藥，神仙居周圍的民宅接二連三發生了爆炸，尚未來得及攻入神仙居的殭屍被這一波波的爆炸炸得血肉橫飛。

羅獵和顏天心正在從古廟撤離，讓羅獵欣喜的是，這些殭屍雖然看起來比天廟所遇的殭屍厲害了許多，可是它們對自己仍然心存畏懼，沒有殭屍主動攻擊自己，無需隱形，羅獵護衛著顏天心從殭屍群中走過，那些殭屍士兵一個個手持武器，張大了嘴巴，卻無一膽敢發動攻擊。

前方一具殭屍擋住了去路，羅獵揚起刀鞘徑直撞擊在它的面門上，怒喝道：「讓開！」

殭屍被羅獵撞得腦袋一偏，怒極張大了嘴巴發出一聲嘶吼，卻不敢繼續向前，乖乖讓開了一條道路，羅獵擁住顏天心的香肩，避免她會被殭屍士兵攻擊。

那些殭屍雖然躍躍欲試，可當羅獵帶著顏天心來到近前的時候，卻不得不向兩旁讓去，兩百餘人的殭屍隊伍閃開了一條縫隙。

顏天心小聲道：「看起來它們很怕你。」

羅獵點了點頭，從眼前熟悉的狀況，他做出了一個大膽的判斷，這些殭屍感染的病毒應當和天廟周圍殭屍同源，所以它們才會對自己表現出畏懼，很可能是慧心石的緣故，其實羅獵完全可以大開殺戒，不過在利用吳傑提供的解藥治好了譚子聰之後，羅獵意識到這些殭屍士兵並非無藥可醫，變成現在這個樣子也非他們本來的意願。

顏天心在羅獵的呵護下心驚膽戰地通過了殭屍的圍堵，就在他們準備返回神仙居的時候，神仙居周圍的爆炸發生了，阿諾在神仙居周圍佈置了大量的炸藥，前去圍困神仙居的殭屍士兵在這場爆炸中損失慘重，大半被炸死當場，倖存者寥寥無幾。

顏拓疆的雙手雙腳都被藍魔折斷，他居然還沒有暈厥過去，咬牙切齒道：「馬永平，我真該一槍殺了你。」

藍魔聽到馬永平這個熟悉且陌生的名字心中一動，不過並沒有太多的感觸，雖然他仍舊記得身為馬永平時發生的那些事，可是在心底深處卻又不自覺地和過去畫上一道界限。

甚至在他面對顏拓疆的時候已經沒有了昔日的那種深仇大恨，有的只是對屠殺和鮮血的渴望，藍魔意識到自己的情感正在變得簡單而低級，甚至於只剩下原始的欲望，變得不像是一個人，變得更像是一個野獸。

藍魔吸了吸鼻子，顏拓疆身上的氣味並不誘人，相比而言，他更喜歡新鮮而年輕的熱血味道，人不同，鮮血的滋味也不同，男人和女人不同，青年和老年不同，藍魔甚至能夠從血液中感受到對方的智慧，感受到對方心如止水還是柔情脈脈，與世無爭還是野心勃勃。

藍魔不喜歡顏拓疆的味道，對他來說血液已經陳舊，透著老奸巨猾，透著野心和欲望，這樣的血過於苦澀了一點，這世上存在著太多的矛盾，複雜而殘忍的人卻喜歡單純善良的血。

藍魔之所以沒有幹掉顏拓疆還有一個更重要的理由，因為藤野忠信事先就命令他要留下活口，他必須要將一個活著並保持頭腦清醒的顏拓疆帶到藤野忠信的面前。

瑪莎的身軀不安的抽動起來，身在地道中的眾人原本都在提防藍魔尋蹤而至，並沒有第一時間發現瑪莎的變化。一直守護瑪莎的阿諾意識到情況不對，緊緊抓住了瑪莎的雙臂。

「啊！」

瑪莎的這聲尖叫將眾人都嚇了一跳，也把所有人的注意力都吸引了過來。瑪莎頭髮蓬亂，雙目翻起了白眼，口吐白沫。

見此情景多半人都意識到發生了什麼，陸威霖舉槍瞄準了瑪莎，阿諾慌忙道：「不要……」

張長弓走過去，用一根布條勒住了瑪莎的嘴。被他們帶到地道中的百惠道：「她被殭屍咬傷了。」

陸威霖提醒阿諾道：「你最好離她遠一些。」

阿諾道：「譚子聰不是被治好了？羅獵不是說這病毒並未無藥可醫嗎？」

張長弓望向老于頭，他記得羅獵將藥方拿給了老于頭，不知老于頭是否來得及將藥配齊？老于頭搖了搖頭，剛才大波殭屍來襲，情況無比緊急，根本來不及配藥這種事。

阿諾道：「我去，我去配藥！」

陸威霖瞪了他一眼道：「色膽包天！」

阿諾怒道：「總不能見死不救！」他因對瑪莎的關切而亂了方寸。

陸威霖知道他情緒激動，當然犯不著跟他一般見識，沉默下去不再說話。

張長弓道：「不知道那隱形人有沒有離去？」如果只是殭屍來襲他們還能夠抵擋一段時間，可是對付那隱形人實在沒有把握，為了瑪莎讓那麼多人去冒險並不是明智的行為。

阿諾道：「我去吧，這件事跟你們無關。」

老于頭道：「你去也一樣是送死。」

阿諾道：「無論怎樣，我都不能眼睜睜看著瑪莎去死。」

瑪莎被捆了起來，此時她正承受著極大痛苦，頭和雙足支撐著地面，身體向上彎曲如同一個弓形，青色扭曲的筋脈從她的肌膚下暴露出來，模樣非常駭人。

張長弓皺了皺眉，瑪莎的狀況惡化極快，看來她已經支持不了太久時間了。

此時一旁有人道：「如果信得過我，我出去看看。」說話的是百惠。她是被羅獵生擒回來，至今仍然被五花大綁著。

鐵娃道：「送你出去報訊嗎？」

百惠沒有跟小孩子一般計較，雙目靜靜望著張長弓，等待著他的決斷。張長弓知道百惠是忍術高手，擅長隱匿行蹤，可她並非己方陣營中的一員，更談不上信任，如果放她離去，焉知她會不會去報訊，就算不去報訊，是不是趁機離去？

百惠道：「我的隱身功夫雖然比不上那隱形人，可是瞞過一般人的耳目應當不難。」其實她這次出來探察情況，如果不是遇到了羅獵這樣的高手，本不會那麼容易被擒，不過百惠心中也沒有太多的遺憾，在目睹藤野忠信出於野心的種種惡行之後，她甚至動搖了過去一向秉持的信念。

張長弓仍在猶豫，陸威霖道：「讓她去！」

眾人都是一愣，陸威霖聲音平靜道：「我相信她不會和那些殭屍為伍！」

百惠雙眸一亮，連她都沒有想到陸威霖會站出來公然支持自己。

張長弓終於點了點頭。

老于頭將羅獵交給自己的藥方遞給了百惠，低聲道：「藥房在二樓的房間內，你不但要從這裡出去，還要穿過天井，走上樓梯，這上面寫好了藥物的名稱，你只需在藥櫃內尋找相應的藥物，記得帶上稱量的小秤，和研磨的用具。」

百惠接過藥方道：「你們的藥房裡是不是有這些藥物？」

老于頭點了點頭道：「都是些尋常的藥品，找齊並不困難。」

陸威霖道：「我掩護你。」

百惠看了看陸威霖道：「監視才對！」

陸威霖冷峻的臉上露出一絲淡淡的笑意：「你隱形後我可看不到你。」

確信上面的房間內沒有動靜，兩人從密道中爬了上去，陸威霖並沒有離開房間，從窗口看了看外面，外面到處都瀰漫著硝煙，神仙居周圍的炸彈雖然全部被引爆，可一時間硝煙仍未散去，庭院中並未看到有殭屍移動，陸威霖向百惠道：「小心！」

百惠點了點頭，身影一閃，倏然消失在陸威霖的眼前。

陸威霖搖了搖頭，自己真沒有那個本事去監視百惠，現在他能做的就是監視庭院內的動靜，以防有殭屍發現他們目前的藏身之處。

百惠的隱身術並非真正意義的隱形，在硝煙瀰漫的環境中她可以利用種種工具和手法融入周圍的環境中，更像是自然界中擁有保護色的生物，她迅速通過了天井，走上樓梯，在地面上橫七豎八地躺著士兵的屍體，她找到了周文虎的屍體，周文虎已經死了，胸口被硬生生掏出一個大洞，百惠並未親眼目睹馬永平一拳擊殺周文虎的場面，可是看到他死亡的慘狀仍然覺得觸目驚心。

遠處一具只剩下上半截身體的殭屍仍在不停蠕動著，想要進入二樓的藥房必須要從他的身邊經過，百惠走過去，一刀將他的頭顱從頸部切了下去，頭顱滾落在木製地板上發出咚的一聲，聲音雖然不算大，卻嚇了百惠一跳。她慌忙隱藏起來，等了一會兒，確信這聲響並未引來其他的殭屍，這才大膽地進入了藥房內。

根據那張藥方百惠迅速挑選著需要的藥品，一個沒有學習過中醫藥的人，要從這層層疊疊的藥櫃正確選擇出需要的藥品是一種艱難的挑戰，足足花了二十多分鐘，百惠方才找齊了所有的藥品，她將藥品納入一個布包中，再將需要的工具塞入其中，估算了一下時間，心中暗忖，那群人肯定以為自己趁機逃了，不知他們之中是否還有人會相信自己？腦海中忽然浮現出陸威霖英武的面孔，心中不由得一暖，至少這群人中還有一個是相信自己的。

陸威霖仍然在靜靜注視著庭院，百惠離開已經就快半個小時仍然不見返回，不過好在周圍也沒有異常的動靜，陸威霖沉得住氣，他並沒有急於去藥房看看，既然選擇百惠幫忙，就要給予她充分的信任。

藏身在地道中的人已經沉不住氣了，老于頭受了眾人的委託過來查看進展，陸威霖向他擺了擺手，示意老于頭在自己的身邊隱藏好。老于頭低聲道：「瑪莎可能就要不行了……」他的心中有些難過，雖然他和這群年輕人結識的時間不長，可是他從這群年輕人的身上卻看到了自己年輕的時候，看到了久違的青春和熱情，看到善良、公理和正義的延續，也因為他們，老于頭才感覺到這個亂糟糟的世界仍然存在希望。

陸威霖點了點頭，目光仍然專注盯著外面，他雖然年輕，可是沉穩卻讓老于頭自歎弗如，老于頭還以為自己的話說得不夠清楚，又道：「她還沒有回來？是不是已經逃了？如果她去通風報訊，咱們就麻煩了。」

陸威霖道：「她是人！」一語雙關，百惠雖是日本人，雖是敵人，可只要是人，就應當有人性，就應當做出正確的選擇，不會和那些殭屍為伍。陸威霖看到聚攏在樓梯口的煙霧突然有了變化，判斷出百惠終於回來了，暗自鬆了口氣。

可就在此時，神仙居的大門外湧入了十多名殭屍士兵，這些殭屍士兵衝向樓梯處，而他們只是先頭部隊，隨後又有殭屍士兵不斷進入神仙居的院落之中。

陸威霖看得不錯，百惠剛剛走下樓梯，突然的變化讓她不得不更改原有的計畫，她不敢從剛才的路線返回地道，樓梯口被殭屍堵住，她只能扶住樓梯的護欄一躍而下，她身手出眾，落地時宛如一片落葉，認為不會引起殭屍士兵的注意。

然而一名剛剛衝上樓梯的殭屍士兵吸了吸鼻子，猛地將頭顱轉向百惠所在的方向。百惠一顆心怦怦直跳，以為只是巧合，那殭屍士兵應當沒看到自己。

然而那群殭屍士兵突然齊刷刷將手中槍口對準了她，這些殭屍並不僅僅是通過視力去判斷，他們擁有著超級敏銳的嗅覺，多半殭屍已經嗅到了熱血的味道。

陸威霖在那群殭屍舉槍之時已經知道不妙，他果斷舉槍射擊，接連將三名殭屍爆頭。

已經暴露行蹤的百惠也不再利用忍術隱形，她並未直接奔向陸威霖藏身的地方，而是騰空躍起，單手搭在二樓的飛簷，一個鷂子翻身，攀上了二層的平台。這正是百惠的聰明之處，如果她奔向陸威霖藏身的小屋，不但會將同伴的行蹤暴露，而且還會將大量的殭屍吸引過去，選擇逃向高處，吸引殭屍的注意力，一來自己可以居高臨下進行防守，二來可以給同伴充分的時間和空間去準備。

老于頭掀開窗將一顆手雷扔了出去，手雷在殭屍群中心爆炸。趁著這聲爆炸，陸威霖和老于頭兩人衝出門外，他們揚起手中的衝鋒槍向殭屍群進行掃射。

已經成功逃到二層的百惠也舉槍從高處對爆炸後倖存的殭屍射擊，三人的火力交織，將進入神仙居的二十多名殭屍鎖定在他們的火力網內。看著殭屍不停倒下，老于頭也不禁心頭大悅，哈哈大笑起來。

百惠本來因為殲滅了這些剛剛闖入的殭屍而欣慰，可是她的欣慰並沒有延續太久的時間，因為遠處正有近千名殭屍士兵通過外面因爆炸而成為廢墟的地段，以驚人的速度奔跑著向神仙居靠近。他們的行蹤已經徹底暴露了，如果說還剩下些許欣慰的事情，那就是藍魔並不在這裡，他應當抓了顏拓疆之後選擇離開。

張長弓也來到了外面，當他看清週邊的狀況，內心頓時跌倒了谷底，形勢空前嚴峻，以他們目前的實力根本無法抵擋這麼多的殭屍。

老于頭大聲道：「你們全都退回地道中去，我來應付這些混帳！」他想到了神仙居的軍火庫。

陸威霖已經明白了他的意思，搖了搖頭道：「要走一起走！」

老于頭道：「走吧！再晚就來不及了。」

百惠望著老于頭，不覺想起了藤野忠信，換成過去，她是絕不會將這樣的兩個人進行比較的，可是此刻她卻發現即便是這位老人的身上也要比藤野忠信擁有著更多的勇氣，也更值得別人去尊重。

老于頭伸出三根指頭道：「三分鐘！我最多只給你們三分鐘，你們有多遠就逃多遠！如果逃不出爆炸的範圍，那也只能各安天命了。」

張長弓虎目發紅，大吼了一聲道：「走！」他率先轉過身去，卻感到鼻子發酸，雙目不由自主濕潤了，陸威霖向百惠點了點頭，三人先後進入地道，他們進入地道就沿著地道向來時的路線狂奔，神仙居的軍火庫位於地下，即將引發的爆炸輻射的範圍肯定很大，不但會將地面的建築炸成齏粉，衝擊波還可能蔓延到很遠的地方，他們必須要遠離爆炸的核心區。

老于頭瞄準了地面上一名正在垂死掙扎的殭屍，將他的頭顱射得稀巴爛，然後轉身進入了地下軍火庫，他坐在炸藥堆上，摸出了煙草倒在白紙上，不緊不慢地捲起了煙捲兒。

煙捲兒剛剛完成還未來得及叼在嘴上，就聽到了鐵門被射擊的聲音，軍火庫的大門很快就被人從外面踹開了。老于頭點燃了煙捲兒，舒舒服服地抽了一口煙，有生以來他還是第一次在軍火庫內抽煙，原來感覺是如此的愜意如此的舒服。他似乎看到了潮水般擁入神仙居的殭屍軍團，似乎看到了它們灰飛湮滅的景象，用力抽了一口煙，彷彿要用盡所有的力量將這支煙抽它個一乾二淨。

呼！一顆子彈射中了老于頭的胸膛，他的身軀顫抖了一下，然後那燃燒的煙蒂從他乾裂的唇間滑落，掉落在地上……

張長弓等人用來逃離的時間最多只有一分鐘，他們就感覺到腳下的地面劇烈震顫起來，彷彿周圍的世界全部崩塌，氣浪挾帶著煙塵沿地道從後方衝擊而來，他們手中的火把紛紛熄滅，彷彿有一雙無形的手從後方將他們推到在地。

阿諾用身體護住瑪莎，黑暗中卻沒有發現瑪莎偷偷掙脫開了勒在她口中的布條，一口咬在他的頸部，阿諾意識到的時候，頸部的皮膚已經被瑪莎咬破。

爆炸過去，煙塵卻足足過了一分多鐘方才稍稍平息，彌散的煙塵和刺鼻的硝煙味道中傳來眾人雜亂的咳嗽聲，張長弓打開手電筒，一條被灰塵強調的光柱出現在眾人眼前。

張長弓清點了一下人數，進入地道的人目前無人走失，他大聲道：「大家有沒有受傷？」

陸威霖和鐵娃先後表示沒事，百惠已經站起身來，默默撣去身上的灰塵。

阿諾將瑪莎剛剛掉落的布條重新勒住她的嘴，然後搖搖晃晃站起身來，失魂落魄道：「我……我被瑪莎咬傷了……」

眾人的心情立時沉了下去，陸威霖心中暗歎，早知如此就應當果斷射殺瑪莎，也可杜絕其他人受到感染，現在阿諾受到了感染，作為他的好友，自己是不忍心將他射殺的，將心比心，阿諾對瑪莎的不忍正源於此。

阿諾眼眶有些發熱，他強忍心中的恐慌道：「你們快將我捆起來，我怕會做出不理智的事情。」

張長弓點了點頭，他和陸威霖兩人走了過去，在最短的時間內將阿諾捆了起來，又檢查了一下瑪莎身上的繩索，阿諾的神智還算清楚，他向陸威霖道：「如果我要是變成了殭屍，你就一槍殺了我。」

陸威霖道：「我不殺自己人。」心中有種難以描摹的難過。

阿諾的目光投向百惠，在場的人中，不是自己人的只有她。百惠明白了他的意思，點了點頭道：「我幫你這個忙，不過我已經將藥方上的藥物找齊，興許你還有機會。」

張長弓決定暫時先解決阿諾和瑪莎的事情，無論羅獵留下的這個藥方有沒有用，只能嘗試一下，阿諾是他們生死與共的戰友，面對他的困境，他們不能置之不理。

百惠取來的並非成藥，他們只能按照藥方上的配比將需要的幾種草藥混合在一起搗碎研磨成粉，因為逃得匆忙，現在他們身邊連水都沒有，不過阿諾提醒了他們，阿諾隨身帶著一個酒壺，酒壺裡面的酒可以用來將藥粉服下去。

陸威霖本來準備先將製成的藥物給瑪莎服用，這其中有一定的私心，畢竟藥效不明，也不清楚這藥物到底有沒有毒，陸威霖準備先讓情況緊急的瑪莎試用一下。阿諾在這件事上卻表現出讓人欽佩的擔當，他主動要求先吃，用烈酒和著藥粉飲下，等了五分鐘發現他沒有什麼特別的反應，也沒有殭屍病毒感染的徵兆，又將藥粉和著烈酒給瑪莎灌了下去。

瑪莎意思混亂極不配合，張長弓和陸威霖、百惠三人配合，費了九牛二虎之力方才給瑪莎灌了下去。瑪莎服藥之後平穩了很多，阿諾和她先後進入了夢鄉，阿諾甚至發出香甜的鼾聲。

張長弓搖了搖頭，心中有些奇怪，阿諾平時酒量不錯，現在只喝了這點酒就已經睡了過去，應當和酒精的作用無關，看來還是藥粉起了作用。

陸威霖拿起手槍，望著進入夢鄉的兩人，如果藥物對他們起不到作用，兩人最終變成了殭屍，對他們而言，死亡也不失為一個圓滿的結束，只是自己下不去手，如果親手槍殺了自己的朋友，恐怕這輩子他的內心都過不去這一道坎。

百惠平靜道：「據我所知，這種病毒是沒有疫苗的。」她對這種病毒多少還是有些瞭解的。

陸威霖道：「世事無絕對，譚子聰不就被治癒了？」

鐵娃跟著點點頭道：「善有善報惡有惡報，諾叔為人那麼好，肯定不會有事。」他畢竟年少單純，在他眼中的世界黑白分明，他仍然堅信好人好報。陸威霖因他的話而心生感慨，曾幾何時起，自己已經不再相信善惡有報，在這個亂糟糟的世道已經無法用昔日的準則去衡量世界，好人不長壽禍害活千年，越是不擇手段，越是卑鄙無恥的人，反倒活得更滋潤更長久一些。

陸威霖起身向後方走去，他要檢查一下爆炸造成的破壞程度，希望剛才的那場爆炸並沒有將他們的後路完全堵塞。狀況並沒有他希望中那樣樂觀，僅僅向後走了二十米不到就遇到了坍塌路段，剛才的那場人爆炸對地道破壞極大，整個地道已經完全被封死。

陸威霖舉起手電筒，利用光束的投影四處搜尋，身後傳來輕盈的腳步聲，卻是百惠隨後而至。

陸威霖道：「完全被封死了。」

百惠道：「不是還有出口？」

陸威霖搖搖頭道：「在我們從這條地道入城之前，那邊的出口也被炸毀。」

百惠沉默了下去，知道他的這番話意味著什麼。他們已經被困在了一個密閉的地下空間內，一旦氧氣耗盡，他們全都會因為窒息而死。

陸威霖忽然道：「這應當難不住你。」

百惠有些詫異地望著他，不知他這句話到底是什麼意思？

陸威霖道：「聽說你們忍術之中有一種土遁之術。」說到這裡，他的唇角卻忍不住露出一抹笑意。

看到他臉上的笑意，百惠頓時明白他是在故意消遣自己，瞪了他一眼，心中卻因他剛才的那抹笑意而溫暖。

羅獵和顏天心親眼目睹了兩次爆炸，第一次爆炸發生的時候他們並不意外，在他們離去之前就已經清楚阿諾在周圍民房中佈置了炸藥，也知道何處是安全區，萬一在他們歸途中發生了爆炸，也可規避危險。

可在第一次爆炸發生後不久，更為劇烈的二次爆炸就已經到來，從爆炸發生的位置來看，這次爆炸發生於神仙居的中心，羅獵的內心因這次的爆炸而沉了下去，他第一時間就猜到這次的爆炸發生於神仙居內的軍火庫，不知他的朋友們有沒有來得及撤離那片地方？

顏天心悄悄握住他的手，羅獵轉過頭去，看到顏天心的俏臉上也寫滿擔憂的神情。羅獵道：「興許他們已經逃了。」

顏天心點了點頭，等到爆炸過後，他們冒著硝煙和漫天飄落的粉塵迅速向神仙居的方位靠攏。接連兩場爆炸讓前往進攻神仙居的殭屍軍團損傷慘重，兩人前往神仙居這一路之上竟然沒有遇到一名肢體健全的殭屍士兵。

神仙居已經整個從原來的位置消失，在原來軍火庫的位置出現了一個巨大的深坑，深坑周圍仍然有未完全燃盡的火苗，羅獵用探測儀探察深坑周圍的狀況，發現這被炸出的深坑深度竟然超過了二十米。單從理論上來看爆炸應當無法對地層造成這樣大的衝擊力，看來這深坑應當早就存在。

羅獵決定下去看看，從爆炸後的場景來看，在爆炸發生之前，殭屍士兵大批湧到了這裡，對神仙居展開了團團圍困，阿諾他們應當在無路可退的狀況下方才做出了引爆軍火庫的選擇。根據羅獵的判斷，這些朋友應當在爆炸之前進入了地道，也唯有通過這種途徑方可能找到一線生機。這場爆炸的威力極大，引爆了整個軍火庫，將神仙居夷為平地，且無意中炸出了地下的大洞。

縈繞在洞內的煙霧隨著火苗的熄滅而散去，空中此時又下起雨來，新滿營很少會有這種陰雨連綿的天氣，羅獵和顏天心很快就確定了行動的計畫，他們沿著這被炸出的坑洞向下攀援，一邊下行一邊仔細觀察坑洞的周邊牆壁，希望能夠找到地道的開口，一直搜尋到坑洞的底部，都沒有在周邊牆壁上發現任何的孔洞，不過在他們下行十五米左右的地方發現了人工建築的痕跡，羅獵初步判斷這應當是一截被掩埋在地下的古城牆。

不由得想起此前宋昌金說過的話，宋昌金潛伏在新滿營多年，以神仙居為幌子，其真正的目的是為了挖掘古西夏皇宮，難道新滿營的地下就隱藏著一座西夏古城？以宋昌金的狡詐，絕不會將所有的底牌都掀開給他們看。

地洞的底部有大量的積水，雖然正逢天空降雨，可是這積水應當和這場降雨無關，他們並沒有花費太大的功夫就在水面的上方發現了一個洞口，從大小和規制來看，洞口應當是城門的一部分，城門為拱形，羅獵讓顏天心為他望風，自己直接跳到了水裡，利用手錶的光芒照亮水下，他向遠離城門的位置游了一段距離，從這裡能更清楚地看清城門的原貌，城門敞開著，在他下方有類似吊橋的結構，不難推測出在過去他所在位置的下方有一條護城河，這條護城河環抱著古城，護城河和古城阻擋大漠風沙的同時，也承擔著阻擋外敵的作用。

水下橫七豎八地散落著許多的白骨，如此數量的白骨集中在城門前，白骨的附近可以見到不少的兵器，羅獵推斷出這裡曾經發生過一場大規模的戰爭。

浮出水面之後，羅獵將水下的情景簡單告訴了顏天心，兩人決定從城門進入，看看裡面是否有其他的發現。

兩人入水之後向城門游去，從敞開的城門進入，游入城門約五十米左右前就看到陸地，地勢以城門處最低，而後逐漸向上，羅獵先上了岸，然後伸手將顏天心拖了上去。

顏天心從防水革囊中取出手電筒，他們的腳下是平整的花崗岩路面，街道很寬，甚至比起新滿營的南北大街還要寬闊一些，這同樣是一條南北路，應當是這座地下古城的主街，不過這條大街並沒有延續出太久，前方就被黃沙和土層填塞，顏天心在土層上發現了一個洞口，這洞口顯得有些突兀，在洞口的不遠處有多個土堆，洞口明顯是人力挖掘而成。

顏天心猜測這是個盜洞，她小聲道：「你的那位叔叔一定知道這個地方，說不定這盜洞就是他挖出來的。」

羅獵的臉上露出一絲無奈的笑意，宋昌金果然老奸巨猾，他在新滿營開煙館絕非偶然，就是要利用煙館掩飾他的主要目的，羅獵道：「十有八九。」

顏天心道：「這裡過去曾是西夏古都，他可能是為了挖掘皇宮中的珍寶。」

羅獵道：「看來他應當成功了。」他躬下身去，從地上撿起了一片黃燦燦的東西，卻是一枚維妙維肖的金葉子。心中做出了相應的推斷，宋昌金應當發現了掩埋在地下的王宮，也可能找到了王宮寶庫，此前通往老營盤的地道其實是他為了運輸找到的寶藏而挖出的一條通路，宋昌金藏得夠深，從頭到尾對地下皇城的事情隻字不提，如果不是這次的爆炸湊巧將下方炸開，這個秘密仍隱藏在地下。

顏天心用手電筒照射了一下土洞，借著光線望去，發現土洞足夠寬闊，可以容納一個人自由通過，她率先進入了土洞。

羅獵也跟隨她的後方爬了進去，在盜洞中匍匐行進了三米左右，地洞就變得寬闊起來，可以供兩人並排直立行走，地面上不時可以看到散落的金葉子，向前走了約一里路的距離，前面現出一堵牆壁，牆壁用白色的雲石堆砌而成，在距離地面一米左右的地方，有幾塊雲石被抽出，露出一個可供出入的洞口。

羅獵道：「這裡可能就是宮牆了。」

顏天心道：「不像！」借著手電筒的光芒看了看裡面，裡面是一個圓洞，走入其中發現他們已經處在了一條管道中，每隔一段距離就會看到管道的接縫，從結構來看更像是走入了一條地下排水管道。

顏天心讚道：「你叔叔很厲害啊，竟然能夠找到西夏王宮的地下排水管道。」

羅獵對此也表示贊同，滄海桑田，斗轉星移，昔日的西夏王城已經被黃沙和泥土掩埋，地表上的建築基本上都在黃土之中，但是地下建築的部分應當受到的損壞不多。比如他們現在所處的地下管道，沿著這條管道一直向前走，只要小心留意管道內散落的東西，不難找出昔日盜掘者的足跡。

羅獵手中的探測儀將他們的行進軌跡反映在手錶的螢幕上，在他們深入其中十多分鐘之後，在頭頂上方發現了一個盜洞。

羅獵讓顏天心踩著自己的肩膀爬了上去，顏天心利用兩人的皮帶打結後垂落下去，將羅獵拉了上來，他們已經處在西夏王宮的某處宮室的內部了。房間很大，其中有不少的口袋，兩人分別檢查了一下那些麻布口袋，口袋中裝滿了金銀珠寶，這些金銀珠寶顯然盜掘者是還沒有來得及運走的。

羅獵甚至懷疑這裡的盜掘工程都是宋昌金一個人完成，又或者他在完成這裡的工程之後將其他的助手滅口，他應當是沒有考慮到新滿營的局勢會發生如此急劇的變化，所以還有太多的財寶沒有來得及從這裡運出去。

羅獵吸了吸鼻子，他聞到了空氣中的一股煙草味，雖然味道並不濃烈，可是仍然沒能逃過他這個老煙鬼的嗅覺。羅獵低下身去，沒多久就在地面上找到了一個煙頭，顏天心眨了眨雙眸，羅獵的發現更證明這盜洞是人為挖掘，只是為何還會有淡淡的煙草味，難道是因為地下空氣不流通的緣故？

羅獵低聲道：「他應當還在裡面。」

顏天心芳心一怔，馬上明白羅獵所說的他就是宋昌金，宋昌金在離開天廟之後選擇和他們分手，獨自向北而去，難道這老狐狸根本就是在故布疑陣。非但沒有離開，反而兜了個圈子從密道重新返回了新滿營。不過想想也不奇怪，這裡還有那麼多的寶貝沒有被他運走，他又怎能甘心？

羅獵道：「看來咱們要守株待兔一段時間了。」與其盲目前行，不如守株待兔，根據眼前所見來判斷，不用太久的時間宋昌金就會來到這裡，他最終的目的是要將這裡最值錢的寶貝搬運出去。

顏天心小聲道：「你說他會有幾個人？」

羅獵伸出一根手指，顏天心將信將疑地望著他，在她看來僅憑著宋昌金一個人應當無法完成那麼多的工作。羅獵看出了她的質疑，低聲道：「不如咱們賭一賭。」

顏天心點了點頭道：「賭注是什麼？」

羅獵的目光落在她嬌豔的櫻唇之上，顏天心俏臉微微一熱，心中已經明白他要的賭注是什麼，正想問若是羅獵輸了怎麼辦？外面已經傳來叮叮咚咚的聲音。

羅獵和顏天心慌忙將燈光熄滅，沒過多久就看到有火光從門外透入，卻見一個推著小車的身影從門口走了進來，小車上插著旗杆，旗杆上掛著燈籠，隨著車輛的移動燈籠在來回擺動，照得那推車人的面孔忽明忽暗。

羅獵和顏天心在黑暗處定睛望去，那人卻是譚子聰！羅獵和顏天心於黑暗中彼此對望了一眼，雖然看不清對方的表情，可是都知道對方必然是驚訝無比的神情，就算他們敲破腦袋也想不透因何譚子聰會出現在這裡？

譚子聰將車停好，然後將車上裝滿麻袋的金銀珠寶搬了下去。此時又有一輛小推車到來，這次的推車人是宋昌金。

顏天心在黑暗中悄悄晃了一下羅獵的手臂，意思是告訴他輸了。羅獵微微一笑，心中也想明白了譚子聰因何會來到這裡，一定是譚子聰在離開的時候遇到了宋昌金，宋昌金剛好缺少人手，所以才想辦法將譚子聰騙了過來。

譚子聰叫苦不迭道：「累死我了，難不成你想將裡面的東西全都搬空嗎？」

宋昌金罵道：「真是個廢物，老子讓你來幫忙，可不是讓你當大少爺的。」

譚子聰對宋昌金頗為忌憚，歎了口氣道：「宋爺，錢財乃身外之物，生不帶來死不帶去，單單是咱們運的這些東西幾輩子都花不完了，夠了！」他過去一直驕橫跋扈，可這段時間以來卻遭受了自出生以來的最大打擊，換成過去從他嘴裡絕不會說出這種話。

宋昌金冷哼一聲道：「你懂個屁！老天爺把金銀財寶送到你的面前是給你機會，你不要就是違背老天爺的意思，是要遭天譴的，早知你是這樣的草包貨，老子還不如叫上羅獵一起，為何要將發財的機會讓給你？」

黑暗中忽然傳來了一陣清脆的掌聲，這掌聲在宋昌金和譚子聰聽來有若晴天霹靂，兩人慌忙去拿武器，卻聽羅獵清朗的聲音道：「三叔啊三叔，您老也忒不仗義，這麼好的事情都不叫上我，居然叫上了一個外人。」

羅獵和顏天心雙雙從暗處走出，顏天心手握雙槍瞄準了對方兩人。

宋昌金被羅獵抓了個現形，並沒有表露出絲毫的尷尬，他這張老臉皮的厚度已經趕得上城牆拐角了。右手馬上放棄了去掏槍的動作，他在盜墓摸金方面是個高手，可在武器格鬥方面卻不敢賣弄，顏天心和羅獵的厲害他是清楚的，這兩人無論哪一個都可以輕易幹掉自己。宋昌金舉起雙手表示自己對他們沒有惡意，哈哈大笑道：「大侄子，為叔的正在擔心你呢。」

羅獵道：「擔心我？」

宋昌金熱情地走了過來，伸出雙手拍了拍羅獵的肩頭道：「可不是嘛，聽說新滿營鬧了殭屍，我馬上就決定回來找你，老天保佑，你沒事，你沒事我就放心了，咱們家可就只有你這根獨苗了。」他老奸巨猾，表演得入木三分，如果不是對他的人品早有瞭解，十有八九會被矇騙。

譚子聰卻沒有宋昌金的演技，在這裡被羅獵他們撞了個正著，明顯慌亂起來。他的手向小推車上伸去，不等他完成這個動作，顏天心就射出了一槍，子彈射在他右手前方，噹地擊中了一物，譚子聰剛剛握在手中的長刀被這顆子彈擊中飛了出去。

那柄長刀正落在羅獵腳下，羅獵垂目一望，躬身將這柄長刀撿起，看似細窄輕薄，可是入手極沉，刀身長約四尺，宛如一泓秋水般明亮，除了刀刃之外，刀身主體佈滿魚鱗形狀的斑紋，刀格漆黑，刀柄烏木製成，上方用象牙紋飾鑲嵌，這把刀造型有些像馬刀，又有些像唐刀，比起同樣尺寸的東洋刀要沉重許多。

羅獵只看了一眼就被這把刀所吸引，譚子聰看到長刀落入羅獵之手，慌忙道：「那刀是我的！」

羅獵還沒有說什麼，宋昌金卻呸了一口道：「放屁！這柄虎嘯是我送給我侄兒的禮物，你算什麼東西，配得上這把刀嗎？」宋昌金是一條不折不扣的變色龍，他不失時機地討好這位侄兒，是因為明白羅獵是這裡實力最為強大的一個，再加上顏天心幫忙，兩人百分百會控制目前的局面，在這個特殊的環境下，實力才是硬道理，好漢不吃眼前虧，不討好實力最強的羅獵，難道還跟譚子聰這個草包捆綁結盟不成？

羅獵看了看刀鍔，上方刻有西夏文字，他不認得，不過有顏天心這位西夏古文字專家在身邊，自然不難得到解答。宋昌金擅長見風使舵，馬上又將刀鞘找了出來，刀鞘用某種生物的外皮縫製而成，雖然看上去黑黑的不起眼，可是歷經千年仍舊堅韌如昔，足以證明它的珍貴。

羅獵也不客氣，他一直都缺少一把襯手的近戰武器，雖然此前先後得到了幾把日本太刀，可是那些太刀普遍偏輕，這把長刀剛好合適。

譚子聰看到羅獵絲毫沒有讓出的意思，已經明白羅獵一定是對這把虎嘯寶刀動心了，想要從羅獵手中奪走這把長刀根本沒有任何機會，他唯有壓下心頭的欲望，自我解嘲道：「其實我也是想送給羅先生，感謝他的救命之恩。」是羅獵帶回了解藥治好了他，否則現在他就算不死也已經成為行屍走肉。

宋昌金哈哈笑了起來，心中暗忖，這廝居然也懂得見風使舵。

羅獵將長刀收好，向宋昌金道：「三叔深藏不露啊！」

宋昌金嘿嘿笑道：「活了那麼大年齡，若是被你一眼就看透，豈不是活成了一個笑話。」

顏天心道：「看來您老人家發現了不少的寶貝。」

事到如今宋昌金再掩飾也沒有任何的意義，他歎了口氣道：「我在新滿營開煙館，一個人背井離鄉苦心經營了那麼多年，還不是為了這些東西，天可憐見，老天爺被我的誠意感動，讓我僥倖發現了一些東西。」說到這裡他停頓了一下，向羅獵道：「帶煙了嗎？」

羅獵從口袋中取出香煙，還剩下半盒，抽出一支遞給了宋昌金，又取出一支。宋昌金已經極其麻利地取出火機幫他點上了，羅獵暗笑宋昌金的能屈能伸，帶著嘲諷道：「三叔，您這是要折殺我，我可受不起。」說著受不起，還是心安理得地湊在火上將香煙點了。

宋昌金用力抽了口煙，吐出一團煙霧，瞇起狡黠的雙眼道：「你們一直都在跟蹤我？」

顏天心道：「以小人之心度君子之腹。」

宋昌金不以為意，微笑道：「應當是剛才的爆炸將洞口暴露出來了。」說到這裡，他忽然想起了一件事，既然羅獵和顏天心能夠尋蹤而至，那麼其他人也一定能夠，來的如果是羅獵的同伴倒沒有什麼，可萬一大批的殭屍蜂擁而至，豈不是麻煩大了？

宋昌金小心試探道：「只有你們兩個嗎？其他人呢？」

羅獵也不瞞他，將此前發生爆炸，神仙居被炸出大洞的事情告訴了他，至於其他人，羅獵猜測他們應當被困在此前通往老營盤的地道中，他之所以選擇坦誠相告，這其中也有希望宋昌金幫忙的意思，畢竟這些錯綜複雜的地下通道都是宋昌金所挖，論到對這些地道的瞭解，沒有人能夠超過宋昌金。也只有宋昌金幫忙，他們才有可能在最短的時間內找到同伴。

宋昌金目前還不知道外面的具體情況，聽聞爆炸已經將城門暴露出來，他的表情頓時變得嚴峻起來，顫聲道：「如此說來豈不是麻煩了，不好，咱們必須要儘快將城門堵住，不然那些殭屍很快就會找到這裡。」

羅獵望著宋昌金，他們的目的並不相同，宋昌金此番回來新滿營絕不是為了營救自己，而是要將他未曾來得及搬走的這些財寶悄無聲息地運出去，他既然能夠悄悄回到新滿營，就證明還可能有其他的路徑可以通行。自己關心的卻是張長弓那幫朋友的安危，目前最大的可能就是他們被困在了通往老營盤的地洞之中。

羅獵道：「人命重要，還是這些財寶重要？」

宋昌金道：「當務之急卻是要堵住大門，如果被殭屍發現，我的這些財寶還有你的朋友全都會遇到麻煩。」

羅獵道：「你能不能幫我將他們救出來？」

宋昌金道：「那就要看他們是不是還活在這個世界上。」他意識到自己重新掌握了事情的主動權，懶洋洋道：「只要你幫我將這些東西運走，我就儘量幫你將他們找出來。」

羅獵望著這個現實又市儈的親叔叔，心中真是五味雜陳，既鄙夷宋昌金的人品，又不能拿他怎麼樣，當前唯有選擇跟他合作。

宋昌金道：「事不宜遲，咱們先去將洞口堵上再說。」他已經率先從地洞中跳了下去，羅獵和顏天心並沒有做太多的猶豫，緊跟著宋昌金從地洞躍下。譚子聰完全處於被動的狀態，離開宋昌金他根本沒有活著走出去的可能，唯有繼續追隨他們，他本想也跟著過去，卻聽宋昌金的聲音從下方傳來：「小子，你繼續把東西運出來，不可偷懶。」

宋昌金擔心的事情終於還是發生了，他們重新來到城門處的時候，已經有大批殭屍正沿著炸開的地洞向下攀援而來。

宋昌金暗罵了一聲，最倒楣的是他目前已經沒有炸藥了，如果有足夠的炸藥，他完全可以利用炸藥將這個洞口炸塌，只要封住這個水洞，就能將下方的秘密暫時掩飾起來，而現在他們剩下的選擇就只有一個，要在殭屍進入這裡之前將城門封住。

宋昌金將關閉城門的方法告訴了羅獵，想要關閉這座城門，必須要潛入水下，找到位於水下聯動城門的鐵鍊，放鬆絞盤，城門就會落下。

羅獵讓兩人在岸上望風，自己進入了水中。按照宋昌金的說法，關閉城門沒有太大的難度。羅獵在進入水下之後想到，這城門應當是一直開啟的，城門為一整塊石門，通過鐵鍊繞過上方的滑輪，下方和絞盤相連，轉動絞盤就能夠將沉重的石門緩緩升起，這一結構在中原古城中並不常見。

羅獵潛入水下並沒有花費太大的功夫就找到了宋昌金所說的絞盤，絞盤連接鐵鍊，串成鐵鍊的每個連結部分都有碗口般大小。這些鐵鍊都是通過城牆的內部孔洞和上方的石門相連，暴露在外面的部分全都位於水下，所以如果不潛入水中根本不可能將之斬斷，這也是為了防止大門遭到破壞的一種措施。

雖然宋昌金將所有的步驟詳細說了一遍，可是具體的操作卻沒那麼容易，那絞盤早已銹蝕，羅獵用盡全力根本無法轉動分毫。他取出了那支逃生筆，利用逃生筆的鐳射光束將連結絞盤的一根根粗大的鐵鍊逐一切斷。

宋昌金和顏天心都在岸邊關注著水下的情景，看到水底發出的紅光，宋昌金不禁好奇道：「什麼東西？怎麼會有光線發出？」他對羅獵隨身攜帶的設備並不瞭解，顏天心猜到是羅獵在利用鐳射光束斬斷鐵鍊，她才不會向宋昌金解釋，冷冷道：「你問我，我去問誰？」

宋昌金知道顏天心對自己並無好感，當下嘿嘿一笑不再說話，而此時聽到外面傳來下餃子般的落水之聲，卻是那些殭屍跳入水中，通過城門的空隙，向裡面游來。

第五章

一具死屍的動靜

咚！又傳來撞擊聲，棺槨從車廂底部彈起又落下，
他們的腳下同時感到一震。
石島夫人驚聲道：「這裡面到底是什麼？」
藤野忠信也開始變得忐忑起來，
他本來認定了這棺槨中就是昊日大祭司的屍體，
可是眼前發生的一切卻太過詭異，
一具死屍怎麼可能鬧出這樣的動靜？

宋昌金倒吸了一口冷氣，這些殭屍當真成精了，不但可以使用武器，居然還會游泳。仔細一看，那些殭屍全都漂浮在水面上，它們雙手滑動迅速向他們所在的位置游來。

顏天心舉起雙槍瞄準從水面游來的殭屍開始射擊，她槍法極準，幾乎無一落空。宋昌金焦急地望著上方的石門，羅獵潛入水底半天，仍然不見石門落下，看來這次麻煩了。

顏天心一邊開槍一邊道：「你告訴羅獵的方法頂不頂用？」

宋昌金苦笑道：「大家都在一條船上，我騙你作甚。」

雖然他們不停射擊，怎奈殭屍數目太多，仍然有數十名殭屍爬上了岸，就在焦躁之時，突然聽到轟隆隆一聲巨響，卻是高懸的城門終於落下，石門將不及閃避的殭屍砸到了下方，堵住了敞開的門洞。

石門落下時引起了劇烈的震動，羅獵隨著水波晃動，並沒有等到他將所有的鐵鍊切斷，剩餘的鐵鍊就將絞盤扯斷，斷裂的絞盤向羅獵橫掃而去，羅獵慌忙向後游去，雖然逃得及時，並未被沉重的絞盤擊中，可是絞盤在水中高速撤離引起的一股暗流也如同重錘一般拍擊在他的身上。

一具殭屍還未來得及上岸，就被突然斷裂的絞盤擊中，身體隨著絞盤升起到高處。

羅獵看到水下有幾道黑影向自己迅速靠攏，抽出虎嘯，長刀一揮，刀鋒從率先靠近自己的那具殭屍身體掠過，輕易就將殭屍劈成兩半。其他幾道黑影似乎感到羅獵的威脅，慌忙四散而逃。

羅獵趁機浮出水面，顏天心和宋昌金兩人不斷開槍，城門封閉之後，將大批的殭屍阻攔在外，進入城內的殭屍只有二十餘個，在兩人的聯手射殺下，如今殭屍更只剩下三名。

羅獵上岸之後，有心試刀，舉刀衝了過去，長刀左劈右斬，那些殭屍在羅獵面前表現得毫無抗拒之力，頃刻間被他砍殺殆盡。

宋昌金也意識到這些殭屍在羅獵面前根本不做反抗，壓根就是引頸待宰，心中暗暗稱奇，想起羅獵此前曾經吸收了慧心石的能量，推測應當是慧心石的作用。想到這件事心中不由得感到惋惜，就算這裡所有的寶貝都加起來可能都不如一顆慧心石來得珍貴，羅獵這小子的運道還真是不錯。

解決了後顧之憂，三人重新回到了此前的密室，譚子聰果然聽話，這會兒功夫又運來了一車珠寶。

羅獵對那些珠寶看都不看，來到忙著整理小車準備抓緊時間再去運寶的宋昌金面前道：「三叔，別忘了您答應我的事情。」

宋昌金滿臉堆笑道：「我做事言出必行，你放心吧。」

羅獵道：「這麼多的珠寶但憑著咱們幾個可不好運出去，不如咱們先去救人，到時候人多力量大，也可以幫你多帶走一些財寶。」

宋昌金道：「人心難測，誰能保證他們不會見財起意？」

顏天心道：「不要把所有人都想得跟你一樣。」

宋昌金笑了一聲道：「我然不是什麼好人，可是我不虛偽。」他向羅獵道：「不是我不想幫你，可是咱們現在被關在了城內，就算我想幫你也出不去。」

羅獵皺了皺眉頭，其實在他前去關城門的時候就想到了這個問題，可轉念一想，宋昌金沒理由將他自己也給關起來，如果逃不出去，他要那麼多的財寶有什麼用處。由此可見宋昌金必然還有後路，否則他又何必讓譚子聰片刻不停地運寶。看來這地下王城之中必然還有其他的通路，而且十有八九就在附近。

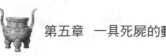

宋昌金看到羅獵兩人仍然無動於衷，歎了口氣道：「還不幫忙，拖得越久，你的那些狐朋狗友生還的機會就越小。」

出去尋找出口的人一個個返回，他們誰也沒問結果，從對方的臉上已經看出結果不如人意。目前內心最為安穩的兩個人要數瑪莎和阿諾，他們兩人都處在昏睡之中，阿諾還發出了香甜的鼾聲。

陸威霖望著阿諾道：「若是就這麼睡死過去，倒也不錯。」

張長弓來到他身邊拍了拍他的肩頭道：「怎麼？灰心了？」

陸威霖哈哈笑了起來：「談不上灰心，只是有些不甘心。」

鐵娃走了過來，他手中拎著一個布袋，袋子裡面裝著從所有同伴那裡搜集來的手雷，加起來也不過五顆，這也是他們的備選方案之一，在找不到出路的情況下任選一個地方引爆，希望能夠炸出一個逃生口。不過所有人都明白單靠這幾顆手雷是不會起到任何作用的，他們頭頂的土層至少有十米厚度，地道兩端塌陷的地方更是沒有可能，爆炸很可能會引發再次坍塌，將他們所有的人都埋在裡面。

張長弓的心情格外凝重，羅獵不在場的時候，自己理應承擔領導和決斷的職責，可現在自己卻把所有的朋友引入了一條死路，如果羅獵在，一定不會發生這樣的狀況。

一旁忽然響起阿諾的夢話：「瑪莎，I LOVE YOU……」

周圍幾人都被他這沒頭沒腦的一句話引得大笑起來，其實包括鐵娃在內的所有人都看出阿諾對瑪莎有好感，他們跟阿諾一起久了，自然懂得這句話的含義，從阿諾的這句夢話也不難理解他因何要捨生忘死地去救瑪莎。

阿諾被眾人哄笑聲驚醒，睜開雙目，坐起來喘了口粗氣道：「我死了嗎？」

張長弓伸出大手照著他的後腦勺拍了一巴掌，阿諾這才回到現實中來，張長弓笑罵道：「你這種酒鬼活著也是多餘。」

聽到酒字，阿諾忽然感覺到腹中如同翻江倒海般，直犯噁心，好不容易才將這股嘔吐的欲望壓制住，他苦笑道：「別提酒字……」可能是服藥後產生的不良反應，他居然對酒字變得敏感起來，這可是過去從未有過的狀況，在過去聽到酒字聞到酒味兒會讓他的每個細胞都興奮起來，而現在那種感覺突然就不見了，非但不見，反而從心底感到抗拒。

陸威霖道：「你沒事吧？」

鐵娃道：「你想不想咬人吸血？」

阿諾瞪了他一眼道：「老子想吃你的肉喝你的血。」

確信阿諾神智正常，眾人方才放下心來，看來羅獵留下的藥方果然有效。

阿諾看到瑪莎仍在熟睡，不過從瑪莎安祥的睡態來看，應該也渡過了危險期，身體狀況穩定了下來，這才安心下來，向張長弓道：「謝了！」

張長弓道：「你不用謝我，應該謝的是百惠。」

阿諾正準備道謝之時，百惠卻轉身向遠方走去，阿諾熱臉貼了個冷屁股多少有些尷尬，嘿嘿笑了一聲道：「咱們在什麼地方？」

鐵娃將他們目前的狀況說了一遍，阿諾聽完之後不禁皺起了眉頭，本以為逃過了那場爆炸就能夠逃過一劫，卻想不到他們雖然躲過了那場爆炸，卻並未真正逃離危險，更像是從一個牢籠進入了另外一個牢籠。

張長弓問起有無爆炸逃生的可能性，阿諾看了看鐵娃搜集的手雷，撇了撇嘴道：「沒可能，就這麼點東西，壓根沒辦法炸出通路，搞不好還會破壞地道的穩定性，萬一發生坍塌，咱們可就被活埋在這裡了。」

鐵娃聽他這樣說不禁有些急了：「諾叔，那麼說咱們就出不去了？」

阿諾道：「有水沒有？」

鐵娃搖了搖頭。

阿諾道：「那就只能忍著了，羅獵找到咱們之前，咱們盡可能少活動，最大限度保持自己的體力減少消耗，也只有這樣才能撐到獲救之時。」

每個人都明白了阿諾這番話的意思，憑著他們目前的狀況應當是無法自行逃出困境了，現在剩下的就是等待，等到羅獵找到他們，而他們唯有等待。

三輛卡車從遠方駛來，藤野忠信放下望遠鏡，向石島夫人道：「夫人，他們已經來了。」

石島夫人拿起自己的袖珍望遠鏡，觀察從遠處緩緩靠近的三輛卡車，按照藤野忠信的說法，昊日大祭司的棺槨就在其中的某一輛卡車內。她低聲道：「棺槨在何處找到的？」

藤野忠信道：「就在天廟之中。」

石島夫人輕輕哦了一聲。

那三輛卡車很快就來到了他們的面前，從第一輛車上跳下來三名忍者，正中一人大步向藤野忠信走來。

藤野忠信微笑望著他的部下，這些人全都是經過改造的變異忍者，戰鬥力極其強悍。

石島夫人輕聲道：「說說你的下一步計畫。」

藤野忠信沒有回答她的問題，向卡車走去，負責運送棺槨的是第三輛卡車，四名忍者守護著一具棺槨，棺槨通體漆黑，呈紡錘體的形狀。

石島夫人身手輕盈地來到卡車內，緩步來到棺槨前方，右手落在棺槨的表面，觸手處冰冷堅硬，這棺槨通體用金屬鑄造而成，不過她從未見過這樣的金屬。石島夫人道：「這金屬是什麼？」

藤野忠信搖了搖頭道：「我從未見過。」

石島夫人道：「有沒有打開過？」

藤野忠信道：「還沒有來得及打開，不過從種種跡象來看，這就是昊日大祭司的棺槨，裡面藏著他的肉身。」

石島夫人的雙目充滿了質疑，冷冷道：「你打算讓我幫忙將這具棺槨運走？我的飛機可載不動這麼沉重的……」她的話還沒有說完，藤野忠信僅僅用一隻手就將棺槨抬起，石島夫人詫異地望著眼前的一切，她怎麼都不會想到這棺槨竟然如此輕盈。

藤野忠信道：「你只需執行命令！」

石島夫人靜靜望著藤野忠信，聲音變得冰冷無情：「你在命令我？」

藤野忠信道：「不敢，不過有件東西我想夫人應當過目一下。」他從貼身的衣袋中拿出一物，卻是一個黝黑的鐵製翼龍，這是玄洋社的黑龍令，在社中擁有著無上權威。

石島夫人的目光軟化了下去，在藤野忠信看來自己拿出黑龍令已經起到了理想的威懾效果，他不無得意道：「並非是要為難夫人，只是情況所迫，在下有許多事不得不為，現在夫人應當能夠理解我因何要啟動血櫻計畫了？」

石島夫人道：「明白，黑龍令等若社長親臨，藤野君還有什麼吩咐？」

藤野忠信道：「另外的兩架飛機何時到達？」

「半個小時後！」

藤野忠信道：「很好！」他指了指飛機道：「東西我親自負責押運，大人就耐心等待他們過來接您吧。」

石島夫人冷冷望著藤野忠信，對方是要開走這架飛機，將自己丟在這裡，不過她很好地控制住了自己的情緒，點了點頭道：「沒問題。」

咚！一個沉悶的聲音響起，幾人都是一怔，這聲音分明來自於那具棺槨。

咚！又傳來撞擊聲，這次的聲音比起上次更加清晰，棺槨似乎從卡車車廂的底部彈起來又落下，他們的腳下同時感到一震。石島夫人驚聲道：「這裡面到底是什麼？」

藤野忠信的內心也開始變得忐忑起來，他本來認定了這棺槨中就是昊日大祭司的屍體，可是眼前發生的一切卻太過詭異，一具死屍怎麼可能鬧出這樣的動靜？

蓬！棺蓋被源自內部的強大力量撞得飛起，血霧翻飛，四處飄散。石島夫人和藤野忠信兩人在這次撞擊發生之前就已經跳下了卡車，他們已經預感到不妙。棺槨中，一頭染滿鮮血的古怪生物從血霧中現身，綠色獨目閃爍著陰森可怕的寒光。四名負責守護棺槨的忍者幾乎在同時衝了上去，揮動太刀向那怪物砍去，怪物猛地撲向其中一名忍者，絲毫不懼砍向自己身上的利刃，光禿禿的頭顱裂開一張巨口，白森森的牙齒將那名忍者半截身體吞了進去，牙齒一錯，忍者的身軀從中斷裂，鮮血從斷裂的腹腔四處迸射。盤曲在棺槨中的長尾橫掃出去，以迅雷不及掩耳之勢抽打在其餘幾名忍者的身上，隨之傳來一聲聲的骨裂之聲。

四名忍者在怪獸面前根本就是不堪一擊。

石島夫人快步奔向飛機，藤野忠信也不敢在原地停留，朝著石島夫人的身影追逐而去。

怪獸騰躍而起，徑直撲向一輛前方的卡車，牠絲毫不懼高速前衝的卡車，強橫的身軀直接撞碎了卡車的擋風玻璃，身軀進入了駕駛室，殘忍撕咬兩名尚未來得及逃離的忍者，駕駛室內鮮血飛濺，慘呼聲不絕於耳。

及時離開卡車的幾名忍者端起衝鋒槍瞄準那頭血淋淋的怪獸開始射擊，子彈織成的火力網將怪獸覆蓋，子彈不停擊打在怪獸的身上，可是竟無一顆子彈能夠射入怪獸的體內，怪獸發出一聲震撼人心的低吼，以驚人的速度衝向忍者的陣列，利用牠可怕的攻擊力將這些圍攻牠的武士瞬間撕碎。

石島夫人和藤野忠信先後進入了飛機中，石島夫人因為緊張額頭滲出不少的細汗，經過幾次嘗試飛機終於成功啟動，在飛機起跑的時候，那頭怪獸發現了他們的意圖，怪獸奮起直追，高速奔行在戈壁上的怪獸又如一道疾電，牠的長尾因高速奔跑成為標槍般筆直，獨目鎖定了那架飛機，塵煙在牠的身後揚起。

藤野忠信端起衝鋒槍瞄準身後的巨大目標開始不停發射，怪獸在高速奔跑中居然能夠不斷變線，蛇形前進，以此來躲避藤野忠信射來的子彈。

藤野忠信大吼道：「起飛，趕緊起飛！」

飛機仍然沒有離地飛起，怪獸卻越來越近，藤野忠信向怪獸丟出一顆手雷，砸得怪獸身體在地面上翻滾了一下，不過牠並沒有受到很大的損傷，馬上爬起來繼續追趕。

石島夫人將速度提升到了最大，飛機終於離地而起，怪獸奮起全力猛地撲了上去，在飛機的輪子尚未來得及收起之前將之抱住，剛剛離地飛起的飛機因怪獸突然牽拉而向下一沉，輪子再度落在了地面上。

藤野忠信站了起來，端起卡賓槍，槍口瞄準了怪獸的獨目，扣動扳機，密集的子彈傾瀉下去。怪獸閉上了獨目，因數彈的衝擊力而放鬆了前爪，飛機在解除束縛之後重新起飛。

怪獸從地上騰躍起來，驚人的彈跳力讓牠幾乎再次抓住飛機的左輪，幸好還差半寸的距離，怪獸重重跌倒在了戈壁之上，望著漸漸升高的飛機，牠發出一聲憤怒的暴吼。

藤野忠信喘著粗氣，內心之中驚魂未定，望著前方駕駛飛機的石島夫人，他正準備說什麼，卻看到石島夫人的頭顱竟整個轉了過來，面孔轉到了後方，直視自己的雙目，藤野忠信因眼前的詭異一幕而毛骨悚然，這是一個面色蒼白的小女孩，他看到那女孩緩緩從前座爬了過來，她猶如剛從水中出來，黑色長髮濕淋淋不停滴著水，女孩和年齡極不相稱的陰森雙目冷冷盯住了她，蒼白的小手伸了過來，在藤野忠信還未來得及做出反應的情況下，抓住了他的脖子。

藤野忠信感覺到這雙冰冷的小手不斷發力，就要將自己扼得窒息過去。

石島夫人還不知道發生了什麼事情，她檢查著飛機，還好沒有發現什麼大礙，就在此時，突然感覺到頸部一緊，卻是藤野忠信從後方扼住了她的脖子，她感覺到藤野忠信急促而粗重的呼吸聲。

天空黯淡下去，烏雲聚集，閃電在雲層中不停躍動，藤野忠信的一張面孔變得猙獰而扭曲，石島夫人掙扎著，竭力呼喊著：「混帳……你要一起死嗎？」

藤野忠信發出陣陣怪笑，紅衣女孩的影像在他的眼前變得越來越清晰。

石島夫人操縱著飛機，飛機陡然在空中拉升旋轉，變成了底部朝天，駕駛艙向下，藤野忠信還沒有將自己牢牢地捆在座椅上，他感覺身體一空，因重力而向下方墜落。出於本能的反應，他在飛機翻轉之前就放鬆了石島夫人的脖子，在身體掉出機艙之前死死抓住了機艙的邊緣。

對死亡的恐懼佔據了他的腦海，眼前紅衣少女的影像頃刻間消失得無影無蹤，藤野忠信意識到自己所處的凶險境況之後，馬上大叫起來：「放我回去……」

石島夫人劇烈咳喘著，她無法理解因何在這種時候藤野忠信突然向她發動了攻擊？藤野的做法是極不理智的，就算他能夠殺掉自己，最後的結局也只能是同歸於盡。

藤野忠信雖然膽大，可此刻的聲音也顫抖了起來：「放我回去，不然……」他的右手死死抓住機艙的邊緣，左手掏出了手槍，雖然連他自己都不清楚因何會做出剛才那樣不理智的舉動，可是現在說什麼都沒有用處，他無法在此事發生之後取信於石島。

石島知道危險尚未解除，她大聲道：「抓好！」飛機在她的操縱下開始緩慢地旋轉，藤野忠信為了確保不被甩出去，棄去了手槍改成雙手抓住機艙的邊緣，只要飛機恢復到正常的飛行狀態，他就能夠第一時間回到駕駛艙。

藤野忠信大聲道：「抱歉，真的抱歉！」他在盡可能地化解石島對自己的敵意，畢竟現在他處於被動的局面之中，任何事情都需等到擺脫困境之後再說。

石島夫人操縱飛機恢復到正常的狀態，藤野忠信趁機重新爬回了艙位，他驚魂未定道：「謝謝……謝謝……」石島夫人卻在此時揚起手來，一支袖箭射中了藤野忠信的肩頭，雖然入肉不深，可是一種麻痹的感覺迅速擴展到了全身。

「你……」藤野忠信甚至連這句話都沒有說完，飛機突然急劇顛簸起來。

飛機在空中劇烈顛簸起來，石島夫人無暇理會藤野忠信，原來在剛才的逃離過程中怪獸對飛機造成了損壞，已經無法繼續飛行，她必須要選擇迫降。幸好她是在戈壁的上方，在這片廣袤的荒原上隨處都能夠找到輕鬆降落的地方。

藤野忠信眼睜睜看著她，雖然意識到石島並不簡單，可是現在為時已晚，自己已經落在對方的控制中。

羅獵跟隨宋昌金來到秘密金庫之中，這座金庫應當是昔日西夏王宮藏寶的地方，裡面的珠寶堆積如山，西夏王國強盛一時，雄霸西域，戰回鶻，侵大宋，最興盛的時候幾乎能和大金爭雄，留下的財富自然不少。羅獵此前在西夏王陵和天廟內就已經對此有了深刻的認識，不過拿此前所見的天廟寶庫和這座王宮寶庫相比只能是小巫見大巫了，難怪宋昌金對天廟中的寶藏興趣不大。

羅獵道：「這麼多寶貝，三叔恐怕沒辦法全都搬走吧。」

宋昌金歎了口氣道：「天意弄人，我好不容易才找到了寶藏，卻想不到發生了那麼多的事情。」他的懊喪絕非偽裝，苦心經營了那麼多年，終於找到寶藏，原指望著一點點將這座寶藏搬空，可沒想到新滿營接連發生了那麼多的事情，而今只能挑選一些最精美最珍貴的東西帶走了。

羅獵道：「譚子聰很聽你的話啊。」

宋昌金冷笑道：「人為財死鳥為食亡，那個敗家玩意兒離開他老爹什麼都不是。」其實宋昌金早有打算，準備在譚子聰幫自己將財寶運出去之後就找機會將他幹掉，一來自己不必給他報酬，二來也可避免走露風聲。

羅獵向遠處忙著往麻袋中裝珍寶的譚子聰看了一眼，低聲道：「三叔是不是準備卸磨殺驢呢？」

宋昌金呵呵笑了起來，搖了搖頭道：「我有那麼陰險嗎？」

羅獵卻從他閃爍的目光中看穿了他的內心，雖然兩人是叔侄關係，可是這麼多的財寶擺在面前，難保宋昌金不會生出歹意。

顏天心道：「你將這些東西運出去，是不是準備拿來換錢？」

宋昌金笑道：「你以為呢？難道我要將這些東西留在家裡當擺設？」掘金盜墓可不是為了收藏，只是利用某些收藏家想要據為己有的心理換取財富，有了錢才能夠讓自己生活得更好。

顏天心冷冷道：「這些全都是國寶，你不怕被外國人買去？」近些年在國內大肆收購國寶文物的都是一些外國人，顏天心所以才會有此一問。

宋昌金道：「主顧是沒有國界的，只要他們肯給錢，我管他是哪國人。」

羅獵淡然道：「有奶就是娘？」

宋昌金聽出他話中的嘲諷含義，不以為恥反以為榮道：「這就是現實。」

顏天心道：「我不會幫你，你盜取國寶賣給外國人，牟取一己私利，根本就是賣國賊！」

宋昌金因她口中賣國賊這三個字老臉為之一熱，乾咳了一聲道：「言重了，我只是生意人，可不是……」

顏天心不等他說完就打斷他的話道：「不要給你的自私尋找藉口，身為一個中國人，你開煙館毒害同胞，盜國寶，賣國求榮，還有什麼臉面活在世上？」

宋昌金被她一番話說得惱羞成怒，唇角肌肉猛地抽動了一下，他向羅獵道：「大侄子，看在你的面子上我不跟她一般計較，別忘了咱們之間的協議。」他在提醒羅獵，想要找到張長弓那些人必須要依靠自己，所以宋昌金才會有恃無恐，他自認為抓住了羅獵的脈門，雖然和羅獵認識的時間不長，可是共同經歷的事情不少。宋昌金知道羅獵絕不會放棄那幫至交好友，正因為此，他才可以利用張長弓那群人的性命來要脅羅獵，逼他就範。

兩人目光對視，宋昌金自以為掌控了局面，昔日敬畏的目光也倨傲霸道了許多，羅獵並沒有因為他的要脅而流露出絲毫的怒氣，年輕英武的面孔上流露出淡淡的笑意，表情雖然溫和，可目光卻沒有半分的退縮，叔侄二人的目光對視在一起，羅獵輕聲道：「我覺得天心說得沒錯，你的行為上對不起國家，是為不忠，下對不起死去的高堂，是為不孝，還對不起和你一起出生入死，幾度救你於水火中的同伴，是為不義。一個不忠不孝不義之人，有何顏面立於天地之間？」

宋昌金被他這番義正辭嚴的話說得老臉通紅，既然是個人就應當知道羞恥，更何況這是被自己的親侄子當著眾人的面毫不留情地數落了一通。宋昌金怒道：「小子，輪不到你來教訓我，趕緊幹活！」他自恃抓住了羅獵的弱點，就算羅獵對自己再為不滿，也不得不選擇屈從。

羅獵非但沒有讓步，反而向前走了一步道：「爺爺將三泉圖交給你的時候，有沒有想過你會拿來為非作歹？」

宋昌金內心一震，因為心虛，他想要逃避羅獵的目光，卻感覺對方的目光似乎黏在了自己的雙目之上，無論他怎樣躲藏都無法逃開。

羅獵道：「三叔，你幫我救人好不好？」

宋昌金只覺得羅獵的這番話如同一根根釘子楔入自己的內心，雖然他很不想聽，可是卻覺得有股無形的力量在說服自己，他表情變得有些麻木，雙目呆呆望著羅獵，居然點了點頭。

顏天心看到宋昌金的模樣，已經知道羅獵把握住時機將這隻老狐狸給成功催眠了，如果不是非常時期，羅獵也不會對自己的親叔叔採用這樣的手段，不過對付宋昌金這種唯利是圖的傢伙也只能如此，不然還不知他要搞出什麼花樣。

譚子聰推著小推車從外面走了進來，準備繼續搬運，顏天心緩步來到他面前，輕聲道：「如果你想活著，就老老實實聽話，否則我就將你餵了殭屍。」

譚子聰倒吸了一口冷氣，他心中對羅獵和顏天心又敬又怕，低聲道：「我的命是你們救的，你們說什麼我照做就是。」

顏天心對他合作的態度表示滿意，那邊羅獵已經從宋昌金口中問出了一些東西，宋昌金負責引路，帶著他們尋找另外的一條地道，他在神仙居經營那麼多年，利用煙館作為掩護，早已在煙館的地下挖出了一條條的通道，這些通道縱橫交錯，錯綜複雜，如果不是宋昌金引路，外人進入其中很快就會迷路。

宋昌金老奸巨猾，即便是顏拓疆派老于頭潛伏在他身邊，都沒能從他這裡得到全部的情報，始終認為，神仙居的地下只有一條通往城外的道路。

宋昌金被催眠之後表現得非常配合，帶著幾人向皇城深處走去，在這座地下皇城內行進了十多分鐘，來到了一個盜洞前方，宋昌金老老實實交代從這個盜洞能夠逃出去。

羅獵目前最為關注的是張長弓幾人的安危，根據宋昌金所說，這條盜洞和通往老營盤的那條最為接近，中間距離最近的地方只有三米的厚度。

進入盜洞之中，宋昌金利用一個沙漏形狀兩頭開口的擴音器不時貼在地面上傾聽。譚子聰並不知道宋昌金被催眠，看到他居然表現得如此配合，心中頗為納悶，就算宋昌金答應救人，也沒理由將那麼多的金銀珠寶留在皇城內，如果他不想要，此前又何必花費那麼大的精力？譚子聰對羅獵已經是心服口服，不知他用什麼方法將宋昌金說服，譚子聰雖然覺得奇怪，可卻不敢問，身邊的這三個人，隨便哪一個都不是自己能惹起的。

經歷那麼多事情之後，譚子聰忽然發現自己對金錢看淡了許多，應該說是方方面面的欲望都消退了許多，甚至產生了前所未有的消極心態，只覺得能安安穩穩地活著就是種幸福，什麼金錢、女色，所有的一切都無所謂，他開始明白一個道理，此前的驕傲和榮耀全都是老爹給他的，不是他自己有多大本事，而是因為他有個厲害的老爹。如今老爹已不在，自己曾經擁有的一切也隨之煙消雲散，如果說值得珍惜的就是自己的這條性命了，這條命不僅僅是自己的，還是老爹的，是老爹犧牲性命換來的。

羅獵並沒有關注譚子聰的變化，不過他相信經歷過那麼大的波折，任何人都會有些領悟。其實如果不是他們剛好出現在這裡，譚子聰得之不易的性命很可能要斷送在宋昌金的手裡，在某種意義上他們又救了譚子聰一命。

宋昌金在一片相對狹窄的地方停下了腳步，再次用他的擴音器貼在地面上傾聽，在宋昌金探察下方動靜的時候，羅獵也悄悄掃描了一下，他看到了螢幕上的紅色小點，幾乎第一時間就判斷出這下面就是他們的朋友。

果不其然，宋昌金抬起頭來：「應該就在下面。」

羅獵點了點頭，從譚子聰那裡拿來了挖掘的工具，幾人一起動手開始向下挖掘，宋昌金也加入了挖掘的工作中，當然不是他的本意，全都是在被羅獵操縱意識發號施令的前提下。

張長弓聽到了來自於頭頂的動靜，開始還以為自己聽錯，傾耳聽去，那聲音接二連三地響起，分明是挖掘的聲音，他慌忙叫陸威霖過來，陸威霖側耳傾聽了一會兒，驚喜道：「有人來了！」

飛機在戈壁上成功著陸，尾部拖起有若黃龍的長長塵煙，石島拉開艙門，從座椅上站了起來，然後抓起周身麻痹的藤野忠信，將他從飛機上扔了下去。

藤野忠信掉落在戈壁上，因為身體失去了移動的能力，面部直接撞在了地上，臉上的皮膚被堅硬的砂礫磨破多處。

石島夫人隨後跳了下去，抬腳狠狠踢在了藤野忠信的腹部，這一腳極重，踢得藤野忠信感覺到自己的五臟六腑都抽搐起來，他雖然失去了移動的能力，可是並未失去痛覺。

藤野喘著粗氣，口唇中滿是血沫，他無力道：「你到底是誰？」

石島夫人從腰間抽出一柄匕首，在藤野的面前蹲下，明澈的美目中沒有絲毫的憐憫和溫情，她冷冷道：「黑日禁典在什麼地方？」

藤野的臉色驟然一變，他幾乎能夠認定眼前的石島夫人絕非是為了接應自己而來，她竟然知道黑日禁典的事情，她到底是誰？除了藤野家族內部的少數人知曉此事，她又是從何得知這個家族中最大的秘密？

石島夫人道：「我的耐性不好，你是不是想挑戰一下？」

藤野忠信呵呵笑了起來，他笑的時候口唇中又有血沫湧了出來，形容異常恐怖，他的目光死死盯住石島夫人的雙眼，可是石島卻突然揚起左拳，狠狠砸在他的右眼上，這一拳砸得藤野忠信眼冒金星，右眼烏青一片，瞬間就腫了起來。藤野忠信原本想用攝魂術對付石島，在關鍵時刻扳回一局找回主動，卻想不到石島如此機警，根本就不給他任何的機會。

石島夫人道：「你那點微末道行以為能夠傷得到我？就算是你老爹親來，我也不怕！」她揚起手中的匕首，刷的一下扎入藤野忠信的大腿之中，藤野因疼痛發出一聲悶哼，可折磨仍未結束，石島夫人手腕緩緩轉動，柔聲道：「藤野俊生已經死了一個兒子，如果再死一個，不知他心中作何感想？」

匕首在血肉中攪動的疼痛一陣陣傳入內心深處，這種錐心的疼痛讓藤野忠信緊咬牙關，額頭青筋一根根暴起。

石島夫人道：「我不想重複第二遍！」抽出血淋淋的匕首，藤野忠信剛剛感覺到疼痛緩解，那匕首卻又狠狠扎入了他的左腿，藤野忠信慘叫道：「賤人，我必將你碎屍萬段方解心頭之恨。」

石島夫人輕笑道：「只可惜你沒有機會了。」

劇烈的疼痛讓藤野忠信無法說出話來，他吸了冷氣以此來減緩疼痛的衝擊，可惜卻起不到絲毫的作用。

石島夫人道：「我可以刺你一千刀而不讓你死。」抽出匕首這次捅入了藤野忠信的小腹。

藤野忠信發出一聲痛徹心扉的慘叫，因疼痛而流出的汗水糊住了他的雙眼，他咬牙切齒道：「我不知道什麼黑日禁典……你殺了我就是……」

石島夫人點了點頭道：「嘴巴還真硬，那你告訴我，你來這裡又是為了什麼？」

藤野忠信沉默不語。

石島夫人道：「為了慧心石吧？」

藤野忠信居然點了點頭，他低聲道：「你也是為了慧心石……只可惜來晚了一步……」

石島夫人手中的匕首停止了攪動，藤野忠信也總算得以喘息，他不敢看對方的眼神，畢竟剛剛吃了虧，如果引起對方的誤會，這女人肯定會毫不吝惜地辣手對待自己。

藤野忠信道：「東西被一個叫羅獵的人搶走了……」

「羅獵？」石島夫人輕聲重複著這個名字，聲音卻在瞬間顯得柔和了許多，藤野忠信擅長心理分析，單從對方不經意的語氣變化，已經推斷出她和羅獵很可能相識，詫異地抬起頭來。

藤野忠信還沒有看清石島夫人的目光，左眼就挨了一拳，這拳打得比此前更重，藤野忠信失去平衡摔倒在了地上，嘴唇啃到了不少的砂礫。

石島夫人道：「他在什麼地方？」

藤野忠信道：「新滿營！」他其實並不知道羅獵去了哪裡，可是因為對眼前女子的憎恨讓他生出歹意，如果自己無法逃過今日之劫，那麼何不將石島夫人引入新滿營？

石島夫人沉思了一會兒，忽然反轉匕首，用匕首堅硬的手柄重擊在藤野忠信的鼻樑上，藤野忠信聽到清脆的骨骼碎裂聲，他意識到自己的鼻樑骨斷了，怪只怪自己太大意，低估了這女人的能力。蝮蛇舌中口，黃蜂尾後針，兩者皆不毒，最毒婦人心，在眼前女子的身上當真體現得淋漓盡致。

石島夫人冷冷道：「你故意想將我引入死地對不對？」

藤野忠信滿臉都是鮮血，他恨不能將這女子生吞活剝。

石島夫人手中的匕首正準備割裂他的咽喉，卻聽到一個聲音道：「流了好多血，好可惜……」她抬起頭來，看到前方一個身穿紅裙的小女孩赤裸著白嫩的雙足就站在粗糙的砂礫之上，面孔蒼白如紙，雙目靜靜望著她。

一個女孩出現在這裡原本就極其詭異，在她的身邊還有一頭體型碩大的獨目獸，這頭獨目獸毛色雪白，雄偉健壯，額頂獨目發出綠油油的光芒。

石島夫人馬上轉身向飛機逃去，獨目獸迅速啟動，猶如一道白色閃電撲了過去。

藤野忠信雖然僥倖逃過了石島夫人對自己的割喉之刑，可是眼看著那獨目獸已經來到面前，他因惶恐而發出一聲撕心裂肺的人叫。獨目獸對他竟視而不見，直接從他的身上躍了過去，牠的目標是石島。

蓬！一團紫色的煙霧在石島身後炸裂彌散開來，將獨目獸籠罩在其中，石島及時扔出了一顆毒氣彈，獨目獸在毒氣的包圍中接連打了兩個噴嚏，奮力衝出毒氣的包圍。

石島卻抓住這難得的時機重新回到機艙內，並迅速啟動了引擎，飛機再度開始行進。獨目獸衝出煙霧馬上再度加速，眼看和機尾之間的距離迅速縮短。

石島瞄準獨目獸射出了一記閃光彈，昏暗的天地頓時變得異常明亮，獨目獸綠色的眼睛內瞳孔驟然縮小，因閃光彈強烈的光芒而不得不放慢了追逐的腳步，光芒之中紅衣少女的影像也隨之變得蒼白乃至完全消失。

石島長舒了一口氣，飛機雖然無法起飛，可是在地面上高速行進仍然擺脫了獨目獸的追擊，確信已經脫離了危險，她輕聲道：「羅獵！」然後摘下蒙在臉上的黑布，露出一張眉目如畫的俏臉……

隔離兩個地道的洞口在上下雙方的共同努力下終於貫通，羅獵聽到了鐵娃的歡呼聲，他的臉上露出會心的笑意，他知道朋友們都在期待他的到來，他沒有辜負朋友們的期待，沒有讓他們失望。

張長弓從未對羅獵失望過，他最後一個爬到了上面，大笑著和羅獵互相拍擊了一下手掌，大聲道：「就知道你會來。」

羅獵道：「還是來晚了，讓你們久等了。」他發現逃出來的人中並沒有老于頭，低聲道：「老于呢？」

眾人同時沉默了下去，羅獵沒有繼續追問，因為他已經猜到了結果。顏天心發現叔叔顏拓疆也沒有逃出來，以為他也遭遇了不測，問過之後方才知道在他們離去後不久一個隱身人率領殭屍軍團攻陷了神仙居，阿諾是在迫不得已的前提下引爆了周圍的民宅，而第二次爆破軍火庫卻是老于頭犧牲自己為同伴創造逃跑的機會。

宋昌金恍惚了一下，他感覺自己如同做了一場夢，離開王宮寶庫到這裡的一段時間內腦海中全是一片空白，雖記不住過程，可是看到眼前的狀況他也能夠猜到發生了什麼，金銀珠寶一樣沒帶出來，反倒是幫忙找到了張長弓這群人。宋昌金在清醒的狀態下絕幹不出來這種有良心有道義的事情，除非自己鬼迷心竅。

宋昌金用力拍了拍自己的腦門子，鬼迷心竅，絕對是鬼迷心竅，他百分百被人給陰了，陰他的人就是他的親侄子羅獵無疑，宋昌金想到了攝魂術，狐疑又心虛的目光向羅獵偷偷瞥去。

其實是羅獵喚醒了宋昌金，否則宋昌金還要在被催眠的狀態中待上一段時間。羅獵道：「三叔，人找到了，帶大家離開這裡吧。」

張長弓那群人並不知道宋昌金因何在這裡出現，還以為他良心發現，張長弓向宋昌金笑了笑道：「宋先生，謝了，過去有不敬的地方還望見諒。」

向來冷酷的陸威霖也向宋昌金露出感激的一笑，宋昌金看到眾人感激的目光，心中稍稍感到安慰，總算還是獲取了一些尊重，並不是一無所獲。他瞅了個機會，低聲向羅獵道：「咱們要不要回去把……」

羅獵道：「三叔覺得能夠改變我嗎？」

宋昌金歎了口氣，心說老子遇到了你這個侄子算我倒了八輩子楣。可一個羅獵他已經對付不了，再加上又救出了他那麼多的朋友，自己更顯勢單力孤，胳膊畢竟拗不過大腿，他終於下定了決心，點了點頭道：「我帶你們走。」

顏天心找人要了幾顆手雷，向後走了一段距離，然後向他們來時的地道丟了出去。宋昌金聽到爆炸聲已經明白顏天心的用意，她是要封死那條地道，將西夏王城重新掩埋在地下。宋昌金心中暗歎，顏天心的智慧也不過如此，自己既然過去能夠挖出那麼多條地道直達皇城，現在也是一樣，如果換成自己，與其浪費那麼多顆手雷，還不如殺人滅口來得簡單快捷，想到這裡忽然有些心底發寒，只希望顏天心別這麼想才好。

剛好顏天心返回冷冷看了他一眼，宋昌金從她雙眸中捕捉到隱藏的殺機，他忽然明白顏天心並非沒有想到這個辦法，想要保住地下王城的秘密最好就是殺了自己方能一了百了，可羅獵畢竟是自己的親侄子，顏天心一定是想到了這一層，所以才不好下手，自己能夠保住性命還多虧了和羅獵的這層關係，於是宋昌金不再說話，快步向前方走去。

第六章

變色龍

藍魔的聲音沒有任何感情：「死並不可怕，
求生不能，求死不得才是這個世界上最悲哀的事情。」
說這句話的時候藍魔還能夠記起馬永平這個名字，
這也是他代表馬永平發出的最後一聲感慨。
馬永平將靈魂賣給了藤野忠信，
從此以後這個世界上再無馬永平這個人。

雖然宋昌金已經接受了現實，可現實卻並未如他們期望那般順利，發生在新滿營的這場戰鬥讓這座城市多處受損，整座城池幾乎淪為一片廢墟，宋昌金潛入的地道也受到了殃及，還沒有出城，這地道就已經中斷。

宋昌金的臉色變了，他開始意識到即便是羅獵沒有迫使他放棄那些財寶，自己也沒可能將那些東西帶出去。

顏天心並不相信宋昌金的話，不過羅獵卻看出宋昌金沒有欺騙他們，低聲道：「什麼情況？」

宋昌金將他們遇到的狀況向幾人說了一遍，陸威霖道：「總會有辦法，這些地道不是你挖的嗎？」

宋昌金道：「是我挖的不假，可是這裡面只有兩條能夠通往城外，現在這兩條地道全都中斷了，我們不可能通過地道直接出城。」

阿諾道：「總有辦法，你那麼狡猾，總不會只留下一條後路。」多半人都對這隻老狐狸抱有疑心。

宋昌金苦笑道：「都已經到了這種地步，我騙你作甚？」

鐵娃道：「就算沒有後路，咱們一樣有辦法離開，既然宋先生過去一個人都能夠挖出那麼多的地道，現在咱們這麼多人，大家同心協力一定能夠挖出通路對不對？」

宋昌金望著這個不知愁滋味的小子，不禁哈哈笑了起來。

張長弓知道他在取笑鐵娃，剛剛才建立起來的那些好感頓時又減弱了許多，沒好氣道：「總會有辦法。」

宋昌金道：「那你說說有什麼辦法？」

張長弓被他問住，他自然說不出個所以然來，目光投向羅獵。

羅獵道：「就算咱們出不了城，可離開這地道應該沒問題吧？」

宋昌金心中暗讚，自己這個侄子智慧畢竟超人一等，這群人中最明白的就是他，可正因如此，自己才被他吃得死死的，想要在他面前搞花樣可沒那麼容易。

宋昌金道：「出口沒有，通氣孔倒是有一個，如果僥倖沒有堵塞，我們一起動手，很快就能挖出一個出口，不過……出去後必然還在城內。」

阿諾道：「城內就城內，大不了再跟那群殭屍幹上一場。」

獨目獸去而復返，緩緩來到滿身是血的藤野忠信身邊，獨目陰森森盯住藤野忠信，藤野忠信心中暗歎，看來今日自己註定要命喪於此，不過死在獨目獸的口中也比死在石島刀下好，如不是這獨目獸出現，自己還不知要遭受多少折磨。

獨目獸並沒有馬上享用眼前已經喪失反抗能力的獵物，只是張大了嘴，露出滿口白森森如尖刀般的利齒，牠的涎液甚至都滴落在藤野忠信的臉上，藤野忠信被獨目獸口中的腥臭熏得險些閉過氣去。他的喉結因為緊張而上下移動著，臉上的鮮血糊住了他的雙眼。

藤野忠信竭力睜開雙目，就算是死，他也要睜著眼睛離開這個世界，他看清了獨目獸那隻泛著妖異綠意的眼，可能是因為太過接近的緣故，獨目獸的眼睛在他的視野中不斷放大，藤野忠信意識到牠眼詭異的時候想要擺脫牠的目光已經來不及了，眼前綠光大盛，中心有一個黑洞，看上去如同一隻巨大的眼睛，黑色的瞳仁產生了巨大的引力。藤野忠信感覺到自己被這股引力吸了進去，他發出大聲的嚎叫，身體如同墜入一個無底深淵。

突如其來的失重感維持了十多秒鐘，他的身體落在鬆軟的沙面之上，藤野忠信卻沒有感覺到疼痛，非但沒有感到疼痛，甚至連此前石島夫人給他造成的創傷也神奇消失了，他嘗試著從地上爬起來，麻痹的手足也恢復了正常，兩條被匕首刺傷的大腿也沒有感到疼痛。

藤野忠信低頭看了看腳下，下面全都是血紅色的沙，他抬頭向上空望去，天空瓦藍，純然一色，看不到一絲雲。這裡應當不是他剛才所在的地方，藤野忠信有些詫異地向遠方望去，只看到一隻孤獨的巨眼懸浮在紅色沙面之上，無論他走向何方，那隻眼總會出現在他的視線內，鎖定他的目光。

藤野忠信轉身想要逃離這片地方，剛剛邁出腳步，他的身體就漂浮了起來，彷彿有一雙無形的手在身後推著他，將他推向那隻巨眼。

藤野忠信拚命掙扎著，可是他的掙扎根本無濟於事，他被這股無形的力量推到巨眼前方，巨眼盯住他緩緩轉動，藤野忠信試圖閉上雙眼，不去看這詭異的巨眼，可是無論他怎樣努力，都無法逃開這巨眼的目光，在巨眼的目光下，他彷彿被扒得乾乾淨淨，從內到外被這巨眼看得清楚透徹。

一個陰沉的聲音在他腦海中迴盪：「你偷走了黑日禁典。」

藤野忠信用力搖了搖頭道：「沒有……」他的話還未說完，眼前就浮現出一幅影像，卻是一個年輕的日本人潛入天廟的影像，他身手矯健，在天廟中縱跳騰躍，那是他的爺爺藤野博文。藤野博文從天廟的密室中找到了一個塵封的青銅匣，就在他準備打開的時候，一個個天廟武士從後方追趕而來。

「你還狡辯嗎？」那聲音低吼道。

藤野忠信內心顫抖了一下，他不明白這個家族的秘密為何會以影像的方式呈現在這裡。他很快就意識到這影像就來自於自己的腦海深處。面前的這隻巨眼擁有著窺探心靈的魔力，自己的任何秘密在這巨眼前都無法隱藏。

《黑日禁典》是屬於他們家族的秘密，除了家族的人之外，外人本不該知道。正是爺爺從古西夏天廟盜走的那本書才成就了藤野家族的崛起，這本神奇的古書不但教會了他們許多秘術，也激起了他們強烈的好奇心，讓他們的心靈深處產生與日俱增的野心和欲望，讓他們家族一個又一個前撲後繼地來到了這裡。

巨眼流露出嘲諷的目光：「你這可憐的傢伙，以為自己讀懂了《黑日禁典》，以為學會了幾首秘術就能夠操縱一切？橫行天下？」

「你怎麼知道？」藤野忠信雖然沒有開口說話，可是這個聲音卻在空曠寂寥的空間內迴盪，他只是產生了這個想法，聲音居然就傳播了出來，藤野忠信不知發生了什麼？更不知自己處在了怎樣一個詭異的世界中？

巨眼道：「我當然知道，你以為你的爺爺有能力帶走那本書？」

藤野忠信忽然意識到了一個可怕的現實，難道當年爺爺之所以能夠將那本書帶走，源於一個陰謀？是對方根本就是有意讓他將書盜走？他強裝鎮定道：「你到底想做什麼？」

巨眼道：「從盜走《黑日禁典》的那刻起，你們所有接觸到那本書的人都等同於和我簽下了契約，無法擺脫，至死不休！」

藤野忠信怒吼道：「你以為自己是誰？誰都休想控制我！」

嘲諷的目光籠罩了藤野忠信的全身，這目光下，他意識到自己是如此的渺小，如同一隻螻蟻，對方的目光就能夠輕易將自己殺死。

「你！只是一個奴僕！」

顏拓疆甦醒過來，發現自己躺在校場的高台之上，這裡他非常的熟悉，過去他曾經不止一次坐在這裡閱兵，笑看風雲，運籌帷幄，而現在，他只是一個可悲又可憐的囚徒。高台上沒有人，只有他自己，可是高台的四周，裡三層外三層的殭屍士兵圍在了那裡，這些士兵曾經都是他親密的部下，曾經為他浴血奮戰，曾經宣誓向他效忠，而現在，他們已經失去了理智，成為一具具沒有主觀意識的行屍走肉。

這些殭屍士兵的目光無神且空洞，他們的皮膚佈滿皺褶，臉色清灰，鼻孔誇張地翕動著，卻不是為了呼吸，而是野獸嗅到了獵物的味道，這群殭屍圍攏著高台上唯一的獵物，卻沒有誰主動向獵物發動攻擊。

顏拓疆慢慢坐起身，不等他完全坐起，就被無形的一腳踹中了胸膛，他重新跌倒在地，那隻腳踩在了他的右臉上，將他的左臉狠狠擠壓在堅硬的地面上。

藍魔的聲音沒有任何感情：「**死並不可怕，求生不能，求死不得才是這個世界上最悲哀的事情。**」說這句話的時候藍魔還能夠記起馬永平這個名字，這也是他代表馬永平發出的最後一聲感慨。馬永平將靈魂賣給了藤野忠信，從此以後這個世界上再無馬永平這個人。

顏拓疆此時想到的卻是馬永卿，如果他沒有選擇回來，那麼他和馬永卿一起應當已經遠遠離開了這片恐慌之地，又想到馬永卿腹中的胎兒，那是他的骨肉。無論怎樣，那孩子出世之時已經見不到他的父親了，顏拓疆的內心中湧起深深的悲哀。不顧馬永卿的哀求和勸阻選擇回歸之時，他並沒有考慮清楚自己回來的目的是什麼？而現在他總算有了時間好好去考慮這件事。

為了復仇？為了權力？可當他完成了這兩件事的時候，內心中並沒有任何的滿足感，也許是為了士兵和百姓吧，也只有這個藉口才能讓他心中好過一些。

如果還有機會逃出去？這個念頭剛剛出現在他的腦海中馬上就被他否定了，顏拓疆為這突然產生的奢望而感到可笑，上天已經給過自己一次機會，不可能再給自己一次。

藍魔低聲道：「你把天狼弓藏在什麼地方？」

顏拓疆愣了一下。

藍魔陰惻惻道：「說出來，我就殺了你！」

蓬！爆炸聲從東南角響起，圍繞在高台周圍的殭屍開始向爆炸發生的地方聚攏而去。

宋昌金挑選的通氣孔恰恰位於校場內，從這裡挖掘最為容易，在眾人的同心協力下，很快就挖穿了出口，當張長弓第一個爬出去，馬上就發現他們爬到了殭屍聚集之地，一場惡鬥無法避免。

羅獵和陸威霖隨後來到地面之上，陸威霖舉槍就射，將幾名向前湧來的殭屍當場射殺。

羅獵大吼道：「護住洞口！」揚起長刀虎嘯衝入敵方陣營，顏天心已經見證過那些殭屍對羅獵的畏懼，所以並不擔心，其他人看到羅獵隻身衝入殭屍群中不由得為他擔心，張長弓射殺兩名從側方包抄的殭屍，大吼道：「羅獵回來！」

卻見羅獵手中虎嘯弧形劈出，那些避讓不及的殭屍盡數被虎嘯鋒利的刀身斬斷，羅獵宛如天神下凡衝入殭屍的陣營，那群殭屍雖然全副武裝，可是沒有人敢對羅獵下手，它們的攻擊目標都鎖定在其他人的身上。

張長弓和陸威霖很快就看出了端倪，他們全神貫注地射殺衝向洞口的殭屍，以掩護其他同伴從裡面出來。

羅獵的直接殺入，擾亂了殭屍軍團的陣營，那群殭屍不敢直接跟他正面衝突，在羅獵面前只剩下挨打的份。

羅獵很快就殺出一條血路，身後同伴也全都安全離開了地洞，他們相互配合，跟在羅獵的身後向東城門的方向展開突圍，主動權已經掌握在他們的手中，東城的城牆已然在望。

就在此時，顏天心突然驚呼了一聲：「叔叔！」

眾人循著她的目光望去，卻見校場中心高台的上方飄浮著一個人，渾身都是血污，蓬頭垢面，儘管如此，眾人還是一眼認出他就是在神仙居一戰中不知是死是活的顏拓疆。

羅獵望著眼前有違常理的一幕，他並沒有親身經歷和藍魔的那場戰鬥。作為那場戰鬥的親歷者，張長弓自然知道因何發生了眼前的一幕，他彎弓搭箭瞄準了顏拓疆下方的位置，咻的一箭射了出去。

張長弓的判斷沒有失誤，藍魔正處在這個位置，羽箭瞬間已經來到近前，直奔他的右腿而來，藍魔手臂一沉，在外人看來只見到顏拓疆的身軀向下一沉，張長弓射出的那一箭直奔他的身體而去。

張長弓暗叫不妙，心中懊悔不已，他一心只想除去隱形人，卻忘了這一層，對方的反應速度超乎他的想像，雖然張長弓和顏拓疆沒什麼感情，可如果這一箭將他射死也會良心不安。

羽箭正中顏拓疆的右腿，為了先發制人幹掉隱形人，張長弓的這一箭並未留力，噗的一聲羽箭射入顏拓疆的右腿，鏃尖從大腿後方透了出來。飛濺的鮮血沾染到了藍魔的身上，眾人眼前看到一片血跡極其突兀地漂浮在空中。

羅獵伸手示意同伴停止射擊，隱形人的反應速度實在夠快，顏拓疆的身體被他舉重若輕，羅獵自問連神力驚人的張長弓也無法做到。

顏天心厲聲道：「你放了他！」

藍魔舉著顏拓疆的身體一躍跳下高台，殭屍士兵慌忙分開了一條空隙，藍魔沿著這條空隙向羅獵一行靠近。

顏拓疆大吼道：「不要管我，你們走，你們走！」只有領教過藍魔的真正實力才知道此人如何的可怕，顏拓疆不想因為自己而連累其他人。

顏天心沒有移動腳步，其他人也是一樣。

顏拓疆低聲向藍魔道：「你不是想要天狼弓嗎？放他們走，放他們走我就給你，我就給你！」

藍魔呆呆站在原地，恍惚中彷彿來到了雪原之上，他看到了雪中的小屋，小屋的房門開了，一個挑著小桔燈的紅衣少女赤著腳走出了小屋，就這樣走在雪地上，那少女望著藍魔詭異一笑道：「去，活捉羅獵，誰敢阻攔格殺勿論！」

藍魔歪著頭望著那紅衣少女，不知她為何要向自己發號施令，可是又覺得她的話擁有著不可抗拒的力量，他將顏拓疆隨手就扔到了一邊，然後以驚人的速度向羅獵他們衝去。

在藍魔啟動的同時，羅獵也已經啟動，雖然他看不到藍魔，可是在他的感覺世界中已經印出了一個由能量聚集的影像，羅獵抽出飛刀向藍魔擲去，飛刀發出一聲呼嘯，以驚人的速度瞬間來到藍魔的面前。

羅獵這一刀的速度比不上張長弓的箭速，在藍魔的眼中這樣的攻擊對自己造不成任何威脅，伸出手去，輕輕鬆鬆捏住了飛刀的刀柄，雖然這樣的一刀並未給他造成傷害，可是藍魔的內心卻產生了一絲惶恐，羅獵彷彿能看到自己一樣，在藤野忠信為他注射之後，他的身體發生了天翻地覆的改變，而其中最大的改變就是他成了隱形人，這種超能力的獲得讓他在對敵之時能夠搶佔先機。

如果自己在對方的眼中變得無所遁形，那麼他就喪失了優勢。藍魔下意識地看了看自己的身體，他看到了沾染在身上的那一灘血跡，認為羅獵就是通過這灘血跡來判斷自己的位置。迅速拂去身上的血跡，就在他停頓的瞬間，羅獵已經宛如獵豹般衝到了他的面前。

揮起長刀虎嘯向藍魔的心臟部位倏然刺去，長刀破空發出一聲尖嘯，藍魔身軀旋轉，躲過長刀的刺殺，就勢貼近羅獵，伸手向他的咽喉鎖去。

羅獵刀身一側，向藍魔的胸膛斬去，藍魔吃了一驚，方才意識到自己的一舉一動全都在對方的掌握之中，他不敢硬撼其鋒，連連後退，他所接到的命令是殺掉除了羅獵之外的所有人，面對這樣一個強手別說是殺掉他，就算是自保都很難。

而在羅獵擋住藍魔的時候，顏天心率先向倒在人群中的叔叔衝去，張長弓和陸威霖擔心她有所閃失，兩人慌忙跟上去掩護，張長弓大聲道：「你們先走！我們隨後就趕過來。」阿諾雖然已經沒事，可是瑪莎至今仍未甦醒，如果阿諾帶著瑪莎加入戰團，非但幫不上忙，反而還會分出精力顧及他們。

宋昌金和譚子聰兩人看到前方殭屍士兵潮水般湧來的場面已經是心驚膽戰，其實不用張長弓讓他們走，他們都要逃走，鐵娃雖然想留下，可他對師父的話從來都是言聽計從，手中彈弓接連發射，護著阿諾和瑪莎向東城牆逃去。

羅獵並沒有急於追趕藍魔，而是守在這條通往東城牆的必經之路上，擋住那些殭屍的去路，長刀揮舞宛如砍瓜切菜一般轉瞬間已經讓十多具殭屍身首異處。

這些殭屍雖然喪失了意志，卻並非傻子，沒有主動去送死的意思，團團圍困在羅獵的周圍。

藍魔在向殭屍士兵發號施令，活捉羅獵，其他的人並不重要，最關鍵就是要抓住羅獵。而從另一角度來看，羅獵成功吸引了所有敵人的注意力，正因為如此，其他人從而獲得了更多的逃生空間，宋昌金五人從現場逃走並未受到太多阻攔，甚至連此前被藍魔丟在地面上的顏拓疆也沒有殭屍去發起攻擊。

顏天心三人成功來到顏拓疆的身邊，張長弓將顏拓疆從地上扛了起來，顏天心和陸威霖兩人一左一右為他進行掩護。

羅獵大吼道：「你們先走，我來斷後！」

顏天心憂心忡忡地向羅獵看了一眼，卻見所有的殭屍士兵都朝著羅獵湧了過去，但是那些殭屍對羅獵並不敢開槍，因為此前的經歷顏天心知道，這些殭屍不敢對羅獵痛下殺手，正因為此，羅獵才敢一人面對殭屍軍團。

陸威霖道：「你們走，我陪他斷後。」

顏天心終於下定了決心：「沒事，羅獵能逃出來！」她向羅獵高聲道：「老地方等你！」這是屬於她和羅獵之間的秘密，老地方就是黃沙窟，那個他們孤男寡女共同相守的地方。

羅獵大笑道：「好！」他決定繼續停留一段時間，也唯有如此才能吸引住這些殭屍軍團的注意力，讓顏天心他們有更多的機會逃離困境。手中虎嘯化為一道來回穿梭的驚鴻，羅獵在近身格鬥方面並沒有進行過專門的訓練，可是手中的這把虎嘯是難得一見的寶刀，再加上吸收慧心石的能量之後，他的體質在不知不覺中得以提升。

殭屍士兵雖然圍困在羅獵的周圍，可是他們接到的命令卻是要活捉羅獵，這就給他們造成了極大的困擾，雖然裡三層外三層將羅獵困在了裡面，可是想要在短時間內將他拿下也沒有那麼的容易。

藍魔和羅獵短暫交手之後就意識到了他的厲害，他選擇遠離羅獵，站在高台上指揮殭屍士兵不斷衝鋒陷陣，這樣的做法雖然會造成己方很大的傷亡，可同時也能夠消耗羅獵的體力，等到羅獵體力不濟的時候自己再發動攻擊，到時候必然能夠將之一舉拿下。

恍惚間彷彿又回到那個漫天飛雪的雪原上，他站在雪原上望著小屋，紅衣少女站在小屋外，她手中的燈籠光芒從溫暖的橘色變成了陰冷的青白，藍魔感到徹骨的寒冷，他想要抵禦這種寒冷的時候，忽然聽到那少女道：「既然無法抵禦為何要抗爭，放棄自我方能融入這大千世界，只有做到這一點，你才能發揮出最大的力量。」

確信同伴已經走遠，羅獵這才開始向外撤退，他有足夠的信心能夠單槍匹馬殺出殭屍軍團的包圍圈，如果藍魔前來阻攔自己，剛好可以將之誅殺，擒賊先擒王，只要剷除了藍魔，這些殭屍士兵應當陷入群龍無首的局面中。

然而現實並沒有羅獵想像中樂觀，他聽到高台之上發出一聲嚎叫，藍魔並未急於發動進攻，反而是呼喚更多的殭屍士兵前來阻攔羅獵，這些前撲後繼的殭屍士兵總會將羅獵的體力消耗殆盡，到了那時他才會出手，不打無把握之仗，藍魔已經忘記了自己過去是馬永平，可是那些馬永平掌握的戰略戰術卻根植於他的腦海之中。

新滿營的東城牆被炸出了不少的缺口，守在這裡的殭屍士兵並不多，而且正在陸續被召喚前往校場的方向，所以阿諾幾人一路走來，並未遇到太多的阻擊，他們很快就已經順利來到了城牆缺口處，宋昌金氣喘吁吁道：「從這裡能夠出城，咱們先逃出去，等到了安全的地方再考慮如何聯繫。」

鐵娃道：「你們先走，我在這裡等著。」

阿諾自然是不想走，可是他又不放心將仍然處在昏迷中的瑪莎交給另外兩人，正在猶豫之時，突然聽到宋昌金驚喜道：「他們來了。」舉目望去，卻見顏天心幾人順利逃了出來，非但如此，他們還救出了受傷被俘的顏拓疆。

鐵娃和宋昌金迎了上去，幫忙幹掉了幾名發現動靜追趕過來的殭屍士兵。

幾人彙集在一處，宋昌金發現羅獵並未一起逃出來，不由得問道：「羅獵呢？」

陸威霖沒好氣道：「你還顧得上別人？」

宋昌金理直氣壯道：「他是我侄子，我當然要關心他。」

陸威霖道：「他裡面斷後，你既然那麼關心他，回去找他？」

宋昌金被陸威霖的這句話懟得無話好說，就算他吃了熊心豹子膽也不敢再返回那殭屍聚集的地方。

顏天心道：「咱們先走，羅獵應當不會有事，那些殭屍對他有所忌憚，並不敢對他怎樣。」

宋昌金突然想起了什麼，點了點頭道：「是了，我險些忘了，羅獵……」他本想說羅獵吸收了慧心石的能量，可話到唇邊，硬生生又憋了回去，畢竟此事知道的人越少越好，不適合對外張揚。咳嗽了一聲道：「羅獵吉人天相，他一定沒事，咱們先走，千萬別等殭屍追過來了。」

幾人拿定主意之後，迅速從缺口逃出了新滿營。

即便是飛機來回盤旋了幾次，藍魔仍然沒有意識到羅獵可以通過這種方式逃離，羅獵飛身一躍抓住繩索的時候，藍魔方才啟動，他速度驚人，從高台上跳下並未選擇直接落地，而是選擇踩在一名殭屍士兵的頭頂，踩著殭屍士兵的頭頂大步騰躍而行，在他看來這些士兵如同草芥，根本沒有刻意放輕落下腳步的力量，至少有三名殭屍士兵因為藍魔的重重一踩而折斷了脖子。

骨骼的碎裂聲中，藍魔迅速接近了飛機，他從一名殭屍士兵高舉的步槍上折斷了刺刀，瞄準已經離地而起的羅獵用盡全力投擲了過去，羅獵雖然身在空中卻並未放鬆警惕，看到那射向自己的刺刀，第一時間抽出飛刀射出了出去，飛刀和刺刀於虛空中相遇，彼此相撞，一時間火星四射。

而在同時，飛機在駕駛員的操控下迅速爬升，很快就飛出了敵人的射擊範圍，藍魔望著漸行漸遠的飛機，心中無名火起，爆發出一聲狂吼，然後狠狠一拳擊打在對面殭屍士兵的面門之上，血淋淋的拳頭洞穿了對方的頭顱。

鐵娃驚喜道：「你們看，飛機！」就算在中原地帶，飛機也很少見，更別說在人煙稀少的西部，幾人同時抬頭望去，張長弓和陸威霖兩人都是目力絕佳之人，那飛機飛得雖然很高，可是他們仍然看到了飛機下拖著一個人。

出於本能的反應，陸威霖慌忙舉起了望遠鏡，放大的視野中出現了那個被飛機拖拽著逆風飛揚的男子，隨著焦距的調節，畫面變得清晰起來，陸威霖驚詫地張大了嘴巴。

「羅獵！是羅獵！」

每個人都在為羅獵的順利出逃而欣喜不已，可是另外一個疑問很快就籠罩了他們的心頭，開飛機的人是誰？到底是誰救了羅獵？

其實連羅獵自己也回答不了這個問題，救他的人在機艙裡面，而他自己卻被拖行在空中，不過他可以斷定對方是友非敵。飛行速度穩定之後，羅獵開始嘗試著向飛機攀爬，逐漸縮短著自己和飛機之間的距離，繩索雖然只有十米左右的長度，可是在空中沿著繩索十米，需要頂著迎面的強風，強風吹得羅獵幾乎睜不開眼，背後有一雙無形的手在拖拽著他，想要將他從繩索上扯落下去。在這樣的狀況下，每前進一寸都變得異常艱難。

羅獵快爬到機尾的時候，飛機也飛出了新滿營的範圍，來到了一片戈壁荒原之上。飛行員打開了艙門，羅獵騎在機尾，一點點挪動，終於抓住了機艙的邊緣，鑽了進去，確信自己已經安穩地坐在了機艙內，羅獵方才長舒了一口氣。

平復了一下情緒，舉目望向前方，雖然對方背朝著自己，羅獵仍然從背影判斷出把自己救出困境的是個女人，而且這身影對他來說非常的熟悉。羅獵搖了搖頭，唇角露出淡淡的笑意：「蘭小姐，謝了！」

架機將他救出的人居然是蘭喜妹，羅獵首先想到的就是蘭喜妹的到來和藤野忠信有關，興許她的出現是日方計畫的一部分，可他隨即又意識到自己已經不由自主地懷疑蘭喜妹的動機，無論怎樣，蘭喜妹剛剛把自己從困境中救出都是一個不爭的事實，自己不該將她想得太壞。

關上舷窗之後，裡面靜了許多，羅獵道：「謝謝！」

蘭喜妹似乎沒聽到，仍然專注駕駛著飛機。羅獵大聲道：「謝謝！」

背對著羅獵，蘭喜妹的雙眸中仍然露出一抹笑意，飛機開始滑翔降落，等到完全停穩，她方才解下頭盔轉過身去，俏臉上洋溢著嫵媚而妖嬈的表情，嬌滴滴道：「你打算怎麼謝我啊？」

羅獵笑了起來，他率先從機艙中跳了出去，觀望了一下周圍的環境，新滿營在他的視野中已變成一個小黑點，從太陽的方向，判斷出現在他們位於新滿營的東部，活動了一下肢體，摸了摸口袋，卻發現口袋中空空如也，已經沒有煙了。

蘭喜妹將一盒未拆封的香煙遞過來，羅獵微微一怔，接過那盒煙，禮貌地向蘭喜妹點了點頭，為她的雪中送炭而表示感謝。拆開之後抽出了一支，蘭喜妹又極其體貼地拿出打火機為他點燃。

羅獵有些受寵若驚了，舒舒服服地抽了口煙。

蘭喜妹道：「被人伺候的感覺是不是很舒服？」

羅獵實事求是地點了點頭。

蘭喜妹接下來卻話鋒一轉：「你不怕我在香煙裡下藥，故意害你啊？」

羅獵搖了搖頭，蘭喜妹不這樣說話才奇怪，又抽了口煙，剛剛經歷那場血戰而緊繃的神經慢慢鬆弛了下去。

蘭喜妹道：「如果我這樣伺候你一輩子，你願不願意……」話沒說完就被羅獵劇烈的咳嗽聲所打斷，羅獵可不是偽裝，是真的被煙嗆到了。

蘭喜妹惱羞成怒，咬牙切齒道：「信不信我一槍崩了你！」

羅獵咳嗽得滿臉通紅，蹲在地上，絲毫不擔心蘭喜妹在自己背後下手，從這一點上來看，他對蘭喜妹還是相當信任的。

蘭喜妹看出羅獵是真的被嗆到了，原因來自於自己剛才的那句話，雖然她說那句話是故意在挑逗羅獵，可是羅獵的反應卻讓她異常惱火，彷彿他在告訴自己是自作多情，彷彿自己就像個傻瓜，如果他不是羅獵，蘭喜妹相信自己一定會拔出槍，一槍打穿他的腦袋，必須是正面開槍，必須要看到腦漿迸裂的場景她方才解恨，然而他就是羅獵，蘭喜妹唯獨對他狠不下心腸。

看到羅獵咳嗽得就快透不過氣來，她居然還有那麼點心疼，主動來到羅獵的身邊，揚起手來，揚得很高，可落下去的時候卻非常的輕柔，生怕拍痛了他。

羅獵緩過氣來，蘭喜妹又轉身拿了水壺過來，遞給羅獵道：「喝點水。」

羅獵喝了幾口，將水壺遞還給她的時候，蘭喜妹道：「我在水裡下毒了。」

羅獵點了點頭道：「我信！」

蘭喜妹道：「你不怕死？」

羅獵將煙掐滅，起身舒展了一下雙臂，天空中仍然積著厚厚的雲，羅獵想起了已經逃走的同伴，自己還要去黃沙窟和他們會合的，他轉向蘭喜妹道：「你怎麼知道我在這裡遇到了麻煩？」

蘭喜妹道：「你猜？」

羅獵笑了起來：「藤野忠信告訴你的吧？」這並不難猜，拋開蘭喜妹複雜的背景不言，她現在的身分仍然是日本間諜，在圓明園，她先後剷除了殺父仇人穆三壽和福山宇治，除了自己之外，並沒有人知道她的身分，而她大可以堂而皇之地回到原來的組織中，興許還會因為福山宇治的死得到提拔，在組織內的勢力更進一層。

蘭喜妹點了點頭：「算你聰明。」

羅獵歎了口氣道：「一位皇室宗親居然為日本人辦事……」說到這裡他故意停頓了一下道：「看來弘親王的仇還沒報完。」

蘭喜妹臉上的笑容一斂，她顯然不喜歡別人提起自己的秘密，一雙鳳目迸射出凜凜寒光道：「你不怕我將你殺人滅口？」

羅獵道：「藤野家也是你的仇人啊？」

殺人滅口的話蘭喜妹也只說說而已，她清楚自己震懾不住羅獵，不僅是自己，任何人都鎮不住他，所以也懶得繼續做這種無用功，白了羅獵一眼道：「要你管？」而後又道：「慧心石是不是在你的手上？」

羅獵心中暗忖，蘭喜妹果然是為了慧心石而來，只是她又從何得知慧心石的秘密？羅獵笑瞇瞇道：「我方才還有些感動，以為你千里迢迢來到這裡是為了救我呢。」

蘭喜妹格格笑道：「心裡不舒服了是不是？你這個沒良心的傢伙一聲不吭就離我遠去，人家又怎麼知道你到了這裡？再說了，你那麼厲害，就算沒有我幫忙，一樣能夠順利逃脫。」她恰到好處地奉承了一下羅獵，因為她知道多半男人在女人面前都想表現得強大，要懂得滿足他的虛榮心。

羅獵雖然識破了蘭喜妹的用意，可不得不承認她的這番話聽起來非常的舒服，這些年他遇到了形形色色的女人，有的溫柔賢淑，有的活潑熱情，有的冷若冰霜，有的嫵媚妖嬈，而蘭喜妹卻無法用一種性格去定位，她彷彿擁有著多重人格，就像是一隻變色龍。

女人善變，蘭喜妹無疑又是其中的佼佼者，以羅獵對她的瞭解，她擁有一顆強大的心臟，為了實現她定下的目標，她可以不擇手段，可以承受一切挫折和折磨。這樣的人，不會因任何人而輕易轉移，也不會對任何人投入感情。

羅獵習慣性地抽出一支煙，這次蘭喜妹卻沒有為他點燃，而是像一個體貼的妻子般柔聲勸道：「少抽點煙，對身體沒有好處。」

羅獵知道她的這番話並沒有任何的惡意，笑了笑，居然聽從了蘭喜妹的勸說，並未將香煙點燃，就將那支未燃的香煙叼在嘴裡，輕聲道：「慧心石真有那麼重要？」

蘭喜妹道：「你先告訴我慧心石在哪裡？然後我再告訴你它的秘密。」

羅獵道：「沒有慧心石了！」

蘭喜妹迷惘地望著他，羅獵將自己找到慧心石，慧心石又是因何而消失的事情說了一遍，在這件事上他並未欺騙蘭喜妹，因為他覺得並沒有那個必要，連他自己也說不清楚到底是為什麼，總覺得蘭喜妹並不會害自己，興許是此前圓明園地宮經歷那場同生共死冒險的緣故吧。

蘭喜妹秀眉微顰，陷入長久的沉思中。她沉思的模樣很好看，用賞心悅目和秀色可餐來形容都不足以表達那種帶給人心靈深處的震撼，在她沉默的這段時間裡，已經足夠羅獵點燃並抽完一支煙，羅獵同樣思緒未停，他估計蘭喜妹很可能在猶豫，在坑害自己與合作之間徘徊。

羅獵才不會相信蘭喜妹千里迢迢飛過來就是為了營救自己，正如她所說，她並不知道自己在這裡，她來此的目的是為了慧心石，機緣巧合，兩人又因為慧心石而聯繫在了一起。

蘭喜妹抬起雙眸再度望向羅獵的時候，才打破了這段時間的沉默，她的情緒並沒有受到這個消息的影響，笑容明豔依舊，溫柔的目光如同三月的春風，通常只有在情人的眼中才會出現，柔聲道：「你的運氣還真是不錯。」

羅獵道：「是福不是禍，是禍躲不過，到現在我都不知道那東西會對我的身體產生怎樣的影響。」他並未說實話，在慧心石融入他的身體之後，無論是身體素質還是精神意識都在發生很大的變化，最為關鍵的一點是，他對智慧果實的吸收速度成倍增加。

蘭喜妹道：「數十年前，曾有一支考古隊進入過這裡，這支考古隊是日本人藤野誠一所組織，其中隊員不詳，他們的目的是為了挖掘西夏王陵內的寶藏。」

羅獵點了點頭，心中暗忖，這個藤野誠一很可能就是藤野忠信的長輩。果不其然，蘭喜妹很快就證實了這一點，藤野誠一就是藤野忠信的爺爺。日本人的這支探寶小隊非但沒有取得想要的寶藏，反而在這次的冒險中折戟沉沙，除了藤野誠一之外，其他的隊員全都死亡，而對於此次的經歷，藤野誠一再沒有提起過，只是在此事之後，藤野家族人才輩出，逐漸興盛起來。

藤野誠一自從那次冒險之後，至死都未曾踏足中國，他的子孫也被嚴格要求遵守禁令，然而終究還是有人打破了這個規矩，藤野三郎非但來到了中國，而且深入古西夏腹地，前往當年藤野誠一去過的地方，最後的結果是客死他鄉。

羅獵對藤野三郎的事情有過一些瞭解，畢竟此事和吳傑關係密切，藤野三郎就是死在吳傑的手中，因此吳傑和藤野家結下深仇大恨。吳傑曾經親口將這段恩怨告訴羅獵，不過對於其中的詳情並未說明，更沒有講述藤野三郎來此的目的。

羅獵道：「藤野誠一當年是不是從西夏王陵中帶走了什麼？」

蘭喜妹點了點頭道：「據說是一本《黑日禁典》。」

第七章

不可或缺的條件

羅獵道：「慧心石是昊日大祭司重生不可或缺的條件，
如今那東西被我給弄沒了，所以……」
蘭喜妹明白了他的意思：「所以有人想要將你活捉回去，
認為慧心石的能量融入到你的血液中，只要抓住你，
就有機會完成這個轉生陣，從而可以讓昊日大祭司復活。」

「《黑日禁典》？」羅獵還是第一次聽到這個名字。

蘭喜妹道：「據說這部禁典中記錄了昊日大祭司的修行方法和法術，掌握這部禁典者可呼風喚雨，招魂驅鬼。」

換成在回國之前，羅獵興許不會相信這一類的事情，即便是經歷過一些，也會將之歸類到超自然能力的範疇內，可是在歸國之後，尤其是在來到甘邊之後，親眼見證到這成千上萬的殭屍感染者，這一系列不可思議的現象正在顛覆他昔日的認知。

指揮殭屍軍團集團作戰可不就是蘭喜妹所說的招魂驅鬼，在羅獵看來，這應當是有人在刻意散播殭屍病毒，而這些殭屍病毒的感染者在喪失自主意識之後，會變得容易操縱，所以才會出現集團作戰攻擊他們的現象。

羅獵認為這個操縱者就是龍玉公主，已經復生的龍玉公主。

蘭喜妹道：「你知不知道新滿營的這些殭屍是怎麼造成的？」

羅獵從一開始就認為這些殭屍是因為感染了某種病毒所致，這其中讓他不解的地方是最初在老營盤遇到的殭屍和後來新滿營的殭屍不同，最初的那些殭屍無組織無紀律，不會用武器進行攻擊，而新滿營的殭屍則表現出驚人的進化，他們可以使用武器，駕駛車輛，甚至懂得戰術，可以集團作戰，前者只是一盤散沙，而後者更像是一支軍團，戰鬥力之高下，顯而易見。

羅獵道：「應該是有人在故意散播殭屍病毒。」

蘭喜妹道：「有沒有想過這病毒的源頭在哪裡？」

羅獵搖了搖頭，雖然他心中已經有了一些眉目，可是並無切實的證據。

蘭喜妹道：「新滿營的病毒是藤野忠信刻意散佈，根據我目前掌握的情況，病毒的最終源頭來自於《黑日禁典》。」

羅獵點了點頭，在這一點上蘭喜妹應當沒有說謊，從她的這些說法中也能夠解釋為何會出現兩種不同的殭屍病毒，看來藤野誠一在將這本書盜走之後，根據書中的內容進行研究，對一些病毒進行了改良和發展。

羅獵道：「除了那本《黑日禁典》，他是不是還帶走了什麼？」單憑一本書就能夠配製出形形色色的病毒應該沒那麼容易，興許當年藤野誠一帶走的還有其他的東西。

蘭喜妹道：「具體的細節只有藤野家族內部知道了。」她停頓了一下又道：「這部《黑日禁典》應當是一部邪書，如果不是藤野三郎破壞了家規，前來此地再盜天廟，興許藤野家還能夠將這個秘密多守一段時間。」

羅獵心中暗忖，從他目前掌握的情況來看，藤野三郎、吳傑、天廟中的老僧扎罕、乃至譚天德這些人在當年都應當相識，他們相識的原因就是天廟中的寶藏。羅獵又想起了宋昌金，這位本家的叔叔，他又是因何得知天廟中的事情？甚至知道慧心石的存在？看來羅家世代相傳的《三泉圖》中隱藏了不少的秘密，爺爺羅公權當年也因為進入西夏盜墓，雖然全身而退卻從此決定金盆洗手，遠離江湖是是非非。

無論是天廟還是西夏王陵絕不是第一次被盜，從西夏到如今漫長的歲月之中流沙抹去了太多的痕跡，可是一旦你撥開層層黃沙，仍然可以尋找到昔日侵入的痕跡。

蘭喜妹看到羅獵沉默不語，猜到他心中又在盤算著什麼，忍不住用手肘搗了他一下道：「你在想什麼？難道就沒話想跟我說？」

羅獵道：「對你實在是太過感激，所以才不知道說什麼話好。」

蘭喜妹啐了一聲道：「油腔滑調，你若是真心感激我才怪。」雙眸上下打量著羅獵，從表面上並未看出他有任何的異常。

羅獵被她看得也有些不自在，乾咳了一聲道：「我臉上刻字了？為何要一直盯著我看？」

蘭喜妹拋了個媚眼兒，雙目仍然直勾勾望著他，嬌滴滴道：「人家喜歡，這麼久沒見，想你了嘛。」

她的聲音如同一根輕柔的羽毛撩撥著羅獵的心尖兒，可羅獵卻並未因此麻痹大意，反倒越發警惕起來，糖衣包裹的往往都是威力強大的炸彈，蘭喜妹救了自己不假，可若說她沒有任何的目的絕對不可能，羅獵故意歎了口氣道：「只可惜慧心石被我給弄沒了，不然我一定送給你，報答你的救命之恩。」

蘭喜妹格格嬌笑道：「就知道你還有些良心。」心中卻道信你才怪，她剛才在營救羅獵的時候，駕駛飛機在空中盤旋了好一會兒，居高臨下俯瞰下面的情景，看得非常清楚，那些殭屍雖然包圍了羅獵，可是並沒有群起而攻之抱著將羅獵殺死的決心，所以羅獵才有足夠的時間逃離，自己才有機會將他救出。換句話來說，那些殭屍投鼠忌器。想起羅獵剛才所說的話，看來慧心石被他吸收到體內的事情沒有騙自己。

蘭喜妹又想起自己在已經操縱藤野忠信生死的時候，卻被一個突然出現的紅衣少女打亂了步驟，她不由得皺了皺眉頭，一想到那少女，就如同有一雙陰冷的雙眸在身後盯著自己，她下意識地轉過身去，發現身後只是一片曠野，空無一物。

羅獵從蘭喜妹的舉動中覺察到了什麼，低聲道：「你還好嗎？」

蘭喜妹長舒了口氣，額頭上已經因為惶恐而滲出細密的汗水，她小聲道：「那些殭屍並不想殺死你。」

羅獵點了點頭道：「據我所知，慧心石是昊日大祭司重生不可或缺的條件，如今那東西被我給弄沒了，所以……」他目前還無法確定，只是一個想法，所以停下不說。

蘭喜妹卻明白了他的意思：「所以有人想要將你活捉回去，認為慧心石的能量融入到你的血液中，只要抓住你，就有機會完成這個轉生陣，從而可以讓昊日大祭司復活。」

羅獵靜靜望著蘭喜妹，雖然沒有說話，可是欣賞的目光已經是對她這番揣測的默認。

蘭喜妹道：「所以殭屍才不會殺你，它們要想方設法將你活捉送過去，你啊，真是一個不折不扣的大麻煩。」

羅獵微笑道：「知道害怕了吧？既然害怕就儘快離開我，走得遠遠的，千萬不要引火焚身。」他的這句話絕不是危言聳聽，而是一個忠告。

蘭喜妹笑得越發開心了，非但如此，她還主動挽住了羅獵的手臂：「就不！偏不！人家那麼愛你，就算你惹了天大的麻煩，人家還是要跟你在一起！」

羅獵感到頭皮發麻，這樣的女人他還是頭一次遇到，歎了口氣道：「你不怕死？」

蘭喜妹柔聲道：「我更怕你死！」

羅獵心頭一麻，他甚至感覺到自己幾乎就要相信了。現在的蘭喜妹就像一個單純羞澀的女學生，目光卻堅定不移。如果羅獵不是多次領教，幾乎就會相信她所說的全都是肺腑之言。

羅獵道：「藤野忠信現在何處？」

「被人救走了！」說起這件事蘭喜妹的臉上頓時沒了笑意，表情也變得鄭重了許多，這可不是故意偽裝，而是此前的記憶讓她笑不出來。咬了咬櫻唇道：「一個紅衣少女把他救走了，那少女騎在一頭獨眼怪獸的背上，好生詭異……」雖然事情已經過去了一段時間，提起這件事蘭喜妹仍然心有餘悸。

在蘭喜妹提起這件事之前，羅獵隱約已經猜到發生了什麼，由始至終他都認為眼前的亂局是龍玉公主一手操縱造成。只是他並未確認龍玉公主已經完全復生，記得此前顏天心曾經說過，龍玉公主要完成真正意義的復生應該在七月十五，根據現在的日期來看，明天才是。他沉聲道：「或許你所看到的只是一個幻象罷了。」

蘭喜妹用力搖了搖頭道：「不可能，我看得千真萬確，那頭獨目怪獸的樣子我到現在都記得清清楚楚，牠毛色雪白體型雄偉，如果不是我用閃光彈阻止牠追蹤，只怕已經機毀人亡……」

根據蘭喜妹的描述，她所見的怪獸應當是獨目獸無疑，只不過這隻獨目獸的體型要比羅獵在王陵地宮中遇到的更大，而且已經發育成熟。羅獵也清楚在這方面蘭喜妹並無欺騙自己的必要，既然蘭喜妹已經捲入了這件事中，無論她最初抱有怎樣的目的，現在都必須爭取她的合作。於是羅獵決定將龍玉公主的事情告訴她，從九幽秘境得到龍玉公主的遺體，一直說到顏天心率領部族按照羊皮卷的指引將龍玉公主的遺體送返故里。

蘭喜妹並未想到此事的背後還有那麼多複雜的過去，羅獵的語氣雖然一如既往的不急不緩，可是在她聽來卻是跌宕起伏，驚心動魄，聽到最後，蘭喜妹不禁感歎道：「羅獵啊羅獵，你瞞得我好苦，原來你們當初前往蒼白山的目的是為了這件事。」

羅獵搖了搖頭道：「並非是為了這件事，而是為了追蹤羅行木，陰差陽錯方才發現了九幽秘境。」

蘭喜妹歎了口氣，其實她也沒有責備羅獵的意思，別說當時他們正處於敵對立場上，即便是現在羅獵也沒有向她坦白的必要，他能夠將此事坦誠相告應當也是經過一番斟酌的，由此可見，他已經不再將自己當成敵人了。蘭喜妹心中暗喜，不過卻並未因羅獵的信任而沖昏頭腦，她也清楚羅獵之所以告訴自己這麼多事情的目的是要以誠相待，以此來換取自己的合作。

蘭喜妹道：「你現在想怎麼做？」

羅獵並沒有馬上回答她的問題，而是又點燃了一支煙，朝著夕陽的方向走了幾步，直到現在他仍未拿定主意。其實在蘭喜妹救他脫險之後，他想到的第一件事就是儘快和同伴會合，而蘭喜妹剛才的話卻又提醒了他，現在自己才是龍玉公主的目標，如果自己回到顏天心他們的身邊，反倒會把危險帶給他們，選擇跟他們分開，他們的處境反倒更安全一些。

龍玉公主是否已經完全復活還不知道，可是她強大的精神力已經可以覆蓋極其廣闊的範圍，此前就有過入侵顏天心腦域的經歷。想要解除眼前的亂局，唯一的方法就是儘快找到龍玉公主的肉身並將之毀滅。皮之不存毛將焉附？羅獵堅信這個道理不會有錯。

蘭喜妹並未來到羅獵的身邊，只是遠遠望著羅獵的背影，她的目光中竟然流露出淡淡的失落，彷彿她已經猜到了羅獵的心頭所想。

抽完那支煙，羅獵回過頭來，向蘭喜妹露出了一個溫暖的笑容道：「還有多少架飛機？」

「一架！藤野忠信原打算調動三架飛機，一是為逃離，二是為了炸掉新滿營。」

羅獵皺了皺眉頭，僅憑著三架飛機，炸掉新滿營的可能性應該不大。蘭喜妹只是照實說，這些消息是她從那些飛行員口中得來。

羅獵道：「藤野忠信是不是玄洋社的人？」

蘭喜妹道：「日本想要的是一個物產豐饒的國度，藤野忠信如果將這片土地變成了殭屍橫行，不單日本，任何國家都不會再感興趣，更何況城門失火殃及池魚，如果殭屍病毒蔓延散播出去，倒楣的不僅僅是一個國家，恐怕這個地球很快就會被殭屍佔據。」

羅獵點了點頭，蘭喜妹的頭腦和眼界向來出眾，興許這和她的皇室出身有著一定的關係，看問題擁有一定的高度。

蘭喜妹笑道：「看你的樣子是不是想誇我？」

羅獵點了點頭道：「識大體！」順便向她豎起了拇指。

蘭喜妹道：「你真會哄我開心，好啦，我送你去跟他們會合。」說這話的時候，美眸中閃過一絲狡黠的目光。雖然是稍閃即逝，可仍然被羅獵準確捕捉到了，羅獵頓時明白蘭喜妹看穿了自己，這句話意在試探。

羅獵歎了口氣道：「我是個不折不扣的大麻煩，無論誰跟我在一起，都會被捲到這麻煩中來，所以我還是一個人走得好。」

蘭喜妹撅起櫻唇道：「說來說去還是不想連累你的那些朋友。」突然壓低聲音道：「你是不是特別心疼那個顏天心？」

羅獵道：「我私人的事情好像沒必要向你交代。」

蘭喜妹道：「她若是死了，你一定會很心痛對不對？」

羅獵望著她，目光中居然有了一絲憤怒，蘭喜妹卻不害怕，有恃無恐地望著他道：「換成我死了你一定會很開心對不對？」

羅獵只是笑了笑，他並不想和蘭喜妹在這種話題上糾纏，女人的思維和男人天生不同，前者不管遇到什麼大事仍然放不下心頭顧念的小事，而後者在面臨大事的時候卻總習慣於將小事放一放，羅獵認為蘭喜妹的歪攪胡纏是存心故意，對於這種糾纏最好的方法就是不去回應，然後是岔開話題。

羅獵道：「你打算怎麼做？」

蘭喜妹道：「打算救你啊，現在已經把你救出來了，我的目的就達到了，咱們走吧，我帶你比翼雙飛！」挽住羅獵的臂膀輕輕晃了晃，嫵媚的雙眸幾乎就要滴出水來。

羅獵道：「我是個大麻煩，龍玉公主不可能放過我，和我在一起就等於置身於危險之中。」

「我不怕，就算是死了，也能跟你埋在一起。」蘭喜妹的表情雖然不是那麼的認真，可是說出這番話的時候，她的內心居然產生了一種異樣的感覺，她下意識地垂下雙眸，即便是這細微的舉動仍然沒能逃過羅獵的眼睛，羅獵心中一怔，難道她當真對自己動了情？

羅獵對蘭喜妹的性情有一定的瞭解，知道她是個善於偽裝的女人，嫵媚溫柔的外表下內心堅硬如鐵，她認定的目標絕不會轉移，羅獵道：「如無意外，很快就會有人找到我。」

蘭喜妹低聲道：「你打算守株待兔？」

羅獵搖了搖頭道：「與其坐以待斃，不如主動出擊。」他盯住蘭喜妹的雙眸道：「說說你的條件？」

蘭喜妹咯咯笑了起來，兩人現在的狀態像極了討價還價的商人，羅獵終究還是不相信自己為了感情而留下，她點了點頭道：「我要你的血樣，你不要害怕，絕不會超過一百毫升。」

羅獵主動向蘭喜妹伸出手去：「成交！」

月朗星稀，顏天心獨自一人站在黃沙窟外的沙丘之上，凝望遠方，她已經在這裡等待了整整一個下午，仍然沒有見到羅獵回來，雖然每個人都看到羅獵順利從新滿營逃出，可是他因何沒有過來和眾人會合？難道羅獵算錯了相見的地方？不可能，這麼重要的事情他又怎能忘記？難道羅獵在出逃之後又遇到了麻煩？顏天心不敢繼續想下去，幽然歎了口氣。

此時身後傳來了腳步聲，月光將對方的身影先行投影到沙面之上，顏天心從身影已經分辨出是宋昌金。對羅獵的這位長輩，她素來沒什麼好感，並沒有跟對方打招呼的想法，或許對方的出現也只是偶然。

宋昌金卻在顏天心的身邊停了下來，主動搭訕道：「羅獵還沒回來？」

顏天心沒有理會他，只要是有眼睛就能夠看得到，又何須多此一問。

宋昌金並沒有因為顏天心的冷漠而尷尬，微微一笑道：「你比我要瞭解他！」旋即又歎了口氣道：「我們老羅家能有這樣的後人真是讓人欣慰。」

顏天心看了他一眼，從宋昌金的語氣中居然聽出了幾分真誠，她不無譏諷道：「其實你應當恨他才對，恨他壞了你的好事。」

宋昌金搖了搖頭，瞇起雙目，此刻的目光顯得撲朔迷離，平心而論他的確恨過羅獵，確切地說應當是懊惱，絕不是刻骨銘心的仇恨，興許是因為他們同宗同族，同一血脈的緣故，宋昌金道：「我白活了大半輩子，卻不如我這個侄子看得透徹，如果末日來臨，要錢有什麼用處？萬貫家財還不如幾個白麵饅頭頂用。」

宋昌金的大徹大悟卻是在失去之後，得來的過程並不容易，可失去卻痛快得多，在幾經挫折之後，他開始考慮一個問題，自己處心積慮辛辛苦苦地盜取寶藏，目的是什麼？用來享受只是其一，很大的原因是要照顧他的家庭，他的兒女。如果新滿營的殭屍病毒當真蔓延了出去，那麼生活在這個世界上的每一個生命都難以逃脫噩運，包括他的妻子兒女。

顏天心雖然認同宋昌金所說的話，卻不相信他擁有這樣的境界。

宋昌金道：「你也不用太過擔心，羅獵乘飛機逃走了，咱們這麼多人都已經看到。」

顏天心點了點頭，雖然這是她親眼所見，可是多一個人說出來還是感到安慰。

宋昌金從顏天心的表情能夠猜到她此刻忐忑的心情，羅獵一刻沒有前來和他們會合，她就不可能安心，宋昌金道：「你有沒有發現他們的目標是羅獵？」

這是顏天心早已知道的事實，正因為如此，羅獵才能吸引殭屍軍團的注意，其他人才有機會逃出來。

宋昌金道：「我看羅獵應當沒事，他之所以沒有及時過來，是因為他不想連累大家，想一個人面對這件事。」

顏天心歎了口氣道：「一個人？他有沒有考慮過大家的感受。」

宋昌金道：「這小子表面一團和氣，其實骨子裡是個極其倔強的人，我們老宋家大都如此。」說出這番話的時候，他明顯透著驕傲，後輩中湧現出羅獵這樣的翹楚，自然是家門的榮耀。

張長弓和陸威霖兩人此時出來，看到宋昌金和顏天心在說話，兩人頗感詫異，畢竟顏天心一直以來對待宋昌金的態度極其冷淡，對他的反感也從不掩飾，能讓兩人站在一起心平氣和說話的原因也只有一個，那就是羅獵。

宋昌金明顯有話還沒有來得及說完，看到兩人出現，他欲言又止，向顏天心笑了笑道：「不耽誤你們說話了。」

顏天心道：「張大哥他們不是外人，有什麼話你不妨說出來。」

張長弓和陸威霖大步走了過來，張長弓朗聲道：「顏掌櫃說得沒錯。」

宋昌金笑了笑，他也不再猶豫，沉聲道：「羅獵是我的親侄兒，我比你們更加擔心他。」

聽他說出這句話，陸威霖的臉上不禁露出不屑的神情，心中暗忖你擔心才怪，張長弓倒沒有在這個問題上過於糾結，催促道：「宋先生還是說說你的想法。」

宋昌金道：「按照咱們目前所瞭解的狀況，羅獵之所以成為目標全都是因為那顆慧心石的緣故，他擔心會連累到咱們，所以才不肯第一時間過來和大夥兒會合，茫茫戈壁，一個人想藏起來要找到他很難……」

陸威霖聽得已經不耐煩了，切了一聲道：「這還用你說。」

張長弓用目光制止了陸威霖，示意讓宋昌金繼續說下去。

宋昌金繼續道：「找到羅獵雖然不容易，可是咱們知道對方的最終目標，他們的目標是找到慧心石完全啟動轉生陣，從而讓昊日大祭司復生。」

聽到這裡，三人已經猜測到宋昌金說這番話的目的了。顏天心道：「您是想提醒大家，只要破壞了轉生陣，同樣可以將龍玉公主吸引過來？」

宋昌金點了點頭道：「不錯，如果咱們能夠吸引龍玉公主的注意力，又或者破壞了轉生陣，那麼羅獵手中的這顆慧心石就沒那麼重要了，從另一方面來說，羅獵就安全了。」

顏天心沉默了下去，她雖然不知道宋昌金出於怎樣的目的，可是宋昌金的提議不無道理，她和羅獵曾經深入雍州鼎內，也在巨鼎之中發現了一具紡錘形的棺槨，如果他們的判斷沒有錯誤，那麼那棺槨裡面就應當封存著昊日大祭司的肉身，當時因為眾多獨角獸蜂擁而至，他們全憑著鐳射槍和逃生筆方才僥倖逃離。重返西夏王陵，由盜洞再次進入轉生陣，毀掉昊日大祭司的肉身，又或者毀掉整個轉生陣，只要完成了其中的一件任務就會將龍玉公主的注意力吸引過來，從而減輕羅獵方面的壓力。

宋昌金道：「其實我們要做的未必是深入到原來的地方，我想無論是轉生陣還是天廟，都必然處於嚴密的境界之中，只要咱們涉足其中，就會觸發敵人的警戒線，他們就會集結力量來防止意外的發生。」

張長弓沉聲道：「不錯，目前來說也只有這個辦法了。」

陸威霖盯住宋昌金道：「你去不去？」

宋昌金知道他仍然在懷疑自己的動機，不由得苦笑道：「我提出來的建議，我又怎會不去？更何況是為了我的侄兒。」

陸威霖將信將疑道：「你該不是還有什麼動機吧？」

宋昌金道：「有，從小的來說救我侄子，從大方面來說拯救世界。」

陸威霖道：「是不是終於想透了覆巢之下安有完卵的道理？」

宋昌金訕訕笑道：「我雖然醒悟得晚了一些，不過總算明白過來了。」

鐵娃此時走出來了，他帶給眾人一個好消息，瑪莎已經甦醒了，從她目前的狀況來看，身體應該沒有大問題了，解藥對她有用，不過百惠又像此前一樣不辭而別。

聽聞百惠悄悄走開，陸威霖不由得皺了皺眉頭，張長弓以為他擔心百惠對他們不利，寬慰他道：「她向來行事詭秘，不過她對咱們應當沒有加害之心。」換成過去張長弓是沒有這樣的把握的，不過在經歷新滿營的這番生死逃亡經歷之後，他發現這名日本女子的本性並不壞。

宋昌金道：「非我族類，其心必異。」他性情多疑，如果不是非常時刻，他才不會選擇和這群人合作，宋昌金對外人有種骨子裡的抵觸感，人越多就感到越不安全。

過去宋昌金一直將之歸咎為自己少年不幸經歷的緣故，兒時的經歷造成了他內心中缺乏安全感，可隨著年齡的增長，他發現自己的這種危機感非但沒有因為時間的推移而減弱，反而變得越來越嚴重，其實何止是他，生存在亂世之中，又有誰能有真正的安全感。

陸威霖忽然道：「來人了！」

幾人都是一驚，顏天心舉起望遠鏡望去，很快唇角就露出了一絲笑意，她已經看清來的是她的部下，人數大約在五百左右，率隊的人是董方明。

宋昌金聽說之後首先提醒他們要小心，畢竟不知道這支軍隊有無被殭屍病毒感染，非常時刻，任何時候都不能掉以輕心。

張長弓觀察了一會兒道：「沒事，他們應當沒有感染。」憑經驗能夠知道，被殭屍病毒感染之後往往臉色灰暗，皮膚多皺褶，雙目血紅，目光呆滯，多半移動緩慢，而這群人中顯然並沒有以上的特徵，更何況他們策馬狂奔，駿馬毛色鮮亮，整支隊伍上下洋溢著生命的神采。

顏天心點了點頭，幾人統一了看法之後，張長弓方才登上沙丘向遠方的隊伍傳遞信號。

對方在得到信號之後很快就來到了近前，當這支隊伍發現顏天心就在這裡的時候，頓時發出陣陣歡呼，一個個驚喜萬分地向顏天心圍攏過來。

張長弓幾人雖然對顏天心的手下缺乏瞭解，可是這支隊伍的到來讓他們一方實力大增，完成摧毀轉生陣，吸引龍玉公主的注意力，從而減輕羅獵壓力的計畫應該能夠實現。

顏天心將董方明叫到一旁，詢問他因何會到了這裡？董方明告訴顏天心，眾人原本以為她被新滿營的人馬抓去，關押在了老營盤，於是集合了五百多名精銳人馬前往營救，可是他們剛剛離開雅布賴山不久，就接到一封神秘來信，卻是有人告訴他們這是馬永平故意放出的假消息，目的是要將他們引入老營盤，那裡有殭屍伏擊。

所以他們方才捨近求遠，迴避老營盤那片區域，這樣一來自然行程有所拖延。來此的途中他們遇到了不少從新滿營逃離的難民，從難民的口中得知新滿營的狀況極其惡劣，雖然並未打聽到顏天心的消息，不過他們仍然無法放下心來，於是選擇繼續前進。

在另外一側負責警戒的顏拓疆和譚子聰聽到動靜也走了過來，其實現在每個人都已經成為驚弓之鳥，看到有人前來首先考慮的就是對方到底是不是殭屍，比起普通的敵人，殭屍更加難以應付，這些怪物的戰鬥力還在其次，最主要是被它們咬傷或抓傷的士兵很快就會變成和他們一樣的殭屍，此消彼長，戰況很快就會發生逆轉，他們已經不止一次見證這種事情的發生。

因為顏拓疆和顏天心之間的關係，所以顏天心的部下對這位昔日新滿營的大帥頗為尊重。

顏天心心思縝密，她讓董方明將那封提醒他們不要前往老營盤的信拿過來，仔仔細細看了一遍，雖然寫信人有意隱藏，可是顏天心仍然從字跡中行文風格和不經意流露的字跡中判斷出這封信應當來自於卓一手。這也是最為合理的解釋，卓一手深悉內情同時又和連雲寨有著密切關聯，由他來做這件事才合理。

由此也能夠證明，對連雲寨，卓一手心中或多或少還存在著一些善念。

顏拓疆道：「你發現了什麼？」

顏天心笑了笑道：「沒什麼，只是覺得這封信可能是卓先生寫的。」

顏拓疆道：「他會那麼好心？整件事還不是他搞出來的。」他對卓一手充滿了怨念，在他看來如果不是卓一手存心不良，欺騙族人將龍玉公主的遺體送到這裡，就不會將災禍帶來，從根源上來說卓一手就是罪魁禍首。

顏天心道：「有些事情冥冥中自有定數，既然已經發生了，咱們也只能面對，怨天尤人也沒什麼用處。」

顏拓疆聽她這樣說，心中暗自慚愧，枉自己這麼大的歲數居然還不如侄女看得透徹，其實就算沒有卓一手帶來的這場災禍，自己也已經身陷囹圄，如果不是顏天心率領族人恰巧前來這裡投奔自己，或許此刻自己已經死了，不錯，凡事天註定，自己的這一生中註定有此一劫。

雖然叔侄兩人對卓一手都已經沒了好感，可是他們卻不得不承認，卓一手還是幫了這些族人的，如果任由這支隊伍前往老營盤就中了馬永平的圈套，現在的隊伍可能已經全部被殭屍病毒感染。

顏拓疆道：「希望他能夠認清自己的罪孽。」

顏天心道：「或許他已經後悔了。」

顏拓疆望著侄女點了點頭，低聲道：「你們打算怎麼做？」

顏天心將剛才幾人商量的結果告訴了他，顏拓疆想了想道：「此事可行，不過咱們也得做好補救措施。」

「什麼補救措施？」

顏拓疆道：「如果咱們能夠找到龍玉公主並將之清除掉，那麼所有危機自然解除，可是如果找不到她，又或者行動失敗，也不能任由那些盤踞在新滿營的殭屍四處蔓延，以免將殭屍病毒擴散出去。」

顏天心道：「您的意思是……」

顏拓疆抿了抿嘴唇，目光投向新滿營的方向，內心中極度煎熬，幾經努力方才下定決心道：「炸掉新滿營，將整座城池夷為平地。」

陸威霖一旁道：「說得容易，我們去哪裡找來那麼多的炸藥？」

顏拓疆道：「我還有一座秘密的軍火庫。」

瑪莎現在的狀況雖然有些虛弱，可是神智已經恢復了清醒，得悉此前發生的一切，她對眾人多了一份感激，對阿諾又多出幾分愛意，她雖然算不上絕頂聰明的女孩子可絕不蠢笨，阿諾對她的心意她已經明白。

瑪莎現在已經是孤苦伶仃，心中唯一的安慰就是那本費勁千辛萬苦得來的古蘭經，對因此而付出生命的父親和族人總算有了一些交代。

阿諾將水壺遞給她：「喝點水，你嘴唇都乾了。」

瑪莎抬起頭望著阿諾，露出一絲笑容，可笑容中又帶著歉疚。阿諾將這段時間發生的事情簡單告訴了瑪莎，輕聲道：「我必須要去找羅獵，我們不可以放棄任何一位朋友。」

瑪莎的雙眸流露出些許的歉疚，她並非不願意和同伴一起去尋找羅獵，可是她還有重任在肩，她首先要將辛苦得來的《古蘭經》送回部落，猶豫了一下，伸出手去抓住阿諾的大手，溫軟滑膩的小手讓阿諾身軀一顫，他抬起頭來，臉上露出激動的神情，然後鼓足勇氣將瑪莎擁入懷中，低頭去尋找瑪莎的嘴唇，卻發現瑪莎低著頭，這樣的姿勢讓他的下一步行動無法進行，瑪莎低聲道：「你可不可以跟我一起走？」

阿諾急劇上升的體溫因她的這句話迅速冷卻了下去，他迷惑道：「為什麼？」

瑪莎道：「沒用的，就算我們全部都留下，也改變不了什麼，只是多幾個人犧牲，阿諾，咱們走吧，你跟我回部落……」

「不！」阿諾的聲音並不大，只是輕輕放開了瑪莎，臉上的笑容已經消失，瑪莎的這番話讓他感到心冷，就算她有自己的理由，可是難道她忘記了，是誰將她幾度救出，是誰幫她找回了《古蘭經》，羅獵生死未卜，在這種時候她怎麼可以提出離開？

瑪莎意識到自己讓阿諾失望了，她撲入阿諾的懷中緊緊抱住他道：「阿諾，我知道你想救人，我何嘗不是一樣，可是這本《古蘭經》對我，對整個部落都極其重要，我爹，還有那麼多的族人都已經為之犧牲了性命，我不可以再有任何的差錯，一定帶著它完完整整地送回去。」

阿諾點了點頭，低聲道：「對不起。」

瑪莎滿臉淚水用力搖頭道：「說對不起的應該是我才對。」

阿諾道：「我的意思是，我只怕無法送你回部落了。」

「下面是什麼地方？」蘭喜妹大聲道。

羅獵道：「天廟！」他清晰記得下方就是天廟的所在，可從天空中俯瞰下方，只看到大片的荒漠，根本找不到任何的建築。其實天廟原本就被隱藏在一片黃沙之下，羅獵雖然記憶力不錯，可他們飛臨這片區域上方的時候又開始起風，能見度很差，讓原本就難以識別的區域更是雪上加霜。他回想了一下，他們離開的地方卻是在賀蘭山內的某個峽谷內，於是向蘭喜妹說明，指揮她操縱飛機繼續向北飛去。

蘭喜妹點了點頭，正準備朝著羅獵所知的方向飛去的時候，卻見兩道沙柱從賀蘭山的腳下朝著他們迅速遊走而來，正是被當地人通稱為黃龍的氣象，乃是龍捲風席捲沙塵在這一區域形成的獨有現象，不過平日裡難得一見。

時近黃昏，兩道黃龍忽左忽右，你追我趕，在兩股龍卷的下方，地面上高度大約在十米的範圍內都已經被滾滾黃沙遮蓋。

蘭喜妹皺了皺眉頭，不知是不是巧合，又或者他們的運氣太差，現在前往羅獵所說的區域顯然是對自身生命的不負責，如果硬闖，必然和那惡劣的沙塵龍卷正面相逢，影響視線還在其次，如果被捲入風暴的核心，他們兩人很可能要面臨機毀人亡的命運。

羅獵也意識到了危險所在，這種狀況下還是選擇暫時迴避為妙，等到風暴過後再去尋找出口。

蘭喜妹操縱飛機側身迴旋，熟練調轉了機身，只不過是在轉身調頭的剎那，身後的兩道黃龍已經交纏在了一起，合二為一，形成一個直徑約十米的巨大沙龍卷，移動的速度迅速增加，那沙龍卷如同有靈性一般，向飛機追逐而來。

羅獵暗叫不妙，出現龍捲風並不奇怪，可偏偏在這個時候這片區域出現，而且這沙龍卷分明是衝著他們來的，他並沒有出聲催促蘭喜妹，蘭喜妹早已認清了他們現在凶險的形勢，飛行的速度已經增加到最大，希望儘早擺脫身後窮追不捨的沙龍卷。

一會兒功夫龍卷又有變化，不斷壯大的龍卷直徑已經在短時間內達到了驚人的二十米，龍卷所到之處沙塵瀰漫，遮天蔽日，突然巨大的龍卷從中分裂開來，再度成為兩部分。

羅獵不停回頭，觀測龍卷變化的同時也在默默估算著彼此之間的距離，沙龍卷並沒有因為這次的分裂速度有所減慢，反倒繼續增加，羅獵的內心也不由得變得緊張起來，以現在的狀況來看，用不了太久他們就會被這兩股龍卷追上。

蘭喜妹的聲音在前方響起，她大聲道：「你怕不怕？」

羅獵哈哈大笑起來：「有什麼好怕，不是有你陪著嗎？」他笑聲的主要意義是要通過這種方式給蘭喜妹心理上的安慰。

蘭喜妹道：「那好，咱們就做一對生死與共的苦命鴛鴦。」

羅獵沒有反對，如果註定逃不過這一劫，也只能這樣，他悄悄拿出了逃生筆，在生死關頭，還需仰仗它的力量。回望身後的沙龍卷，發現再次裂變，剛才的兩股已經變成了四股，遠遠望去如同頂天立地的四根巨柱，不過這會兒它們的速度應當已經達到了極致，雖然沒有被飛機拉遠距離，可是也沒能夠繼續靠近。

羅獵心底暗鬆了一口氣，按照這樣的趨勢，興許他們能夠逃過後方沙龍卷的追蹤。腦海中忽然浮現出一張蒼白的面孔，腦域深處傳來字字泣血的怨毒聲音：「你要死，你們都要死！」

羅獵內心一凜，守住本心，強大的意識將這突然侵入腦域的幻象排遣出去，怨毒的聲音又變成了淒然的尖叫。

羅獵禁不住打了個冷顫，蘭喜妹的驚呼聲將他從片刻的恍惚中拉回到現實中來。在飛機飛行的正前方，遮天蔽日的沙塵暴突然形成，剛開始黃沙宛如千軍萬馬奔行在沙面上，可轉瞬之間就已經輻射到空中，只是眨眼的功夫就已經分不清哪裡是天，哪裡是地，前方的世界一片混沌，狂風席捲沙塵與天空的摩擦中產生了洪荒巨獸般低沉的嘶吼，這嘶吼聲讓整個天地為之戰慄。

蘭喜妹透過風鏡看到在飛機的前方正緩緩形成了一堵牆，這堵黃沙組成的牆連接天地，又如滔天的海浪般向他們席捲而來，蘭喜妹感到自己周身都在顫抖，這顫抖並不是因為恐懼，而是因為飛機感受到了風沙的衝擊所致，現在還沒被捲入沙浪就已經反應如此劇烈，如果飛機一旦被沙浪席捲進去，恐怕飛機就會完全解體變得四分五裂。

應當說不但是飛機，還有他們的肉體，都逃不過被風沙撕碎的下場。

羅獵大吼道：「調頭！」其實在他說話的同時，蘭喜妹已經做出了相同的反應，作為飛機的實際操縱者，她比羅獵更加清楚，如果一味向前飛，一旦被沙浪捲入，他們就再也沒有逃生的機會，相比較而言，反倒是回頭飛向後方逃生的幾率更大一些，雖然後方一樣有沙龍卷，可是比起前方密不透風的沙牆，相對來說還有空隙可鑽，只要操縱飛機從龍卷之間的空隙處離開，那麼他們就有可能逃出生天。

計畫和現實不同，其實他們甚至來不及計畫，看到蘭喜妹的舉動，羅獵決定不再開口，他並不想對蘭喜妹造成任何的干擾，尤其是在這種時候，一個人唯有全神貫注地專注眼前的事情，才有可能抓住稍縱即逝的機會逃生，沒有人會拿自己的性命開玩笑，蘭喜妹也是如此。

飛機有如一片飄零於空中的孤葉，在空中盤旋行進，靈活躲避著從各方襲來的沙塵，忽左忽右忽高忽低。只有駕駛者才知道操縱的痛苦和自身面臨的絕大考驗。

蘭喜妹已經顧不上考慮其他的事情，所有的注意力都集中在飛機的操縱杆之上，雙手緊握操縱杆，身體劇烈顫抖著，感覺自己渾身的骨骼就快被搖散，看不清前路，只能根據沙塵的濃淡判斷飛行的方向，彷彿有一雙無形的大手在不斷抖動撕扯著飛機，試圖將飛機扯開，將他們從飛機內甩出去。

蘭喜妹用力咬著唇，竭力和這無形的力量抗拒著，風捲著厚重的沙塵拍打在飛機的周身，連機艙內的空氣都變得越來越壓抑，越來越沉重，機艙內的他們被壓得就快透不過氣來，突然兩人同時感到胸口一鬆，宛如壓在胸口的石頭被拿開，可緊接著一塊更大的石頭壓了上去。

蘭喜妹尖叫道：「坐好了！」

羅獵並沒有聽清她在說什麼，可馬上就感覺到了飛機的變化，蘭喜妹操縱飛機筆直向上，以近乎垂直的角度向上飛起，加速衝刺，此時也唯有向上才可能突破沙塵的籠罩，按照常理越是往下，沙塵的濃度就越大。

眼前突然一亮，卻是飛機衝出了剛才的那片濃重沙塵，而他們並未來得及放鬆，就看到周圍數十條扭曲旋轉的沙龍卷從四面八方向飛機聚攏過來。

飛機從豎直向上飛行漸漸拉平，在衝入沙龍卷的陣列前已經重新變為水平，蘭喜妹操縱機身旋轉，逆時針向左側側身九十度，飛機側向飛行，從兩股沙龍卷之間的縫隙穿了出去。

經過商議，顏天心幾人達成了協定，決定兵分兩路，一部分由顏天心和張長弓統領直接前往西夏王陵，以宋昌金為嚮導，準備破壞轉生陣，還有一部分，以顏拓疆和陸威霖、阿諾、董方明為首，他們是去顏拓疆的秘密軍火庫，以獲取更多的武器裝備，用來應付未來可能嚴峻的局面，在必要的時候不惜摧毀整個新滿營。

分頭行動剛剛開始不久他們就遇到了麻煩，面對這場突如其來的風沙，地面的可見度要比空中更差，徒步行走可謂是步履維艱，他們不得不選擇停下來，尋找避風之處，暫時躲避這場遮天蔽日的風沙。

張長弓找到了將自己包裹得嚴嚴實實的顏天心，躲在沙丘的背後，採用這樣的方式能夠減弱風沙對自身的衝擊，張長弓向顏天心搖了搖頭，然後大聲道：「到處都是風沙，分不清前進的方向，咱們的……進程……可能要放慢了……」他的聲音被風吹得斷斷續續。

顏天心點了點頭，張長弓說的是事實，在這樣的狀況下盲目前行最可能的結果就是迷路，正所謂欲速則不達，與其冒著巨大的風險繼續趕路，還不如原地等待，等到這場風沙過去，再繼續前進。

顏天心最為擔心的就是羅獵，在這樣惡劣的天氣狀況下，繼續飛行顯然是不可能的，她只希望羅獵也早已平安降落，此時也和自己一樣在某處躲避風沙。

蘭喜妹操縱飛機在數十股沙龍卷之中來回穿梭，她在嘗試降落，可是在根本看不清地形的情況下降落，無疑是要冒著巨大風險的，稍有不慎就會是機毀人亡的結局。

羅獵在身後大聲道：「降落，我們必須要降落！」

蘭喜妹焦急道：「還用你說！」

羅獵忽然道：「向左，向左！」

蘭喜妹心中一怔，她並不明白羅獵這樣指示的意義，仍然按照自己的意思從前方兩股沙龍卷之間穿過，前方光芒閃爍，在三股沙龍卷之間無數紫色的電光又如萬千條長蛇在躍動，彼此之前相互糾纏連接，在三股沙龍卷之間猶如拉起了一面電網，蘭喜妹驚呼一聲，這才明白羅獵因何會突然如此緊張地提醒自己，雖然她沒有第一時間按照羅獵的話去做，可是羅獵的提醒畢竟讓她有了心理準備，全力操縱飛機，機頭緊急昂起，飛機在撞擊到電網之前不可思議地豎立起了機身，先是筆直向上爬升，然後翻轉飛行，變成了機腹朝上，機場內的兩人世界顛倒了過來。

短時間內羅獵已經感覺到了何謂天翻地覆，在這樣的狀況下蘭喜妹仍然能夠保持繼續飛行，羅獵暗暗佩服，想不到蘭喜妹操縱飛機的技術絲毫不次於阿諾，此女身上實在是擁有太多的秘密。

蘭喜妹在千鈞一髮躲開電網，然而在飛機顛倒飛行的時候，卻見下方一團巨大的雲層聚攏形成，在周圍跳動電光的映照下，雲層竟似乎形成了一張巨大的人臉形狀，蘭喜妹以為自己看錯。

其實羅獵也看到了同樣的一幕景象，從空中俯瞰，這張人臉有些像女子的形狀，人臉在狂風中不斷扭曲變幻，雲層順時針轉動，在中心形成了一個巨大的黑洞，居高臨下望去，這雲中的黑洞猶如女子張開的大嘴。

飛機被一股強大的無形力量向下方拖拽，蘭喜妹咬緊牙關，無論是她還是這架飛機都已經用盡了所有潛能。

羅獵心中已經做好了最壞的準備，一旦飛機失去控制，他就不得不利用逃生筆和蘭喜妹一起逃生，雖然羅獵一直都打算隱藏這個秘密，可是在生死關頭他已經沒了選擇。

飛機竭力擺脫雲層漩渦的束縛，可是卻始終無法得逞，如同一隻被扯住的風箏，想要拚命逃脫，卻被一根無形的引線大力牽扯著。

雲層聚攏變幻形成的人臉形狀越發清晰，羅獵憑直覺判斷這場突如其來的風暴應當和龍玉公主有關，不由得想起此前在顏天心腦域之中和龍玉公主的那場交鋒。一個人的精神力就算怎樣強大也不可能操縱天氣？如果這一切果真是龍玉公主所為，那麼歷史上龍玉公主的呼風喚雨就確有其事。

羅獵在幾次奇遇之後感知力和精神力也變得空前強大，甚至能夠在和龍玉公主的交戰中不落下風，可是他畢竟有著自知之明，清楚自己沒有呼風喚雨的本領。不過如果這場風暴和龍玉公主當真有關，那麼他循著這股精神力找到龍玉公主應當不難。

有了這樣的想法，羅獵決定立即行動，在這樣惡劣的天氣狀況下，身處時刻都有顛覆危險的飛機中，想要靜下心來可不是那麼容易的事情，羅獵強大的心理素質和穩定的心態再次起到了關鍵的作用。

通常人類腦域中的影像是現實狀況的反映，羅獵雖然閉上了雙眼，可是在他的腦海中同樣出現了飛沙走石雷閃雷鳴的影響，湧動的烏雲漩渦般聚集，從下方望去猶如一隻深邃的巨眼，這巨眼俯瞰蒼茫大地，跳躍的閃電是他陰鬱的目光，巨眼中心的位置，原本平整的沙漠正在緩緩崛起，一座蒼白如雪山般的沙丘以肉眼可見的速度迅速隆起著。

那就是一座雪山，突兀而又不合情理地出現在羅獵的腦域世界之中，不斷隆起的雪山之巔，一個紅色的小點極其醒目。龍玉公主凌風而立，靜靜望著羅獵，怨毒的目光和精緻完美的面龐極不相稱。風雪中她幻化成狐，驕傲地抖落了身上的雪花，幽蘭色的雙目充滿挑釁地望著下方的羅獵。

羅獵頂著風雪向雪山奔去，他奔跑的速度越來越快，在達到自身速度的極限之後，猛地騰躍起來，落下時已經是四肢著地，在腦域的世界中變成了一頭蒼狼。

火狐望著疾風般向自己衝來的蒼狼，並沒有馬上逃離的舉動，牠輕蔑地望著蒼狼，然後昂起了頭，頭頂雲層的漩渦中，一道道紫色的閃電劃著弧光，從空中向蒼狼的身上劈落，一道閃電尚未消失，另外一道閃電襲擊又到，有時數道閃電一起擊落，在蒼狼的身體周圍形成了一道炫麗的閃電叢林，蒼狼以靈巧的身法躲避著閃電，穿行在這看似炫麗實則奪命的叢林之中。牠的步伐矯健有力，速度絲毫沒有因為外界的干擾而減慢，彷彿牠能夠精確預測每一次閃電的走向和落點。

彼此之間的距離在迅速接近著，火狐的身體泛起了紅光，隨著時間的推移紅光越來越盛，很快牠的身體就籠罩在一團火焰之中，燃燒的烈焰讓火狐的身體增大了數倍，在和蒼狼身形的對比中明顯占到了上風，牠仍然沒有任何的舉動，只是冷冷望著那頭排除艱險如風而至的蒼狼。

蒼狼的速度越來越快，在荒漠之上拖拽出一道銀亮的軌跡，猶如一道出鞘的利劍，這利劍刺向熊熊燃燒的火狐。

蒼狼與火狐接觸的剎那，火狐周身的烈焰陡然膨脹開來，將蒼狼包裹在其中，高速奔行的蒼狼並未被這團烈焰阻擋住自身前進的腳步，銀光穿透了烈焰，烈焰在被洞穿之後，猶如鏡子一般開裂散落一地，一道紅光射向雲層漩渦的中心。

紅光包裹著龍玉公主的影像，她的笑聲響徹在天地之間：「我不會放過你……」

龍玉公主的身影沒入雲層漩渦之中，整個天地也隨之崩塌，有如碎裂的鏡子一片片開裂，蒼狼仰首長嘯，羅獵的意識也在這聲長嘯中回到了現實，如夢初醒，現實的一切瞬間回歸，飛機已經被捲入了漩渦，機身筆直向上，圍繞中心軸線迅速旋轉著，如同一個瘋狂旋轉的陀螺，蘭喜妹已經將生死置之度外，飛機的速度已經提升到了最大，衝入漩渦的中心，衝向最高處，試圖擺脫漩渦的束縛。

就在蘭喜妹認為飛機的所有潛能都被自己挖掘殆盡的時候，機身卻陡然一鬆，眼前光明乍現，在最後的關頭飛機竟然逃脫了氣旋的束縛。

皓月當空，蒼穹靜謐，只是一步的距離卻天壤之別，羅獵俯視下方，發現下方的雲層正在迅速消散，已經看得清大地，風變小了，沙塵失去了風的托載重新被引力拽回到地面，很快天是天，地是地，天地重現分界，世界歸於清明。

蘭喜妹幾乎不能相信已經逃脫危險的事實，長舒了一口氣道：「我們逃出來了？」在得到羅獵肯定的答覆之後，她發出一聲驚喜的尖叫，然後就開始操縱飛機向下降落，在下一場風暴來臨之前，她必須要平安降落在地上，人只有雙腳落在地上才會安穩，才會踏實。

宋昌金看出鐵娃明顯在監視自己，望著這全神戒備的孩子，宋昌金忍不住笑了起來，他向鐵娃招了招手，示意鐵娃走近一些，鐵娃來到宋昌金面前問道：

「宋先生找我有事？」

宋昌金道：「是不是張長弓讓你監視我？」

鐵娃被他一語道破了秘密，黝黑色的面孔頓時紅了起來，結結巴巴道：「我師父才不會。」

「那就是你監視我，你看我的樣子難道是個壞人嗎？」

第八章

奧拉貢

就在天廟鐵騎即將碾踏卓一手身軀時，
隊伍從中分開，迂迴繞行，
放緩速度在卓一手旁停了下來，重新排列成整齊的陣列。
卓一手額頭之上已經佈滿了冷汗，
他手握古蘭經，雙手張開，高呼道：「奧拉貢……」
身後天廟騎士也同時發出了聲音──奧拉貢！

鐵娃打量了一下宋昌金，嘴唇動了一下卻沒有說話，因為他覺得如果當面說宋昌金是壞人很不禮貌，可他也不能違心說宋昌金是個好人，想了一會兒總算憋出一句話：「您自己是什麼人，您自己不知道嗎？」

童言無忌，宋昌金這隻老狐狸卻被這簡單的一個問題給問住了，他活了大半輩子唯獨沒有搞清楚自己是怎樣的人，壞人？宋昌金從不認為自己是個純粹的壞人，好人？似乎跟自己更挨不上，宋昌金從來都奉行人不為己天誅地滅的準則為人處世，可他又發現自己並不能始終如一地貫徹到底，這就讓他的人生出現了不少的矛盾之處。

望著鐵娃那張充滿警惕的稚嫩面孔，宋昌金頗為無奈地搖了搖頭道：「世事艱辛，人心難測，你還小，等你長大了就會明白，這人啊！本來就沒有什麼絕對的善惡之分。」

走在他們身後的張長弓聽到這裡忍不住道：「宋先生別教壞了小孩子。」

宋昌金哈哈大笑道：「我是在教他人生的道理，可不是想教壞他，難不成非得告訴他這個世界上多半都是好人，讓他用一顆善良仁愛之心對待他人？非得要吃虧上當無數次才能悟出人生的真諦。」

張長弓道：「照你這麼說，這個世界上全都是壞人嘍。」

宋昌金道：「我可沒那麼說，只是說世事無絕對，在當今這個世道壞人要比好人多，想要在這年頭活下去，必須要對自己好一些。」

張長弓雖然不認同宋昌金這番功利自私的話，可也說不出反駁的道理。

鐵娃道：「我相信只要對別人好，別人就一定會對你好，人總是有良心的。」

宋昌金呵呵冷笑了一聲不再說話，目光朝著獨自行進在最前方的顏天心看了看，顏天心獨自前行，形單影隻，自從和羅獵分別之後，她多半時間都處於沉默寡言的狀態中，每個人都看出她的心情不好，也沒有人敢和她主動搭話。

剛才的那場突如其來的風暴又拖慢了他們的進程，雖然這場沙塵暴並未造成任何人員上的損失，可是時間上的拖延卻讓顏天心心急如焚。周圍的地形似乎因這場沙暴而有所變化，顏天心勒住馬韁，轉向身後向宋昌金道：「宋先生！」

宋昌金縱馬前行，來到顏天心面前，笑容可掬道：「大掌櫃有什麼吩咐？」

顏天心道：「我感覺咱們是不是走錯了路，和此前的地形完全不同。」

宋昌金笑道：「大掌櫃是疑心我故意帶錯路咯？」

顏天心道：「宋先生乃識時務之人，應該不會做這種損人不利己的事情。」

語氣雖然溫和卻暗藏鋒芒，在目前的狀況下就算借給宋昌金一百個膽子他也不敢做這種事情。

宋昌金自然能夠聽出顏天心綿裡藏針的這句話，不以為然地笑了笑道：「大掌櫃來這裡的時間不久，對這裡的狀況還不清楚，通常沙塵暴經過之後，容易對地形造成影響，更何況剛才的那場沙塵暴那麼大。」

顏天心點了點頭，時常說的飛沙走石應當就是這個道理，越過前方的沙丘，一片大大小小的圓錐形建築陡然出現在他們的眼前，他們終於來到了西夏王陵。雖然已經不是第一次來到這裡，可是重新看到西夏王陵，顏天心仍然抑制不住內心的激動，她要盡一切的力量為羅獵分擔，幫助羅獵逃離危險。

宋昌金遙望遠方的王陵群，內心中百感交集，連他自己都搞不清因何會做出這樣的決斷，一個自私的人，本該在這種時候逃離，逃得越遠越好，然而他卻在沒有任何人逼迫自己的前提下回到了這裡，看來在他的內心深處仍然有善良的一面，別人看不到，他自己看得到。

張長弓騎在馬上，用望遠鏡眺望遠方，發現在王陵中的一處隱約有金光閃爍，他放下望遠鏡，在這獨特的地理環境下，就算是他的目力也不敢輕易判斷看到的究竟是現實還是幻象，他將望遠鏡交給一旁的鐵娃，讓鐵娃幫助自己確定遠方的景物。

鐵娃仔細看了一會兒，用力點了點頭道：「師父，我能確定，遠處的確有金光閃爍。」

宋昌金道：「海市蜃樓是常有的事情！」他也留意到遠處的金光，而且那金光發生的位置正是當初他們發現轉生陣的地方，不知為何宋昌金內心中突然生出一種不祥之兆，猶豫了片刻又開口道：「此事可能有詐！」

顏天心道：「你怕了？」

宋昌金搖了搖頭道：「不是害怕，而是覺得不妥，好像咱們的行蹤已經被敵人提前知曉了。」

顏天心道：「究竟怎樣只有到了才知道。」說完之後催馬向沙丘下方奔去，眾人抬頭之時只能看到她身後的滾滾沙塵，張長弓擔心她有所閃失，馬上跟了上去，此番跟隨而來的顏天心的四百名部下也不甘落後，全都隨行。

宋昌金看到眾人全都跟著顏天心去了西夏王陵，心中暗歎了一口氣，到了這種時候，自己有了一種身不由己的感覺，無論前方有無凶險也只能隨行了。宋昌金此時方才發現譚子聰不知何時不見了，轉念一想，那小子和顏天心一方人馬仇深似海，現在顏天心和部下會合，多了那麼多的人馬，這廝又不是傻子，一定是擔心顏天心一方對他不利，所以趁著眾人不注意的時候偷偷溜了。

前方傳來張長弓的一聲呼喊：「宋先生，您來不來？」張長弓並未忽略宋昌金的存在，倒不是要刻意監視他，而是因為在所有人中，對這片區域最為熟知的就是宋昌金，若是宋昌金走了，他們就少了一個帶路人。

宋昌金苦笑著搖了搖頭，他何嘗不想走，可思來想去，總覺得這樣走了以後會良心難安，連他自己都沒想到良心在關鍵的時候能夠起到作用，良心這兩個字實在是個負累，宋昌金暗忖，我想我還是好人的面大一些。

瑪莎含淚西行，內心中始終浮現著阿諾的身影，她期望阿諾和自己一起走，可是阿諾卻因為朋友而拒絕了她，瑪莎知道自己的行為非常自私，可是一想起那本古蘭經，讓父親和族人犧牲性命而保護的古蘭經，她就必須要狠下心來，心中默默念道，真主啊！您寬恕我所有懦弱的行為吧。

駱駝因為受不了強烈的日光，而垂下密密匝匝的睫毛，沙漠在強光的照射下白茫茫一片，前方橫亙著一棵早已枯死的樹，一隻碩大的烏鴉孤零零地棲息在指向天空的枯枝上，小腦袋來回轉動著，望著不遠處躺在白沙上的一個人。

那人靜靜躺在沙面上一動不動，不知是死是活。

烏鴉搧動了一下翅膀，終於脫離了棲息的枯枝，飛向那不知死活的人，經過此前長時間的觀察，牠認為地上躺著的只不過是一具屍體罷了，準備出發享受地上的美餐。

就算是一具屍體，瑪莎也不忍心見到他成為烏鴉口中的美食，她迅速取出了手槍，瞄準烏鴉就是一槍，子彈正中烏鴉，黑色羽毛四處飄飛，地上的那名男子雙手因為槍聲下意識地抽搐了一下，不過瑪莎並未留意到這細微的變化。

烏鴉掉落在沙面上。

瑪莎翻身下了駱駝，緩步來到那名男子的身邊，想看看他是否還活著，剛剛靠近那男子的身邊，那男子突然伸出雙腿夾住瑪莎的足踝將她剪倒在地，然後餓虎般撲了上去，抓住瑪莎握槍的手腕。

瑪莎根本沒有想到會遭遇如此變化，倉促之中花容失色。此時方才看清那男子的面容，萬萬沒有想到這躺倒在沙漠之中不知死活的男子竟然是她恨之入骨的惡賊譚子聰，如果她此前就認出此人的身分，絕不會救他，非但不會救他，反而要在他的身上補上幾槍以泄心頭之恨。

譚子聰自然是認得瑪莎的，他因為懼怕顏天心一方的人馬所以趁著眾人不備悄悄逃離，不巧途中遭遇風沙，他下馬躲避風沙，不巧馬兒受驚逃了，他的乾糧武器全都失落，在這荒漠之中想要徒步離開可謂是步履維艱，還好此時有人出現，譚子聰畢竟是強盜本色，首先想起就是要搶了來人的坐騎行李，只是他並沒有料到冤家路窄，居然遇到了瑪莎。

瑪莎怒視譚子聰道：「混帳，你放開我！」

譚子聰笑道：「原來是你，有道是千里迢迢來相會，小美人兒，想不到你我還真是有緣。」

瑪莎又羞又急，怒道：「譚子聰，你若是個人就放開我，否則……」

「否則怎樣？」譚子聰望著瑪莎的俏臉，心中邪念頓生，暗忖道，這裡天大地大卻只有我們兩人，我若是搶了她的坐騎和行李，她也只有死路一條，反正都是一死，不如在死前便宜我一下。

想到這裡，譚子聰低頭吻向瑪莎的嘴唇，瑪莎不閃不避，等到這廝湊近自己，猛然一口咬在了他的鼻子上，譚子聰本以為她已經認命屈從，卻沒料到她突然反擊，劇痛之下慘叫一聲，想要掙脫已經不能，瑪莎對他恨之入骨，咬住他的鼻子死死不放，竟然將譚子聰的鼻頭整個咬了下來，譚子聰好不容易掙脫開來，鼻子上已經少了一大塊，血糊糊一片，形容恐怖。

譚子聰意識到發生了什麼後，惱怒到了極點，揚起手來狠抽了瑪莎一巴掌，搶過瑪莎手中槍，對準了瑪莎的額頭，咬牙切齒道：「你這賤人，我殺了你！」

瑪莎料到今次無法逃過死劫，閉上雙目，心中暗忖，就算是死也好過被這畜生糟蹋，想起自己費勁千辛萬苦，終究還是未能完成父親的遺願，淚水忍不住沿著眼角滑下。

譚子聰心中哪有什麼憐香惜玉，想起自己如此英俊的面龐被此女毀掉，恨不能將瑪莎扒皮抽筋，目光落在一旁，卻發現地面上有本古舊的圖冊，眨了眨眼睛，他並不認得上方的文字，只是覺得這東西既然被瑪莎如此珍視，必然是件寶物，他準備先殺了瑪莎，然後再將她身上所帶的一切據為己有。

譚子聰正要扣動扳機之時，卻聽到咻的一聲尖嘯，然後胸口一陣劇痛，低頭一看，卻發現一支羽箭貫穿了自己的心口，沾染著鮮血的鏃尖從前胸透了出來。譚子聰瞬間手足冰冷，心中暗叫，吾命休矣！

瑪莎也聽到了這聲尖嘯，睜開雙目看到眼前一幕，全力一推將譚子聰從身上推了下去，譚子聰已經失去了反抗的能力，滾落在地上，鮮血自胸口汩汩流出，手槍也掉落在地上，瑪莎撿起手槍，毫不猶豫瞄準了譚子聰的腦袋接連開槍，將譚子聰的頭顱轟了個稀巴爛，直到已經面目全非，她方才將射光了子彈的手槍扔在了地上，整個人也如同被抽取了脊樑，軟綿綿坐倒在地面上大哭了起來。

身後有人在向她接近，瑪莎回想起來，慌忙去拿手槍，握在手中方才意識到手槍中已經沒了子彈。

來者是一位老人，頭髮花白，身軀魁梧，他既沒有看死去的譚子聰，也沒有看哭得花容失色的瑪莎，而是徑直來到那本古蘭經前方，伸手將之撿起。

瑪莎看到自己費了千辛萬苦方才得到的古蘭經被他拿去，慌忙叫道：「那是我的！」

老者緩緩轉過面孔，平靜望著瑪莎，沉聲道：「這本古蘭經，你是從何處得來？」

瑪莎聽到他一口道破古蘭經的秘密，心中更是慌張，顫聲道：「這是我們族中聖典，你快還給我。」

老者淡淡笑了笑，將古蘭經遞給了她，瑪莎接過古蘭經慌忙收了起來，起身整了整衣服，方才想起那老者救了自己的性命，自己還未曾向他道謝，慌忙道：「多謝前輩救命之恩。」

老者沒有說話，來到譚子聰的屍體前，抬腳在他的身上踢了一腳，低聲道：「這是譚子聰吧？」

瑪莎點了點頭道：「就是那個狗賊！」她對譚子聰恨到了極點。

老者淡然一笑道：「你殺了譚子聰，不怕他爹找你的麻煩？」

瑪莎道：「他們全家都不是好人，敢問前輩高姓大名？」

老者道：「我姓卓！」他打量著瑪莎道：「你是不是感染過殭屍病毒？」

瑪莎被問得一怔，自己已經復原，不知這老者因何還能夠看出來？難道他當真有未卜先知之能？瑪莎並不知道這老者就是卓一手，眼前錯綜複雜的亂局多半都要拜此人所賜。

卓一手也是無心之中救了瑪莎，他並不認得瑪莎，可譚子聰他是認識的，譚子聰死有餘辜，真正引起他注意的卻是瑪莎手中的那本古蘭經。

瑪莎猶豫了一下，終於還是點了點頭，她的信仰不允許自己說謊話，更何況對方還是她的救命恩人。

「什麼人治好了你？」卓一手問完之後馬上又搖了搖頭道：「也罷，你不必回答我。」他低聲道：「我雖然不知道你是從何處得來的那本古蘭經，可是我卻知道那本古蘭經只會帶給你災禍，你是不是打算將它帶回部落？」

瑪莎點了點頭。

卓一手道：「那就會有滅族之憂。」

瑪莎內心一顫，直覺又告訴她，對方應當不是在危言聳聽。

卓一手緩緩轉過身去，目光投向正北的方向，低聲道：「已經來了！」

瑪莎循著他的目光望去，只看到天地之間浮動著一層滾滾塵煙，除此之外她還看不到其他東西，本以為又是一場沙塵暴來臨，可很快就浮現出一個個的身影，共有百餘人，瑪莎取出了望遠鏡，從望遠鏡中望去，來人竟然是天廟騎士。

卓一手道：「想要活著離開，你最好留下那本古蘭經。」

「不！」瑪莎堅決道，讓父親和族人付出生命方才換來的這本聖典，她豈可輕易丟棄？

卓一手點了點頭道：「你根本不知道這古蘭經裡面記載的是什麼。」他突然伸出手去，快如閃電的手指戳中了瑪莎的穴道，瑪莎只覺得身軀一麻，就軟綿綿倒了下去。

卓一手從瑪莎那裡取回了古蘭經，然後大踏步迎著天廟騎士的方向走去，他一邊走，一邊扯開了那本古蘭經，古蘭經被扯成兩半，從中露出一根半尺長度，晶瑩剔透的藍色羽毛，卓一手用匕首劃破自己的掌心，然後雙掌合攏將羽毛浸染在自己的鮮血中，在他的雙掌之間有藍色的光芒不斷滲透出來，喉頭發出古怪的誦讀聲，隨著天廟騎士越來越近，他誦讀的聲音也變得越發激昂，他停下了腳步，張開雙臂，誦念的聲音有若洪鐘，在天地間迴盪。

天廟騎士的隊伍距離卓一手越來越近，一百米、五十米、二十米……眼看這鐵騎就要將卓一手碾踏為泥，卓一手卻無所畏懼，繼續誦念著古蘭經中的句子。就在天廟騎士的隊伍即將碾踏過他身軀的時候，隊伍從中分開，迂迴繞行，然後放緩速度在卓一手的身後停了下來，重新排列成整齊的陣列。

卓一手額頭之上已經佈滿了冷汗，他手握古蘭經，雙手張開，高呼道：「奥拉貢……」

身後天廟騎士也同時發出了整齊而低沉的聲音——奥拉貢！

飛機終於停靠在一片平整的沙面之上，羅獵拉開艙門，率先跳下了飛機，蘭喜妹隨後跳了下來，然後從身後撲向羅獵緊緊抱住了他的身軀，羅獵被她這突如其來的熱情給弄得有些發懵，哭笑不得道：「你放開我，男女授受不親。」

蘭喜妹嬌嗔道：「就不，人家害怕，你不安慰我抱我，難道還不允許我抱你？」

羅獵道：「我不害怕！」這絕對是假話，想起剛才在空中的驚魂一幕，到現在還心有餘悸，正因為此，他對蘭喜妹的臨危不亂又多了幾分佩服，這妮子的內心還真不是一般的強大。

蘭喜妹猛地一把將羅獵推開，臉上的嫵媚一掃而光，改成一副冷若冰霜的表情，冷冷望著羅獵道：「如果是顏天心，你一定巴不得將她摟在懷裡對不對？」

羅獵連臉都沒轉，更談不上看她一眼，只是忙著觀察周圍的動靜，四周有無敵人潛伏。

蘭喜妹看到他的樣子，恨得連牙都感到癢癢了：「信不信我弄死她！」

羅獵摸出煙盒，點上一支香煙，通過這種方式平復一下內心的情緒。

蘭喜妹已經掏出了她金光閃閃的手槍，從後面抵住了羅獵的腦袋：「你以為我不敢殺你？」

羅獵道：「無聊！」然後邁開兩條長腿走上了前面的沙丘，蘭喜妹直愣愣地握著手槍，手臂懸空了老半天，直到有些發疹，都沒有看到羅獵回頭，突然感覺自己就像一個傻子，被這可惡的傢伙算得死死的，連她自己都感覺到自己無聊了，灰溜溜地放下了手槍。

羅獵利用望遠鏡觀察四周狀況的時候，聽到身後傳來蘭喜妹委屈的哭聲，他本不想理會，可蘭喜妹越哭越是淒慘，而且哭起來似乎沒有停下來的意思，羅獵只能轉身走了回去，如果不是看到蘭喜妹滿臉的淚水，他還真不相信蘭喜妹當真哭了，不過就算有淚水也是偽裝的，此女無比狡詐，眼淚肯定是說來就來。

蘭喜妹現在的哭相有些狼狽，風塵僕僕逃到了這裡，一臉的沙塵，眼淚一沖，俏臉上溝壑縱橫，跟個泥猴兒似的。羅獵看到她此刻的樣子不禁笑了起來。

蘭喜妹紅著眼睛望著他道：「忘恩負義的狗東西，我出生入死把你從城裡救出來，你非但沒有一句感激的話，還……還……恩將仇報……欺負我……你是不是人？你有沒有人性？」

羅獵微笑道：「是我不對，你別哭了好不好？」

蘭喜妹怒道：「不好，我哭我的，干你屁事？」

羅獵道：「既然如此，我就不管你了。」

蘭喜妹看到他當真轉過身去，尖聲叫道：「你給我站住！」還別說，這一嗓子當真把羅獵給叫住了，蘭喜妹豹子一樣衝了上去，一雙粉拳照著羅獵的後背捶去，毫不留情，打得蓬蓬有聲：「我打死你這個鐵石心腸的混蛋。」

羅獵也不閃避，心想讓她打兩下出出氣也就好了，沒想到蘭喜妹打了幾拳，又嗚嗚哭了起來。

羅獵真是有些頭大了：「你打也打了，罵也罵了，怎麼又哭了？」

蘭喜妹嚶嚶哭道：「你都不正眼看我，如果是顏天心哭得這麼傷心，你一定不知要有多緊張，多心疼，我的命好苦，爹不疼，娘不愛，自小孤苦伶仃，受盡磨難，好不容易遇到了一個自己喜歡的人，卻壓根不願用正眼看我，我還是……

死了算了……」她剛開始的時候只是裝模作樣意在戲弄羅獵，可不成想自己越哭越是傷心，越說越是感到自己身世淒慘，整個人居然完全進入了狀態，這一哭，哭得天昏地暗，停都停不下來。

羅獵見她如此，心中有些不忍，其實每個人都有傷心之處，蘭喜妹雖然行事乖戾，心狠手辣，可回想他們相識的這段時間，她還真沒有做過太對不起自己的事，別的不說，今天如不是她架機來救，自己也沒那麼容易從新滿營逃出。

羅獵蹲了下去，從懷中取出自己的手帕遞給了蘭喜妹。

蘭喜妹哼了一聲：「你給我擦！」

羅獵點了點頭，伸手準備給她擦去眼淚的時候，蘭喜妹卻顯得有些羞赧，一把搶過去，自己轉身擦去淚水。

羅獵如釋重負地舒了口氣道：「你要是再哭，就把狼給招來了。」

蘭喜妹啐了一聲，情緒一時間還未能舒緩過來，仍然不時發出抽噎聲。

遠處忽然傳來鬼哭狼嚎之聲，兩人心中都是一怔，同時站起身來，蘭喜妹從羅獵手中要過望遠鏡，定睛望去，卻見遠方有十多頭灰色的生物正朝著他們的方向迅速逼近，蘭喜妹的第一反應就是此前遭遇的獨目獸，可仔細辨認又不太像。

一旁羅獵已經從嚎叫聲判斷出那是鬼獒，低聲道：「鬼獒！」

蘭喜妹指了指不遠處的飛機，看來他們不得不再次登上飛機來逃避這些生物的追殺了。

羅獵卻搖了搖頭道：「來不及了！」鬼獒的推進速度很快，轉瞬之間已經縮短了和他們之間近一半的距離。

蘭喜妹道：「那就幹掉牠們！」她掏出雙槍走上前去，瞄準向他們飛速逼近的鬼獒接連開槍，鬼獒在高速奔行中靈活地改變著方向，躲避著迎面飛來的子彈，不過蘭喜妹仍然擊中了兩頭鬼獒。

在蘭喜妹更換彈夾的時候，一道身影從她的右側衝了上去，自然是羅獵。

羅獵奔行之中射出三柄飛刀，三柄飛刀在空中分別奔向不同的目標，先後命中目標，羅獵僅憑雙手擲出的飛刀速度奇快，力量比起他此前也提升了數倍，飛刀沒入鬼獒的身體，而在此同時其餘幾頭鬼獒也迫近羅獵的身邊。

更換彈夾之後的蘭喜妹接連開槍，為羅獵進行掩護，此前的經驗告訴羅獵，這些鬼獒不會主動攻擊自己，他有恃無恐地抽出虎嘯，一頭鬼獒卻斜刺裡衝出，朝著羅獵的面門撲了上來，羅獵心中一驚，在他吸收慧心石的能量之後，無論殭屍還是鬼獒，這些形形色色的怪物都對他有所忌憚，幾乎沒有見到對他發動襲擊者，而這頭鬼獒張開大嘴，露出森森利齒，分明是要咬斷自己的咽喉。

羅獵身軀一矮，手中長刀刃口向上，逆時針揮動，一道森寒的弧光閃過，刀鋒從鬼獒的頸部劃過，幾乎沒有任何的阻礙就已經將鬼獒斬為兩段，鬼獒的頭顱重重落在地上，無頭的身軀仍然向羅獵撲去，羅獵側向滑出一大步，方才躲過這頭鬼獒的拚死一擊。

倖存的六頭鬼獒全都向羅獵圍攏而去，蘭喜妹雙槍連發，不停射殺鬼獒，幫助羅獵減輕壓力。不過她很快就意識到羅獵並不需要自己幫忙，只見羅獵手中長刀來回揮舞，刀光霍霍，轉瞬之間，幾頭鬼獒全都被他斬殺在血泊之中。

蘭喜妹雙眸中露出驚詫之色，她和羅獵不是沒有交過手，對羅獵的實力有所瞭解，羅獵自身的實力自然不弱，可是在她以往的印象中羅獵並未強大到如此的地步，想不到分別數月，羅獵的武功竟然突飛猛進。她忽然又想到了那顆慧心石，難道羅獵的提升是因為慧心石的緣故？

羅獵斬殺那幾頭鬼獒之後，卻並沒有感到欣喜，內心中仍然處於迷惑之中，為何這些鬼獒會突然攻擊自己？難道是龍玉公主改變了主意，要置自己於死地？

蘭喜妹來到羅獵的身邊，關切道：「你怎麼了？有沒有受傷？」

羅獵搖了搖頭低聲道：「事情有些不對。」

蘭喜妹道：「有什麼不對？你不就是想把所有的壓力吸引到你自己身邊，好讓顏天心能有機會安全離開嗎？」說起這件事，她的內心中不由得有些嫉妒，羅獵處處都為顏天心著想，可從不見他對自己這樣。

羅獵道：「你去新滿營救我的時候應該能夠發現，那些殭屍雖然圍困我，可是它們並沒有對我下殺手。」

蘭喜妹回想了一下，點了點頭，當時的情況的確如此，成千上萬的殭屍圍困住了羅獵，在那種情形下，殺掉羅獵並非難事，好像是殭屍集體接到了命令，要留活口。

羅獵道：「我吸收了慧心石的能量，現在慧心石已經融入我的身體，成為我的一部分，龍玉公主應當想要活捉我，利用我去生祭昊日大祭司，也只有這樣，才可能重啟她當年設下的百靈祭壇，驅動轉生陣，從而讓昊日大祭司復活。」

蘭喜妹咬了咬櫻唇道：「龍玉公主為何對昊日大祭司如此情深？難道她愛上了她的師父？」

羅獵搖了搖頭道：「不可能，昊日大祭司死時，龍玉公主只不過才九歲。」

蘭喜妹道：「古人早熟，九歲已經是情竇初開的年齡了。」

聽她這樣說，羅獵不禁有些哭笑不得。

蘭喜妹話鋒一轉又道：「徒弟對師父這樣感情的還真是不多，歷經漫長歲月仍然不離不棄，要不，龍玉公主就是昊日大祭司的女兒。」

羅獵歎了口氣道：「現在談論這個話題似乎沒有任何的意義，咱們還是想想接下來需要面臨的挑戰吧。」

顏天心一行人回到王陵之中，宋昌金並沒花費太大功夫就帶著他們回到此前進入的盜洞，進入盜洞之前，宋昌金停下腳步，向顏天心抱了抱拳道：「我將你們送到這裡，也算是仁至義盡了，裡面究竟怎樣，你們知道的並不比我少。」

顏天心點了點頭道：「謝謝宋先生，以後的事情就不勞煩您了。」

宋昌金本以為顏天心不會這麼容易放過自己，沒想到她居然答應得如此爽快，心中一鬆，正想儘快離開，可又想到一件事，他向顏天心道：「顏大掌櫃，這地方非常古怪，我看你們只需製造動靜，無需深入其中。」

顏天心淡淡笑了笑：「宋先生走好！」

宋昌金聽她的語氣應該是不會聽從自己的勸說，心中暗歎，反正自己已經將話說到了這個份上，顏天心如果執意前行，自己也沒什麼辦法，這妮子畢竟是羅獵的紅顏知己，說起來也是自己未來的侄媳婦，看她對羅獵如此深情，宋昌金也難免有些感動，至寶易求，真情難得，只希望他們都平平安安最好。

宋昌金來到張長弓的身邊，低聲道：「關心則亂，你應該懂得我的意思。」

張長弓點了點頭道：「宋先生當真要走？」

宋昌金歎了口氣道：「我留下也沒什麼用處。」

張長弓道：「宋先生還有什麼建議？」

宋昌金欲言又止。

張長弓看出他可能有所忌憚，鼓勵他道：「宋先生但說無妨。」

宋昌金道：「羅獵這小子命大得很，在新滿營那些殭屍沒有一個對他下殺手，我看應當是接到了某種命令，其實咱們本不必太過擔心。」

張長弓明白宋昌金的意思，羅獵超人一等的運氣也不是一次驗證了，連他也認為羅獵這次一定能夠憑藉其出色的運氣逢凶化吉，可是作為羅獵的朋友，總不能無動於衷，他們必須要為羅獵做些什麼，炸毀百靈祭壇雖然需要冒些風險，但不失為一個可行的方案。

宋昌金知道自己說了也是沒用，他搖了搖頭道：「話我已經說完了，何去何從你們自己掂量。」他抱了抱拳，轉身就走，這次再也沒有回頭。

鐵娃望著宋昌金遠去的背影輕蔑地哼了一聲道：「膽小鬼！」

張長弓微笑著拍了拍鐵娃的肩膀，然後來到顏天心的身邊，兩人商議了一下，決定由他們兩人率領二十名精銳部下進入陪陵，沿著上次的道路進入百靈祭壇，從內部將之炸毀。

鐵娃和其他人在外面構築起一道臨時防線，以防有敵來襲。

「奧拉貢！」

瑪莎被一聲聲低沉的吼叫驚醒，她睜開雙目，看到在自己的前方，一支近五百人的鐵騎隊伍正集結成型，在隊伍的正前方，卓一手騎在馬上傲然而立，雙手合什，掌心之中夾著一支藍色發光的令箭，令箭的光芒讓他的周身都籠罩在一層藍光之中，他的面孔莊嚴而肅穆，雙掌之中的藍光越來越盛，一會兒功夫，半尺長度的藍光已經擴展到了三尺左右，遠遠望去猶如一柄藍色光劍。

卓一手雙手分開，右手握住這光劍一樣的物體，高舉過頂，然後用力一揮指向前方，大吼一聲：「奧拉貢！」一馬當先向前方衝去，身後的五百天廟騎士全都追隨著他的腳步策馬狂奔。

瑪莎不敢作聲，將身軀埋在沙地之上一動不動，直到那群人走遠，她方才從沙地上爬起身來，跌跌撞撞爬到一旁沙丘的高處，舉目眺望，看到那支隊伍正在一路向北，在隊伍行進的途中，不斷有新的成員加入其中。

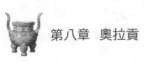

瑪莎不知究竟發生了什麼，惶恐過後，意識漸漸變得清醒起來，她想起了父親和族人為之犧牲性命方才得到的古蘭經，慌忙來到剛才天廟騎士集聚的地方，不顧儀態，趴在地上四處搜索著，功夫不負有心人，終於讓她找到了已經被卓一手扯成兩半的古蘭經。

原本裝訂古蘭經的地方出現了兩個相對的凹槽，可以推斷出卓一手手中的藍色令箭此前就藏在這裡，瑪莎將破損的古蘭經合在一起緊緊擁抱在懷中，淚水簌簌而下，自己終究還是辜負了父親和族人的期望，可很快另外一個問題出現在她的心頭，卓一手在得到令箭之後，似乎擁有了指揮天廟騎士的力量，他帶著那些天廟騎士要去幹什麼？

瑪莎想起了阿諾，想起了數次救她於水火中的同伴，她必須要將這件事儘快通知他們。

顏天心一行憑著過去的記憶並沒有花費太大的功夫就進入了骨洞，沿著這條道路他們可以一直抵達當初幾人被困的地方，只是入口和出口已經被封閉，想要深入其中進入百靈祭壇難度不小。

在張長弓看來這並不能稱之為問題，畢竟他們的主要任務是吸引龍玉公主的注意力，只要達到這個目的就算成功。

他們決定在骨洞內部佈置炸藥，利用炸藥摧毀骨洞，從而吸引敵方注意力。按照顏天心原本的計畫是要深入百靈祭壇的內部，是張長弓勸說她改變了念頭，應當說宋昌金臨走時的那番話還是對張長弓起到了一定的作用，認清他們並非一定要用深入險境來達成目的。

幾人正在緊張佈置的時候，自骨洞的上方一道灰白色的身影陡然騰躍下來，卻是一頭獨目獸，獨目獸張開血盆大口，將一名正在佈置炸藥的男子一口就吞掉了大半個身軀。

眾人被男子的慘叫聲驚動，慌忙取出武器瞄準了那獨目獸連連發射，獨目獸動作奇快，等到眾人開槍之時，身軀已經隱沒在上方的骨洞中，地面上只留下死者殘留的半邊身體，場面慘不忍睹。

張長弓皺了皺眉頭，用手電筒照亮上方，上方佈滿大大小小的縫隙和洞口，這些地方都是獨目獸隱藏的絕佳地方。他轉身去尋找顏天心，準備和顏天心商量一下，可四處環視並未發現顏天心的身影，張長弓心中一怔，按理說剛才的動靜那麼大，顏天心不可能毫無覺察，她怎會在如此緊要的關頭消失？張長弓詢問其他人，竟然無一知道顏天心的下落。

張長弓的內心頓時沉了下去，事情剛剛開始就遭遇了這樣的麻煩，看來他們應當聽從宋昌金的奉勸。遇到了這種狀況，佈置炸藥的事情必須要先放一放，張長弓讓眾人分頭去尋找顏天心，又囑咐所有人不可走得太遠，以防再有人走失。

眾人在周圍搜索了一圈，全都沒有發現顏天心的蹤影，這下所有人都驚慌了起來，因為剛才獨目獸已經突襲殺死了一人，不排除在眾人注意力被那頭獨目獸吸引之時，顏天心也遭遇伏擊的可能。

張長弓認為顏天心沒那麼容易被獨目獸伏擊，她身手不弱，為人機警，更何況她的手中還有一件殺器，即便是遭遇獨目獸襲擊，以一人之力也能夠將之擊退，他最擔心的卻是顏天心自行深入骨洞。

此時身後洞口的方向傳來腳步聲，張長弓慌忙回過身去，轉身的同時已經將槍口瞄準了後方，身在險地不得不多一份小心。不成想進來的卻是此前告別離去的宋昌金，張長弓這才將手中槍放下，舒了一口氣道：「原來是宋先生。」

宋昌金點頭道：「我想來想去，還是不放心你們，於是又跟過來了。」

張長弓對宋昌金此次的回歸極為歡迎，畢竟他們正遇到了一個難題，張長弓將顏天心失蹤的事告訴了宋昌金，宋昌金聽聞之後也是一驚。

張長弓道：「除了咱們之前進去的道路，還有沒有其他的道路能夠進入百靈祭壇？」

宋昌金的表情顯得有些猶豫。

張長弓道：「宋先生，希望您能夠實情相告，如果顏天心出了事情，我都無法面對羅獵。」

宋昌金終於還是點了點頭道：「有是有，不過我也只是聽說，能不能走得通，我也不知道。」

顏天心聽到了羅獵呼救的聲音，清晰而急迫，她顧不上多想就循著聲音的方向奔去，當聲音消失的時候，她方才發現自己已經和眾人分開，舉目四望，並沒有看到羅獵的身影，顏天心心中暗忖，難道是我聽錯了？

她意識到自己已遠離了同伴，這樣的行為必將引起同伴的擔心，她要儘快回到同伴身邊，耳邊聽到了幾聲槍響，槍聲為她指明了方向，顏天心循著槍聲轉身準備回去，剛轉過身就聽到身後一個冰冷無情的聲音道：「你這樣就走了嗎？」

顏天心內心一沉，緩緩轉過身去，卻見一個紅衣少女就站在自己的身後不遠處，確切地說應當是飄在身後才對，她紅裙飄搖，赤裸的雪白雙足就站在距離地面三尺的空氣中，如果不是親眼所見，怎麼都不會相信這一幕會在現實中出現。

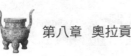

顏天心咬了咬櫻唇，既是下意識的反應，也是要用疼痛來確認自己看到的全都是事實，紅衣少女專注地望著她，似乎要看清她面部的每一個細節。

顏天心毫無畏懼地回望著她，右手悄悄落在槍柄上：「你是龍玉公主？」

紅衣少女笑了起來，這一笑冰雪消融，蒼白的俏臉呈現出前所未有的可愛，她輕聲道：「我不是！」

「你不是？」顏天心秀眉顰起，她能夠確定眼前的少女就是龍玉公主，因為她親眼目睹冰棺中的少女和眼前紅衣少女的形象根本沒有半點的差別。

紅衣少女道：「我不是，你才是！」

顏天心因她這句荒誕的回答而笑了起來，她搖搖頭道：「無論你是或不是，今天都必須有個了斷！」她閃電般掏出了鐳射槍，槍口瞄準了龍玉公主的額頭。

龍玉公主並沒有表現出任何的害怕，向槍口掃了一眼，然後重新將目光投向顏天心，柔聲道：「你想殺死自己？」

顏天心道：「如果我是你，我一定會！」

龍玉公主格格笑了起來：「為什麼要殺死我？為了救你的情郎？」

顏天心並不否認，為了羅獵她可以做任何事，甚至可以犧牲自己的性命。

龍玉公主臉上的笑容倏然一斂：「我會讓你親手殺死他！」

顏天心果斷扣動了扳機，一道紅色的光束射向龍玉公主，光束透過龍玉公主單薄的身體，卻沒有留下任何的傷痕，龍玉公主完好無暇地仍然站在虛空之中，顏天心咬了咬櫻唇，接二連三地向龍玉公主射去。

龍玉公主道：「你殺不死我，任何人都殺不死我！」她的身體化成一團紅色的煙霧，這團煙霧向顏天心撲了過去，顏天心暗叫不妙，身體向後退去，可是她後退的速度根本趕不上紅霧來襲的速度，周身都被包裹在這團紅霧之中。

紅霧散去，顏天心木立原地，臉上的表情有些怪異，過了好一會兒，她方才長舒了一口氣，看了看手中的鐳射槍，緩緩將鐳射槍插入槍套，又檢查了一下隨身的革囊，從中取出一面小鏡子，借著手電筒的光芒照亮自己的面孔，靜靜盯住鏡中的自己，看了好一會兒，臉上方才現出一抹微笑，笑容說不出的詭異。

羅獵忽然感到一陣心跳加速，他停下了腳步，蘭喜妹從他細微的舉動察覺到了什麼，關切道：「怎麼了？」

羅獵搖了搖頭道：「說不清為什麼，忽然感覺心慌意亂。」

蘭喜妹切了一聲道：「關心則亂！」心中酸溜溜的極不舒服。

羅獵強迫自己鎮定心神，強大的感知力向周圍輻射蔓延，試圖找出困擾自己的原因所在，可無論他怎樣努力也都找不到任何的線索。睜開雙目，發現蘭喜妹還在他的身邊，笑了笑道：「可能是我過於敏感了。」

蘭喜妹道：「你打算怎麼做？難道咱們就一直在這裡等下去？」

羅獵道：「就算我不去找他們，他們也一定會找到我。」

蘭喜妹向不遠處的飛機看了一眼道：「飛機所剩的燃料雖然不多，可是足夠咱們遠離這片地方，給我一段時間，我應該能夠把它修好，你考慮清楚，如果再晚就來不及了。」

羅獵毫不猶豫道：「我不走，不可以將戰火帶出這片區域，如果殭屍病毒一旦蔓延開來，後果不堪設想。」

蘭喜妹氣鼓鼓道：「隨便你，從沒有發現你是個如此蠢笨的傢伙。」她起身準備去維修飛機。

羅獵的目光投向東方道：「再說，就算咱們現在走，恐怕也來不及了！」

蘭喜妹並不明白他這句話的意義，可是當她順著羅獵的目光望去，看到遠方的天際已經出現了一道黑線，舉起望遠鏡望去，那黑線卻是成千上萬的殭屍軍團，真正麻煩的是，他們的飛機目前還處於損毀的狀態，無法繼續飛行。

羅獵道：「離開這裡。」

第九章

渴望吃到唐僧肉的妖怪

當他聞到這股血腥，
內心中的渴望卻如雨後春筍般迅速生長起來，
他無法拒絕對鮮血的渴望，
而且來自羅獵身體的味道是他過去聞所未聞的，
現在的藍魔如同西遊記中渴望吃到唐僧肉的妖怪，
為了達到目的就算犧牲性命也在所不惜。

蘭喜妹看了飛機一眼道：「可是飛機……」她並沒有堅持，因為她明白繼續留在這裡，一旦發生戰鬥，這架飛機根本保不住，那些殭屍會將飛機拆得支離破碎，到時候就算是神仙都難以修復了。

兩人收拾必要的物品迅速逃離飛機，也唯有這樣才可能讓飛機得以保存。因為完全依靠步行，他們的速度必然大大受到影響，而殭屍軍團的機動部隊距離他們已經越來越近，後方傳來密集的槍聲，對方已經開始動用機槍進行遠端射擊。

羅獵知道這樣下去根本無法逃過敵方追擊，他向蘭喜妹道：「你先走，我頂著！」

蘭喜妹毫不猶豫地搖了搖頭道：「不！我才不要離開你，要死要活我都要跟你一起。」

羅獵心中一怔，這種時候若說蘭喜妹還是虛情假意連他自己都不相信，內心中難免有些感動。

蘭喜妹從羅獵的眼神中捕捉到了這一點，甜甜笑道：「是不是有些感動？是不是發現這個世界上還是我對你最好？」

羅獵卻少有的發怒了，惡狠狠瞪著蘭喜妹道：「滾蛋！少在這兒煩我！」

蘭喜妹絲毫沒有因為羅獵一反常態的粗暴對待而傷心，反而笑得越發甜蜜了，展開臂膀將羅獵牢牢抱住：「壞蛋，你關心我，怕我死對不對？我就是要你心疼我，我死了，你就會一輩子記得我，一輩子欠我！」

羅獵真是無可奈何，蘭喜妹簡直是自己的剋星，他所遇這麼多女性，環肥燕瘦，性情不同，然而像蘭喜妹這般複雜多變死纏爛打地卻是頭一個，羅獵道：「你愛死不死！」

蘭喜妹卻又在此時放開他，翻了個白眼道：「你果然想我死，我死了你就能跟顏天心雙宿雙棲，想得倒美，我就算死了也要拽著你一起。」她從隨身大大的行囊中取出護具，將身體重點的部位進行防護，又取出一面鍋盔大小的圓形護盾，輕聲道：「此盾乃特殊材料製成，可擋子彈，你躲在我身後。」

羅獵聽她直到現在仍然關心著自己，內心中自然感動不已，他輕聲道：「放心吧，我帶你一起殺出去！」

蘭喜妹靜靜望著羅獵，美眸此時竟然有些紅了，羅獵對她從未有像此刻這般溫柔過，難道果真是精誠所至金石為開，他終於被自己的真情所打動？

羅獵望著不斷逼近的先頭部隊，對方已經停止了射擊，分從兩側向他們包抄而來。

羅獵低聲道：「先奪車！」

蘭喜妹心領神會，舉起盾牌向右側十米處的越野車狂奔而去，對方發現了蘭喜妹的目的，車上的機槍手扣動扳機，密集的子彈形成一道道火線，向蘭喜妹傾瀉而去，蘭喜妹左臂舉起盾牌擋住密集子彈形成的火線，她的身軀因為子彈的一次次重擊而不斷顫抖著，尖聲叫道：「羅獵！」

羅獵在蘭喜妹吸引對方火力的同時已經向前衝出，扣在掌心的兩柄飛刀咻地射了出去，一柄射中機槍手的咽喉，一柄正中司機的額頭，掌控機槍的殭屍從飛馳的汽車上跌落下去，又被後車碾壓。

羅獵騰空躍起，落點正在蘭喜妹揚起的盾牌上，借著蘭喜妹的推力，再度飛躍而起，落下時已經穩穩落在車內，打開車門將已經氣絕的司機推了下去，然後控制住方向盤，操縱汽車向蘭喜妹衝去。

這會兒功夫蘭喜妹的身邊已經有多名殭屍圍攏，她抽出一柄兩尺長度的彎刀，左突右衝，刀起刀落，黑血四濺，當真是彪悍無比。

羅獵驅車將三名意圖靠近蘭喜妹的殭屍撞飛，蘭喜妹總算得以喘息，趁著這會兒功夫，跳上了汽車，一上車就將盾牌反背在身後，抓起車上的機槍，向敵軍陣營瘋狂掃射。火力波及之處，殭屍紛紛倒地。

羅獵驅車狂奔，將油門加到最大，試圖從殭屍軍團的包圍陣營中突圍出去，汽車的速度雖然馬力十足，可是那些殭屍士兵對死亡毫不畏懼，爭先恐後地向車頭前方湧來，以身體去阻擋汽車前行的道路，如果只是三兩個殭屍，羅獵必然可以利用車輛的衝力強行衝撞出一條血路，可是殭屍一個接著一個宛如疊羅漢般形成了一堵堵人牆，汽車摧毀了一堵，後方等著的還有一堵。

兩旁分別又有一輛汽車向他們所在的車輛夾擊而來，機槍已經將一箱子彈射盡，蘭喜妹不及更換另外一箱子彈，抽出彎刀，用力拋了出去，彎刀呼嘯飛出，接連斬斷三名殭屍的頭顱，然後從盡頭迴旋，刀芒形成一道拋物線的軌跡，飛回的路線恰恰從左側車輛經過，掠過司機的頸部，然後又飛回原點，蘭喜妹穩穩將彎刀抓住。

羅獵暗讚蘭喜妹的這一手刀法實在是漂亮，形勢緊迫卻容不得他誇讚，他將汽車切回到倒檔，猛然一踩油門，汽車宛如出膛的炮彈一般向後方退去，將緊跟在後方的幾名殭屍碾壓在車輪之下。

汽車的猛然後退讓剛才的地方出現了一個巨大的空隙，分從左右兩側向中間擠壓的兩輛汽車，一輛中的司機已經被蘭喜妹斬掉了腦袋，另外一輛殭屍司機的頭腦顯然也沒那麼靈光，應變不及，兩輛汽車相互撞擊在一起，高速撞擊讓彼此都嚴重變形成為廢鐵，繼而引發了油箱的爆炸，一時間宛如引燃了炸藥包，現場火光沖天，爆炸波及範圍內的殭屍被炸得血肉橫飛，漫天都是殘肢碎肉。

羅獵對此早有預料，在爆炸發生之時，他已經操縱車輛後退到安全的範圍，突然後方一輛越野車宛如野馬般全速衝了上來，狠狠撞擊在他們車輛的尾部，蘭喜妹因這劇烈的撞擊身體猛然後仰，然後又向前衝去，額頭撞擊在前擋風玻璃上，這下撞得不輕，額頭鮮血汩汩而出。

羅獵大吼道：「你沒事吧？」

蘭喜妹搖了搖頭，捂著額頭的鮮血爬了起來，示意羅獵不要管她，全神貫注駕車衝出重圍再說。車內還剩下一箱機槍子彈，蘭喜妹強忍疼痛，顧不上去處理額頭的傷口，準備先將子彈裝入機槍。

她剛起身，後方的越野車又狠狠撞了上來，蘭喜妹一個踉蹌跌倒在車內，右臂撞擊在車廂的門板上，鑽心般疼痛，她感覺手臂很可能在這次衝撞中骨折了。

羅獵大吼道：「坐好了！」他從後視鏡中已經看清了後方的狀況，讓羅獵吃驚的是，後面的那輛越野車竟然無人駕駛。在他從智慧果實得到的資訊中，的確提過未來社會中普及了無人駕駛汽車的事情，可是現在畢竟還是二十世紀初，這樣科技還未出現。

唯一的解釋就是隱形人，那個曾經給他們製造巨大麻煩的藍魔。

蘭喜妹掙扎著坐起，借著座椅的掩護向後方望去，她驚呼道：「車裡沒人！」

羅獵冷靜道：「不是沒人，是隱形人！」

蘭喜妹的右臂已經抬不起來，她只能利用左手掏出手槍，瞄準後方的車輛射擊，子彈擊碎了後方車輛的前擋風玻璃，緊追不捨的車輛不得不調轉方向，以車體的一側來阻擋蘭喜妹射來的子彈。

羅獵趁機拉開和對方之間的距離。

羅獵猜得不錯，駕駛那輛車對他窮追不捨的人正是藍魔，藍魔率領殭屍軍團尋蹤而至，成功追上了羅獵他們並將之包圍。

蘭喜妹雖然暫時擊退了藍魔，可是他們的危機卻並未因此而解除，四周殭屍潮水般湧來，已經將他們的汽車團團圍住，羅獵將油門踩到盡頭，汽車卻停止了行進的勢頭，只聽到後輪瘋狂的轉動聲，卻是數名殭屍從後方抬起了汽車的尾部，汽車的後輪已經離開了地面，依靠後輪驅動的汽車已經無力前行。

蘭喜妹的臉上已經失去了血色，她心中暗歎，果然是好的不靈壞的靈，自己反覆說要和羅獵同生共死，這下終於成為了現實。

羅獵越過前方的駕駛座，來到後面蘭喜妹的身邊，展臂將她抱住，蘭喜妹原本已經惶恐到了極點，可是羅獵這一抱她心中頓時安穩了下來，美眸中淚光蕩漾，柔情脈脈望定了羅獵道：「冤家，你總算捨得抱我了。」卻發現羅獵從懷中掏出了一支筆，心中頗為不解，不知他此時拿出一支筆作甚？難不成還要在死前留下遺言？

羅獵拿出這支筆的目的卻是要逃生，此前利用逃生筆他已經成功逃離多次，對逃生筆的威力充分信任，不到最後關頭他也不會拿出這救命王牌。

就在羅獵行將摁下逃生筆的時候，卻感到車身劇震，卻是那幫殭屍放下了汽車，羅獵心中大感詫異，舉目望去，只見原本圍攏在汽車周圍的殭屍紛紛離開向正西的方向聚集。

蘭喜妹此次的反應比他還要快些，提醒他道：「快，快去開車！」

羅獵這才回過神來，重新回到駕駛位置坐下，啟動汽車，蘭喜妹也忍著疼痛將機槍子彈裝好，站在車上舉目望去，只見正西方向，一支黑壓壓的騎兵隊伍正朝著殭屍軍團飛速逼近，不等靠近，那支騎兵隊伍已經開始利用羽箭遠距離攻擊。箭如落雨紛紛而下，殭屍軍團在羽箭的攻擊下，中箭者接連倒地。

這支突然出現的騎兵軍團對殭屍軍團的殺傷還在其次，最關鍵的是他們成功轉移了殭屍軍團的注意力，讓身心俱疲的羅獵和蘭喜妹得到了喘息之機。

蘭喜妹發現了殭屍軍團最為薄弱的一環，指引羅獵向那裡衝去。好在此時殭屍軍團已將全部的注意力集中在來犯軍團之上，似乎完全忽略了他們的存在。

空曠的荒漠之中，只聽到一陣陣奧拉貢！奧拉貢的呼吼聲，兩支軍團終於近距離撞擊在一起，一場血雨腥風的戰鬥正式掀開了大幕。

就在眾人四處尋找顏天心的時候，她無聲無息出現在眾人的面前，鐵娃第一個看到了她，驚喜道：「大掌櫃回來了！」

顏天心並沒有看他一眼，鐵娃以為她沒有聽到自己說話，招呼道：「顏大掌櫃，您去了哪裡？大家都在找您。」

顏天心的語氣有些冷淡：「找我做什麼？」

鐵娃被她的這句話給問住，愣了一下方才道：「大家都擔心您呢。」

顏天心淡然道：「用不著你們擔心我。」

鐵娃一張面孔漲得通紅，在他的印象中顏天心還從未對自己如此冷淡過，不過他也並未多想，畢竟也明白因為羅獵的事情，顏天心的心情不好，這種時候最好還是不要惹她生氣。

張長弓和宋昌金聽到動靜也走了過來，張長弓看到顏天心平安返回，鬆了口氣道：「大掌櫃沒事最好，剛才你去了哪裡？我們可擔心壞了。」

顏天心道：「我想看看有沒有其他的通路可以進去，不曾想迷路了，剛才聽到有人發出慘叫聲，這才循著聲音找了回來，究竟發生了什麼事情？」

張長弓歎了口氣將剛才獨目獸發動突然襲擊的事情說了，顏天心的表情並未有太多的變化，張長弓認為顏天心畢竟是久經風浪，臨危不亂。他也不想太過強調此事，以免引起眾人的恐慌情緒。轉移話題道：「對了，宋先生趕過來了，他說可能還有一條通路能夠進入其中。」

顏天心目光一轉，盯住宋昌金的雙目，宋昌金卻被她犀利的目光看得心頭一顫，彷彿顏天心的目光能夠一直看透他心底的秘密，內心中暗叫邪性，難道真應了做賊心虛的那句話？可自己這次卻是抱著幫助他們的念頭而來，不做虧心事有什麼好怕？

顏天心輕聲道：「宋先生此前怎麼不說？」

宋昌金乾咳了一聲道：「不是我不說，而是不想你們身涉險境，而且那條路我也只是聽說，並未親自走過。」

顏天心道：「宋先生現在又為何肯說？」

宋昌金感覺顏天心的語氣比起此前要嚴厲了許多，明顯有些咄咄逼人興師問罪的架勢，內心中不由得有些後悔，早知如此，自己這次就不該再跟過來，雖然想做好事，可別人卻質疑他的動機，他歎了口氣道：「大家畢竟相識一場，我總不能眼睜睜看著你們走入火坑。」

張長弓也覺得顏天心對宋昌金的態度有些過了，畢竟宋昌金去而復返是為了幫忙，他微笑道：「宋先生畢竟是羅獵的叔叔，自然想為羅獵做一些事。」

顏天心道：「不必了！」

幾人都是一怔。

宋昌金心頭怨氣頓生，自己這次跟過來真是大錯特錯，正所謂熱臉貼了個冷屁股，他也非毫無脾性之人，冷哼了一聲道：「既然如此，老夫還是告辭。」

顏天心道：「我不是要宋先生走，而是說我們沒必要將這裡炸毀。」

這下所有人都感到詫異了，此前決定要將這裡炸毀的是顏天心，可是他們已經來到了這裡，顏天心卻突然改變了主意，都說女人善變，可今天的事情並非兒戲，又豈能說變就變。

顏天心道：「我知道你們感到不解，我自己也是剛剛才想到一個問題，如果我們炸毀了這裡，當真毀掉了百靈祭壇，瓦解了轉生陣，那麼羅獵的價值也就不復存在，從這一點上來說，我們反倒加重了他的危險。」

經她這麼一說，張長弓等人方才醒悟，一個個暗捏了一把冷汗，顏天心說得不錯，他們此前只顧著轉移龍玉公主的注意力，從而減輕羅獵一方的壓力，卻沒有考慮全面，如果當真毀掉了轉生陣，那麼羅獵在龍玉公主的眼中就失去了價值，只會讓龍玉公主的報復變得肆無忌憚。

張長弓道：「你的意思是，我們無需繼續佈置炸藥？」

顏天心道：「張大哥怎麼想？」

張長弓點了點頭道：「我也覺得你說得有道理。」

宋昌金一言不發，冷眼旁觀，他總覺得顏天心的表現有些不同尋常，可是又說不出究竟哪裡不對。

羅獵和蘭喜妹終於從殭屍軍團的圍困中衝了出來，兩人不敢停留，一直甩開殭屍軍團近五里的距離，方才將汽車停了下來，羅獵站在汽車座椅上，向後方眺望，只見遠方兩支軍團仍然在激烈拚殺，那支突然出現的黑甲軍團以天廟騎士構成，他們訓練有素，戰鬥力遠勝於殭屍軍團一方，憑藉他們超強的防禦在貼身肉搏戰中佔據了壓倒性的優勢，殭屍軍團死傷慘重。

羅獵深感不解，在他的記憶中，天廟騎士和殭屍軍團一樣都是自己的對立面，而且雙方還處於同一陣營，不知為何雙方會火併起來。可無論怎樣，對自己來說都是一件好事，如果不是雙方火併，他和蘭喜妹也不會順利逃脫出來。

此時他想起蘭喜妹的傷，轉眼望去，卻見蘭喜妹緊咬櫻唇，一張俏臉蒼白如紙，顯然在強忍疼痛，羅獵檢查了一下她的右臂，只見蘭喜妹的右臂已經腫起，關節處明顯向上凸起，蘭喜妹慘然笑道：「只怕是已經斷了。」

羅獵搖了搖頭，沿著蘭喜妹的手臂輕輕撫摸了一下，蘭喜妹俏臉紅了起來，啐道：「你這無賴，趁機占我便宜。」

羅獵忽然目光投向她的身後：「殭屍！」

蘭喜妹心中大駭，轉身望去，就在她注意力轉移之際，羅獵猛地牽拉她的手臂，將她脫臼的右臂回歸原位，蘭喜妹痛得慘叫了一聲，旋即聽到關節回位的聲音，剛才的劇痛讓她險些昏死過去，蘭喜妹咬牙切齒罵道：「殺千刀的，你對我就如此狠心！」這會兒功夫額頭已經佈滿冷汗。

羅獵笑道：「放心吧，骨頭沒斷，只是脫臼。」

蘭喜妹知道他是好意，可看到他臉上的笑容壓根不帶半點的關懷和心疼，心中不由得暗想，如果是顏天心落到自己的境地，這廝必然心疼不已，想到這一層，蘭喜妹不由得委屈起來，只覺得自己所受的痛苦全都因顏天心而起，她咬牙切齒道：「我若是死了，那賤人也別想偷生！」

羅獵當然知道她罵的是誰，他對蘭喜妹乖戾的性情早有瞭解，更何況今日蘭喜妹是因為自己受了傷，也只好當作沒有聽到。

蘭喜妹見他毫無反應，繼續追問道：「如果我和顏天心同時掉到水裡，你救誰？」

羅獵笑了起來。

蘭喜妹怒道：「笑個屁！我問你話呢。」

羅獵反問道：「你以為呢？」

蘭喜妹道：「你自然是先救顏天心那個賤人，我是死是活你從來都沒有在乎過。」說到這裡心頭一酸，兩行淚水簌簌落下，又將佈滿沙塵的俏臉變成了一張大花臉。

羅獵道：「其實你們兩人的水性都比我要好。」

蘭喜妹道：「如果有一天，我和她都落入水中，你不救我休想救她，我若是死，就拖著她一起死！」說這番話的時候，她雙目中迸射出凜然殺機，一字一句，斬釘截鐵，連羅獵都被她惡狠狠的神情嚇了一跳。

羅獵忽然伸出手去，將蘭喜妹推向一邊，蘭喜妹正在幽怨之中，壓根沒有防備他會突然出手，被羅獵推得失去平衡，跌倒在沙面之上，雖然黃沙鬆軟，可在猝不及防的狀況下也是重重摔了一跤，而且這一跤摔得頗為不雅，啃了一口的沙子，蘭喜妹差點沒哭出聲來，不過她很快就聽到了一聲槍響，意識到羅獵並非有意推搡自己，而是在緊急關頭救了自己的性命。

一柄漂浮於虛空中的手槍冒著青煙，剛剛從槍膛中發射的子彈原本瞄準了蘭喜妹的後腦，因為羅獵的及時出手錯失了目標，這顆子彈射中了羅獵的左肩，羅獵肩頭血花四濺，他的身體踉蹌了一下，驚人的反應能力讓他在第一時間抽出了飛刀，右手一抖，飛刀倏然射向那柄漂浮於半空中的手槍。

第二顆子彈業已射出，子彈和呼嘯而來的飛刀撞了個正著，發出尖銳至極的撞擊聲，羅獵的身軀宛如一頭出籠的獵豹，瞬間衝向那柄手槍，射出第二柄飛刀的同時反手抽出身後的虎嘯長刀，刀光一閃徑直朝手槍的位置劈落，這一連串的動作一氣呵成。

對方不及射出第三顆子彈，手槍已經被長刀劈中，鏘的一聲，手槍被從中劈成兩半，原本平整的沙面上出現了一連串向後延伸的腳印。

羅獵凝神屏息，並未急於出動下一次攻擊，鮮血沿著他受傷的左肩湧出，短時間內已經將他的衣袖染紅。

蘭喜妹從地上爬了起來，準備上前接應，羅獵卻制止了她，低聲道：「不要過來！」

羅獵已經意識到這是一位極其強大的對手，他可以藏身於無形，如果不是自己及時發現了那柄無法隱藏的手槍，此刻蘭喜妹只怕已經蒙難，左肩的疼痛分散了他的注意力，羅獵必須要將所有的注意力集中起來，感知這潛伏在身邊的隱形對手，他必須要除掉這個隱患。

藍魔雖然成功躲過了羅獵長刀的劈砍，可是並未能夠逃過刀身傳來的霸道刀氣，無形的刀氣擊中了他的胸膛，雖然未曾撕裂他的肌膚，卻有如一記重拳擊中了他的胸膛，讓他胸口一陣氣血翻騰，如果不是接連後退，化解了部分的力量，恐怕受傷會更重，甚至會當場噴出血來。

藍魔捂著胸口，他知道對方看不到自己，心中有些懊悔，如果他再沉得住氣一些，再靠近一些，這次的攻擊興許就會奏效，然而良機稍縱即逝，錯過了剛才的致勝之機，想要尋找下一次機會只怕難上加難，畢竟他所面對的是一個很難應付的對手。他聞到新鮮的血液味道，這血液的味道來自於羅獵的肩頭，藍魔原本已經打了退堂鼓，冒險再次發動攻擊，很可能會暴露行藏，他並沒有戰勝羅獵的把握。

可是當他聞到這股血腥，內心中的渴望卻如雨後春筍般迅速生長起來，他無法拒絕對鮮血的渴望，而且來自羅獵身體的味道是他過去聞所未聞的，現在的藍魔如同西遊記中渴望吃到唐僧肉的妖怪，為了達到目的就算犧牲性命也在所不惜。

羅獵手中長刀呈四十五度斜行指向地面，他竟然在這生死關頭閉上了眼睛，誠如吳傑所言，有些時候看到的也未必是真的，面對看不見的對手時，唯有用心去看，羅獵對自己實力的提升擁有一定的認識，此前在顏天心的腦域中和龍玉公主的那場搏戰，他雖然沒有取得勝利，卻也沒有落入下風，擁有這樣的精神力，在現實社會中已不多見。

蘭喜妹雙槍上膛，充滿擔憂地望著遠方的羅獵，從她的角度可以清晰看到羅獵已經閉上了眼睛，她既佩服羅獵超人的勇氣，又不禁為他的安危擔心。以靜制動，敵暗我明，羅獵雖然看不到對手，但是只要藍魔有任何的動作，就無法瞞過他的感知。

藍魔連呼吸都變得小心翼翼，他清楚自己面對的是怎樣一個強大的對手，就憑羅獵剛才輕易劈斷他掌中手槍的刀法，就不敢掉以輕心。藍魔悄悄積攢著力量，不出手則已，這次只要出手就要一招斃敵。他渴望新鮮的血液，彷彿看到自己擊倒羅獵，大口大口吮吸羅獵體內鮮血的場景，一想到這裡，他就開始激動，激動得渾身發顫。

羅獵微微將身體轉向右側，側耳傾聽著周遭的動靜，很快他就將自己的後背暴露給藍魔，藍魔在心底做出評估，羅獵此時的舉動或許有詐，但是眼前的機會千載難逢，羅獵暴露出了最大的破綻，藍魔認為就算羅獵全速轉身仍然難以躲避自己的全力一擊。

藍魔開始啟動，當黃昏熱辣辣的西風吹動地面的黃沙，當黃沙如同輕薄的水流在沙面上流動，當流沙彼此相碰發出細密如落雨的聲音之時，藍魔騰躍到半空中，然而又如一隻蒼鷹般俯衝而下，他的動作輕盈而隱秘，從跳躍到俯衝，一氣呵成毫無淤滯，他已經看清了羅獵左肩未乾的血跡。

羅獵仍然背朝著他，似乎毫無察覺，藍魔張開雙臂，他有信心在這樣的距離內準確無誤地抓住羅獵的腦袋，擰斷他的脖子，在羅獵體內熱乎乎的血液尚未凝固之時，吸乾他的血液。

羅獵只是隨手將右手的長刀從左側腋下插了出去，刀鋒對準了藍魔前來的方向，這算不上什麼殺招，只是保證自己和藍魔之間保持有效的安全距離。

藍魔也做好了應變措施，身在虛空之中用力吸了口氣，身軀陡然拔高一丈，這就讓他成功躲開羅獵的格擋，來到羅獵的頭頂，雙手向下，依然抓向羅獵的頭顱，他從未有像此刻這般自信過，這次他絕不會失手。

羅獵卻做了一個讓他出乎意料的動作，緩緩抬起頭來，藍魔的目光和羅獵正面相逢，他內心不由自主顫抖了一下，突然有種無所遁形的感覺，彷彿被羅獵從頭到腳看了個遍，他本不該有這樣的錯覺，因為他是個隱形人，羅獵不可能看到自己。

羅獵的目光犀利如箭，直刺藍魔的內心，恍惚之中，藍魔的眼前變得一片雪白，他發現自己並非處在戈壁荒漠，而是一片北風呼嘯的雪原，他看得到每一片雪花的細節，能夠聽清風吹雪落的聲音，在這個突然出現的世界中時間變慢，一切都在變慢，他看得到自己伸出的雙手，看到下方的目標，近在咫尺，觸手可及，可是他突然減慢無數倍的速度卻無法在短時間內得償所願，咫尺天涯，這咫尺之間的距離彷彿天涯般遙遠。

他看到一雙攝人心魄的雙眸，黑白分明的雙眼卻並非來自於人類，原本他的目標是羅獵，可下方卻是一頭毛色雪白，體魄魁梧的蒼狼，狼昂首盯住自己。

藍魔從蒼狼雙目的倒影中看到一隻雀仔，一隻藍色羽毛的雀仔，那隻雀仔正在向狼發起攻擊。他很快就意識到這雀仔應當是自己的縮影，這樣的行為無異於以卵擊石。

藍魔的精神即將崩潰，他喪失了所有的勇氣，因為他意識到這是一場有去無回的爭鬥，然而一切都已經來不及了，蒼狼猛地騰躍而起，張開大嘴，一口咬住了藍色雀仔的頸部，藍色的羽毛四處紛飛，藍魔感到頸部劇痛，在他感到疼痛的剎那，時間重新恢復了正常的流速，他看到了四處翻飛的藍色羽毛，看到了因蒼狼飛撲而滿天飛起的零落雪花。

最清晰的還要數一聲清脆的骨骼折斷聲，藍魔意識到自己的頸椎斷裂了。

蓬！一聲槍響粉碎了飛雪的空間，蒼茫的雪原高速消失在遠方的夕陽中，藍魔的胸口被蘭喜妹射出的子彈擊中，他摔落在黃沙中，身體在黃沙中砸出一個清晰的沙坑。

沒有什麼雪原，沒有什麼蒼狼，更沒有什麼不自量力的雀仔。幻象，一切都是幻象！可既然是幻象，為何疼痛如此真實清晰？藍魔想要伸出手，卻連挪動一根手指的力量都沒有。

藍色的血液從藍魔胸膛的槍口中汩汩流出，血染之處無所遁形。

羅獵手握長刀緩緩走向藍魔，剛才的搏戰之中，他大膽鎖定了藍魔的雙目，利用精神力侵入了藍魔的腦域，對他來說，侵入別人的腦域並非是第一次經歷，可是將這種方法用於實戰並摧垮對手還是第一次。

隨著鮮血的流逝，藍魔的隱形能力也迅速消失，身體的輪廓重新出現在光天化日之下。

羅獵盯住藍魔那張英俊而蒼白的面孔，驚詫地發現，眼前的隱形人竟然是馬永平。馬永平的嘴唇微微顫抖著，眼前浮現出馬永卿的樣子，他含糊不清的說著什麼，羅獵仔細傾聽，方才聽出他說的是真好……

羅獵並不知道他想要表達什麼？是想說活著真好還是死了真好？蘭喜妹來到羅獵的身邊，舉起槍口瞄準了馬永平的頭顱，然後毫不猶豫地扣動了扳機。

槍聲在荒原久久迴盪，馬永平的頭歪向一側，就再也沒有了動靜，他死的時候臉上帶著笑容，彷彿死亡並不可怕，對他而言意味著一種解脫……

蘭喜妹將羅獵的飛刀消毒後，利用飛刀將嵌入羅獵肩頭肌肉的子彈剜了出來，雖然羅獵足夠堅強，可是在蘭喜妹從傷口中取出子彈的過程中，也將塞入他口中的手帕咬爛，滿頭滿臉都是黃豆大小的汗水。

蘭喜妹撚起彈頭在眼前仔細看了看，確信那彈頭並沒有毒，這才放下心來，又將羅獵左肩的傷口消毒，為他塗上傷藥，再用紗布包裹起來。

羅獵聞到一股蘭花的芬芳，他知道這香氣來自於蘭喜妹的身體，近距離觀察蘭喜妹，發現蘭喜妹的側顏也是極美，羅獵不由自主又將面如桃李心如蛇蠍加諸在她的身上，可羅獵卻又清醒地意識到自己在不知不覺中已經不再把蘭喜妹放在敵人的層面上，至少在目前，他們不是。

蘭喜妹雖然沒有看羅獵，可是她能夠感覺到羅獵的目光正在悄悄打量著自己，俏臉竟然有些發燒，這在過去是從未有過的狀況，好不容易鼓足勇氣抬頭瞪了羅獵一眼：「看什麼看？沒見過女人？」

羅獵笑了起來，露出滿口潔白整齊的牙齒，這讓他的笑容顯得越發陽光。

面對這樣燦爛的笑容，一個少女很難不生出好感，蘭喜妹將目光投向西方的夕陽，然後站起身，迎著黃昏帶著沙漠溫度的風走上沙丘，她居然有些不敢面對羅獵的目光了，蘭喜妹明白自己真的喜歡上了他，開始的時候她的目的是在戲弄羅獵，可是隨著時間的推移，她發現自己如同玩火，非但沒能將羅獵戲弄，反而引火焚身，蘭喜妹害怕這樣的感覺，她從未想到過堅強如自己，也會對一個人萌生出情絲，而且增長如此迅速，一根根的情絲已經開始結繭，她就是那個作繭自縛之人。

最讓她難過的是，羅獵心中喜歡的那個人並非是自己，他喜歡顏天心，他會豁出性命不顧一切地保護顏天心，對自己……蘭喜妹低下頭去，看到指尖沾染的血跡，這血跡來自於羅獵，當她看到血跡的剎那心中釋然了，這血是為自己而流，在藍魔悄然而至發動致命一擊的時候，是羅獵挺身而出救了自己，是他為自己擋了那顆子彈。

這就證明，羅獵心中是有自己的，蘭喜妹偷偷笑了起來，無論他對顏天心怎樣，可最後陪他同生共死的那個人還是自己。

「你是不是在偷笑？」羅獵的聲音在身後響起。

蘭喜妹點了點頭。

「笑什麼？」

蘭喜妹道：「我既要得到你的人，也要得到你的心，羅獵！」她轉過身，極其鄭重，極其認真地向他道：「你是我的，任何人都休想搶走。」

羅獵的表情帶著一股玩世不恭的無所謂態度，他右手掏出煙盒，熟練地抖了一下，一支香煙就準確無誤地彈射到了他的嘴裡，羅獵叼住那支煙，用更為瀟灑的動作將之點燃，用力抽了口煙。

蘭喜妹將他這一連串風度翩翩的動作解讀成對自己表白的踐踏和蔑視，她氣鼓鼓地瞪著羅獵，有種即刻就衝上去，狠狠賞他兩個大嘴巴子的衝動。然而她最終還是很好的控制住了自己，犯不著跟一個傷患一般計較。

羅獵慢吞吞道：「我是自己的！」

蘭喜妹望著這故意不懂風情的傢伙，大踏步走了過去，用目光傳達著一頭惡狼對獵物的渴望，可惜對手並非一頭待宰羔羊，羅獵又道：「我是認真的！」

蘭喜妹點了點頭，然後伸出右手，毫不留情地在羅獵左肩的傷口上掐了一把，羅獵痛得發出一聲慘叫，捂著肩頭趴倒在沙地上，卻又不小心被燃燒的香煙燙到了手，下意識地發出二次尖叫。

蘭喜妹看著風度全無，撅著屁股趴在沙地上慘叫的羅獵，有些快慰，還有些心疼，同時還產生了某種自虐般的快感，她一字一句道：「再敢戲弄我，我就將彈頭給你塞回去。」

羅獵再次深刻理解了小人和女人不能輕易得罪的道理，尤其是他這種通常喜歡保持紳士風度的男子。

在羅獵慢慢體會小女人帶給他痛苦的時候，蘭喜妹已經重新去觀察周圍的環境，她自認為是個拿得起放得下的女人，分得清大局，眼前的局勢下，要暫時放下對羅獵的怨念，一切等到脫困以後再說。

漸漸墜入地平線的夕陽已經將沙漠染紅，他們腳下的黃沙變成了一片橘色，越是接近夕陽的地方越紅，在地平線的位置近似於深紫色，夜幕即將降臨，蘭喜妹的心情開始有些沉重，他們必須要儘快回到飛機那裡，如果飛機沒有被發現，在沒有遭到進一步破壞的前提下，她可以修好那架飛機，也唯有通過那架飛機才能儘快擺脫這裡的危險。

到了夜晚，殭屍軍團只會更加的活躍，那些殭屍的戰鬥力會成倍增加。

羅獵等到疼痛緩解，重新坐了起來，看了看肩頭的白紗，已經滲出了血跡，蘭喜妹剛才的那一把用勁不小，這妮子一如既往的喜怒無常。

蘭喜妹沒事人一樣轉過身來，向羅獵道：「又有人來了。」彷彿剛才對羅獵下狠手的那個人並不是她。

羅獵也非胸襟狹窄之人，他清楚跟蘭喜妹計較，自己占不到什麼便宜，尤其是在小事上，忍痛來到蘭喜妹的身邊，接過她遞來的望遠鏡，看到從東北方向，正有一支車隊行駛在沙丘的背光面。

蘭喜妹道：「是不是殭屍軍團的人？」

羅獵觀察了一會兒，搖了搖頭，殭屍軍團和天廟騎士的交戰仍未結束，槍聲不斷從西北方傳來，這支車隊明顯在規避著戰鬥現場，羅獵調節了一下望遠鏡，從領頭車輛裡面看到了一個熟悉的金黃色的腦袋，羅獵道：「是自己人！」雖然距離很遠，他還看不清對方的面貌，可是從那金黃色的頭髮不難判斷出駕車人應當是阿諾。

蘭喜妹冷冷掃了他一眼道：「顏天心？」

羅獵目前還不知道顏天心是否在車隊之中，他笑了笑，迅速奔向汽車，等他啟動汽車，看到蘭喜妹仍然站在原地，沒有過來的意思，他歪了歪頭示意蘭喜妹儘快上車。

蘭喜妹哼了一聲道：「我才不去！」

羅獵驅車就走，蘭喜妹見他說走就走，不由得慌了，從後面發足追趕，尖聲道：「羅獵，你混蛋，就這麼丟下我？」

羅獵唇角露出一絲笑意，繼續駕車前行，蘭喜妹停下腳步拔槍就射，這一槍射在汽車尾部，將尾燈打了個稀爛，她威脅道：「下一槍我就射穿你的腦袋。」

羅獵一腳踩下剎車，頭也不回的大聲道：「還不上來！」

蘭喜妹這次不敢亂說了，快步追上汽車，拉開車門在羅獵的身邊坐下，惡狠狠盯著他道：「想扔下我，沒門！」

羅獵猛地一腳踩下油門，汽車絕塵向遠方衝去。

顏拓疆一行此次所獲頗豐，他們順利抵達顏拓疆的秘密軍火庫，得到了大量的武器裝備，他們將武器裝車之後，即刻前往西夏王陵去和顏天心一行會合，行至中途就聽到了激烈的交戰聲，他們總共只有一百多人，雖然擁有不少的武器，可是也無力介入那場紛爭，更何況當他們搞清楚那是一場發生在天廟騎士和殭屍軍團之間的混戰，更沒有介入其中的必要。

阿諾表情嚴峻，一改過去談笑風生的脾性，自從和瑪莎分別之後，他整個人就陷入了沉默之中。

陸威霖知道他的心思，將一個不銹鋼酒壺遞給了阿諾：「要不要來兩口？」

阿諾搖了搖頭，目光盯著遠方。

陸威霖歎了口氣道：「感情這種東西最好別碰。」

阿諾道：「你在開導我？」

陸威霖搖了搖頭，雙手交叉枕在腦後，靠在座椅上道：「我沒那個本事。」

阿諾道：「有緣無分！我現在總算明白為何羅獵不肯見葉青虹了。」

陸威霖的呼吸突然一窒，如果不是對阿諾知之甚深，他一定認為這廝是在故意戳自己的痛處，他對葉青虹是有好感的，儘管從未對外人說起過，也很少有人知道，羅獵一定是知道的，以羅獵的智慧，這種事又怎能瞞過他的眼睛，可陸威霖在很久以前就已經明白，葉青虹喜歡的是羅獵，自己在她的眼中只是一個雇傭的殺手，甚至連合作者都稱不上，更談不上朋友。

可能是時間能夠沖淡一切，現在想起葉青虹已經沒有了最初那種心動的感覺，認清了現實就容易死心，陸威霖向來都是一個現實的人。他雖然喜歡葉青虹，也嚮往過可能屬於自己的感情，但是他並不相信自己能夠帶給她幸福，不僅是葉青虹，他不相信自己能夠給任何女人帶來幸福，一個無情無義的殺手，一個刀頭舐血的人，又怎能甘心於平淡的生活？

他同樣不相信阿諾能夠安定下來，當局者迷旁觀者清，阿諾之所以選擇留下，而沒有答應陪同瑪莎離去，不僅僅是因為出於對朋友的義氣，還因為阿諾醉醺醺的體表之下同樣擁有著一顆不羈之心，這樣的人很難安於平靜的生活，就算他目前認為感情能夠帶給他幸福，可過不多久，他就不會甘於平淡，他就會想方設法逃離日復一日年復一年的平淡和安寧。

畢竟最早決定來到這裡追尋羅獵腳步的那個人就是阿諾。

陸威霖因阿諾想到了他的其他同伴，無論是張長弓還是羅獵，他們的身上都擁有冒險者的特質，相比而言，反倒是最不可靠的瞎子能夠安定下來，他的牽掛也是最多，有需要孝敬的外婆，還有一個需要被他照顧的愛人。

阿諾的提醒將陸威霖驚醒：「有輛車朝著我們開來了。」

陸威霖定睛望去，果然看到一輛風塵僕僕的越野車朝著他們車隊的方向迎面開來，陸威霖起身端起了狙擊槍，從瞄準鏡中鎖定了來車的司機，不過他很快就微笑著放下了步槍，大聲道：「羅獵！是羅獵！」

這次的重逢讓眾人欣喜，可是他們卻沒有太多的時間去慶祝，羅獵聽聞顏天心和張長弓率領其他人前往西夏王陵去炸掉百靈祭壇的消息，馬上就明白了顏天心的目的，內心中又是感動又是擔心，感動的是顏天心對自己一往情深，而擔心的卻是顏天心可能會遭遇危險。

陸威霖看出了他在擔心什麼，拍了拍羅獵的肩膀，卻不小心觸動了羅獵的傷口，羅獵痛得悶哼一聲，眾人這才意識到他受了傷。

陸威霖歉然道：「我還真沒留意，不過你也不用擔心，張大哥和顏天心一起，還有宋昌金那位識途老馬，顏天心智慧出眾，應當不會出什麼差池。」

羅獵點了點頭，仍然覺得心頭不安。

第十章

大膽奴才

天廟騎士中的弓箭手同時彎弓搭箭，
順著卓一手所指的方向射去，
箭雨覆蓋了紅衣少女所在的地方，
無數箭矢從她的影像中穿過，卻無一命中她的身體，
紅衣少女銀鈴般的笑聲傳入了卓一手的雙耳，
笑聲倏然收斂，紅衣少女怒視卓一手：
「大膽奴才，竟敢對本宮不敬！」

阿諾道：「羅獵，我們這次跟著大帥一起弄了不少的厲害傢伙，等所有人聚齊，就有和殭屍一戰的實力了。」這是目前最大的好消息。

此時突然聽到汽車加大油門的聲音，眾人循聲望去，卻見一輛越野車朝著正東的方向絕塵駛去，羅獵一眼就判斷出駕車人是蘭喜妹，她居然在眾人會合之時選擇獨自離去。

陸威霖還不知和羅獵同來人的身分，輕聲道：「什麼人？」

羅獵並未道明蘭喜妹的身分，心中雖有些擔心，可是以蘭喜妹特立獨行的脾性，應當是不肯與眾人為伍的，估計她駕車離去是前往飛機隱藏的地點，又或者她還有其他的秘密，不過無論她去做什麼，羅獵都相信她絕對擁有自保的能力。

顏拓疆也過來和羅獵相見，短暫寒暄之後，他抬頭看了看已經黯淡的天色，沉聲道：「夜幕已經降臨，咱們趁著雙方還未分出勝負儘快前往西夏王陵。」

羅獵點點頭，他上了顏拓疆的汽車，憑直覺認為顏拓疆掌握了不少的秘密。

顏拓疆臉色陰沉，低聲對羅獵道：「今晚就是七月十五，如果我們無法阻止龍玉公主復生，那麼整個世界都會淪陷。」

羅獵此前聽顏天心說過這件事，他平靜道：「大帥準備怎麼做？」

顏拓疆道：「必須摧毀百靈祭壇。」

羅獵不解道：「百靈祭壇乃是為昊日大祭司轉世重生所設立的轉生陣，就算將之摧毀，也無法阻擋龍玉公主重生。」

顏拓疆道：「龍玉公主的存在就是為了重啟轉生陣，昊日大祭司才是一切的源頭，我們唯有從源頭上摧毀轉生陣，方能徹底解決這件事。」

羅獵心中暗忖，啟動轉生陣最關鍵的慧心石已經被自己吸收，只怕龍玉公主無法順利啟動轉生陣，不過有一點他能夠斷定，龍玉公主為了達到目的，必須要不計代價地活捉自己，只有活捉自己，才能重新完成百靈祭壇，啟動轉生陣，自己才是最為關鍵的一環，才是那個誘餌。

顏拓疆深邃的雙目打量著羅獵道：「我知道你怎麼想，可是想要解決這件事，單憑一個人的力量決不能夠，必須要我們所有人齊心合力方才有扭轉乾坤的機會。」

羅獵笑了起來：「可能此前我想錯了。」

顏拓疆歎了口氣道：「每個人都有選錯的時候。」他停頓了一下道：「昨晚我做了一個夢，夢到了我的父親……」他的臉上浮現出羞愧難當的表情：「在夢裡他狠狠打了我，罵我貪慕虛榮，出賣族人，對不起列祖列宗，愧為完顏家的子孫。」

羅獵沒有說話，此時也不方便插話。

顏拓疆道：「我們完顏家世代守護著九幽秘境，身為完顏家的子孫，我有責任解決這件事。」

羅獵道：「這責任不僅僅是您一個人的。」

顏拓疆望向羅獵，雙目中流露出激動的光芒，他沉聲道：「龍玉公主當年並非受金國的強迫而來，其實她是一個詛咒，從出生起她就帶著詛咒而來。」

羅獵心中一怔，這樣的說法他卻從未聽說過。

顏拓疆道：「金國大旱，西夏國主動將她送到了這裡，其實是將災禍送給了大金，自從龍玉公主來到大金之後，大金國運江河日下，一蹶不振，短短數年之內，一個強大的帝國就斷送在這妖女之手。」

羅獵對顏拓疆的這番話卻不敢苟同，金國之所以滅亡，其根本的原因還是因為當時朝內的腐敗，另有蒙古的崛起，內憂外患並舉方才導致了王國覆滅，如果將所有一切的罪責都歸咎在一個少女的身上未免有失偏頗。不過顏拓疆畢竟是女真族的後代，又是完顏家王室血統，他擁有如此之深的怨念也不足為奇。

羅獵道：「龍玉公主緣何能夠重生？」

顏拓疆道：「妖孽將出，社稷崩塌，若非妖孽又豈能千年不腐？」

羅獵心中暗忖，種種跡象表明，龍玉公主的身體構造應該迥異於常人，或許當年她並不是真的死亡，只是以一種特殊方式進入了休眠狀態，在若干年後，他們誤入九幽秘境，恰巧又遇到火山噴發的自然條件，在適當的條件下，又將她從休眠狀態中喚醒。並不是每個西夏人都擁有這樣的能力，就目前所知，有可能復生的也不過只有龍玉公主和她的師父昊日大祭司。

可仔細一想，龍玉公主乃是西夏王室血統，從血緣上追溯，可以一直上溯到李元昊的身上，如果龍玉公主能夠復生，那豈不是意味著西夏王室中的許多人都擁有死而復生的能力？然而這種事情卻並未發生。為何這種事情唯獨發生在龍玉公主和昊日大祭司的身上？龍玉公主復生之後第一時間為什麼不去救她的親人，稍加推敲就會發現其中存在著許多的不合理。

時間能夠改變一切，強盛一時的大金和西夏如今都已經如煙散去，也只有在歷史的遺跡中方能找尋出他們各自昔日的輝煌。

顏天心改變初衷，決定放棄炸毀陪陵，一行人從盜洞中退出。他們並沒有選擇離開，留在原地等候和同伴會合。

宋昌金來到張長弓的身邊，看了看周圍，壓低聲音道：「女人還真是善變啊！」

張長弓對他的搭訕報以一笑，低聲道：「其實顏掌櫃考慮得很有道理。」

宋昌金道：「你不覺得她主意改得太快，最初堅持要來炸掉這裡的是她，首先改變主意決定放棄的又是她。」

張長弓道：「可能她也是到了這裡方才想到。」

宋昌金歎了口氣道：「我活了大半輩子，什麼樣的怪事都遇到過……」

張長弓並不明白他是什麼意思，皺了皺眉頭道：「宋先生有什麼話不妨明說。」

宋昌金道：「你有沒有覺得她變得有些奇怪？」目光悄悄向遠處的顏天心掃了一眼，卻剛巧遇到顏天心朝這邊望來，警惕而冷酷的目光讓宋昌金的內心又是一顫，他突然有種偷東西被人當場抓住現形的感覺，內心中越發忐忑。

張長弓道：「有什麼奇怪？」

宋昌金道：「你不懂女人，一個女人就算再冷靜，可心上人遇到危險的時候仍然掩飾不住內心的緊張，她此前分明已經亂了方寸，可現在卻變得突然鎮定起來，而且……」

「而且什麼？」

宋昌金道：「她此前已經信任了我，可現在卻突然對我充滿了警惕。」

張長弓笑道：「宋先生太敏感了吧？」

宋昌金搖了搖頭道：「不管你怎樣想，我覺得此事很不對頭。」

張長弓向顏天心望去，他雖然不如羅獵瞭解顏天心，可是一路走來，顏天心的所作所為他是看得清清楚楚的，他並不認為顏天心有什麼問題。

宋昌金低聲道：「你有沒有見過鬼附身？」

張長弓愣了一下，然後搖了搖頭，他明白宋昌金此話的含義，可顏天心除了態度比起過去要冷漠之外，看不出她有任何的變化。

宋昌金道：「我的感覺通常是好的不靈壞的靈。」

遠處有一道身影踉踉蹌蹌走入他們的視野中，沒等走近，就跌倒在沙地之上，附近負責警戒的人慌忙趕了過去，發現那跌倒的人居然是瑪莎，張長弓聞訊和宋昌金一起湊了過去。

瑪莎仍然驚魂未定，她一路走來吃了不少的苦，看到張長弓，她上氣不接下氣道：「張大哥……阿諾……阿諾在不在……」

張長弓看出她受了驚，安慰她道：「瑪莎，你不用怕，休息一下再說，阿諾去辦事了，很快就會趕來。」

瑪莎含淚道：「我弄丟了古蘭經，裡面……裡面其實藏著一支令箭，那個人他……他拿著令箭號令天廟騎士……」

顏天心不知何時來到了近前，居高臨下望著瑪莎道：「你說什麼？什麼人號令天廟騎士？說！」她的聲音陡然變得嚴厲起來。

張長弓心中一怔，他還從未見過顏天心如此疾言厲色，不由得聯想起此前宋昌金的那番話。

瑪莎被顏天心的這聲厲喝嚇了一跳，咬了咬乾涸的嘴唇道：「我不認識他……他……」她簡單描摹了一下那個人的外貌，一旁傾聽的鐵娃驚呼道：「難道是卓先生！」

瑪莎所描摹的形象正是卓一手，顏天心美麗的雙眸閃過一抹凜冽殺機，這一抹殺機並未逃過張長弓的眼睛，張長弓的內心又是一沉。

在眾人圍住瑪莎詢問狀況的時候，宋昌金又趁機溜走，他始終覺得顏天心突然變得有些詭異，雖然提醒了張長弓，可是卻並未引起他的注意，宋昌金決定還是儘早離開這個是非之地，他乃摸金世家，又是此道高手，雖然無法證明，卻在第一時間察覺到了顏天心身上的詭異氣息，這氣息讓宋昌金極其不安。

宋昌金遠離人群之後回頭望去，確信已經離開了相當一段距離，這才鬆了口氣，心中暗歎今日之事實在有些古怪，他搖了搖頭，準備繼續前行，先離開西夏王陵的區域再說，可轉身卻發現一人擋住了他的去路，宋昌金吃了一驚，定睛望去，那擋住他去路的人正是顏天心。

顏天心冷冷望著宋昌金道：「宋先生哪裡去？」

宋昌金嚇出了一身的冷汗，他強行擠出一絲笑容，老奸巨猾如他自然不乏隨機應變的本事，嘿嘿笑道：「原來是顏大掌櫃，嚇了我一跳。」

顏天心道：「不做虧心事不怕鬼敲門，宋先生若是沒做虧心事，又有什麼好怕？」

宋昌金乾笑了兩聲道：「這裡是西夏王陵，說是王陵可到底還是亂墳堆，這種地方人嚇人嚇死人。」

顏天心道：「宋先生還未回答我的問題呢。」

宋昌金道：「人有三急，尤其是到了我這種年齡，有些事情總是由不得自己控制。」事到如今唯有尿遁。

顏天心點了點頭道：「那就不妨礙你了。」

宋昌金眉開眼笑道：「得罪，得罪！」他低頭準備從顏天心的身邊走過，周身緊繃的神經卻不敢有一絲一毫的放鬆。月光之下，清晰看到顏天心的身影，她的手正悄悄滑向槍柄。

宋昌金心中打了一個激靈，他將早已捏在手中的煙霧彈猛地向地上擲去，可是沒等這煙霧彈落地，他的後心已經遭遇了重重一擊，這一拳極重，打得宋昌金一口老血噴了出來，他踉蹌著向前方衝去，煙霧彈落在地上卻沒有如願爆炸開來。

顏天心用手槍抵住了宋昌金的後腦，宋昌金眼前一黑暗叫天亡我也，顏天心扣動扳機，鏘的一聲，不成想槍膛中並沒有子彈，宋昌金卻嚇得雙腿一軟，撲通一聲跪倒在了地上。

顏天心怔怔望著手中的那把槍，發現這槍和尋常的武器並不相同，雙眸中充滿了迷惑。

宋昌金僥倖逃過一死，後背的衣服已經被瞬間湧出的冷汗濕透。他顫聲道：「你不是顏天心！」

顏天心揚起手槍的槍托重擊在宋昌金的腦後，宋昌金直挺挺撲倒在了黃沙之中。

顏天心並沒有繼續對付已經暈厥過去的宋昌金，因為身後張長弓等人已經聞訊趕來，看到眼前一幕都是一怔，張長弓道：「怎麼了？」

顏天心指了指宋昌金道：「他想逃，被我發現，又想趁我不備攻擊我。」

張長弓來到宋昌金面前，將他從地上扶起，發現宋昌金的呼吸心跳仍在，知道宋昌金沒死，這才放下心來，不過看到宋昌金腦後有不少的血跡，顯然是被硬物擊中，張長弓心中狐疑頓生，宋昌金的為人他們早已清楚，可顏天心因何要下如此重手？

不過時間並不容他多做考慮，因為正有一支騎兵隊伍向他們靠近。

這是一支約莫五百人的騎兵隊伍，甲冑鮮明，由訓練有素的天廟騎士組成，在隊伍的前方卓一手身穿灰色長袍，手持光芒閃爍的令箭，當他來到沙丘之巔，勒住了馬韁，身邊天廟騎士在他的兩側一字排開。

「奧拉貢！」卓一手低聲道。

「奧拉貢！」五百名天廟騎士同聲回應著，低沉的聲音混合在一起，宛如天地之間響起了一個悶雷，又如同從地底深處傳來的怪獸嘶吼。

張長弓將昏迷的宋昌金交給了鐵娃照顧，他來到顏天心的身邊道：「我們被包圍了！」

顏天心沒有說話，宛如星辰般的雙眸閃爍著妖異的光芒，她的目光穿透夜幕，一直射向遠方的沙丘。

卓一手看到一個紅衣少女的身影突然出現在沙丘的下方，內心為之一凜，他緊握著那柄藍色令箭，大吼道：「邪魔退散！」

紅衣少女的身軀脫離了沙面，宛如一朵紅雲般冉冉升起。

卓一手指向那漂浮在半空中的少女，發令道：「射！」

天廟騎士中的弓箭手同時彎弓搭箭，順著卓一手所指的方向射去，箭雨覆蓋了紅衣少女所在的地方，無數箭矢從她的影像中穿過，卻無一命中她的身體，紅衣少女銀鈴般的笑聲傳入了卓一手的雙耳，笑聲倏然收斂，紅衣少女怒視卓一手：「大膽奴才，竟敢對本宮不敬！」

卓一手腦海中閃動著龍玉公主的影像，一分為二，二分為四，裂變後的影像迅速充滿了他的整個腦域世界，卓一手大叫一聲：「呔！」他用令箭的頂端猛地刺入左掌的掌心，鮮血從刺破的傷口中湧出，腦域之中成千上萬的紅色影像又如玻璃般片片碎裂，而後又隨風化為紅色沙塵。

卓一手道：「你這妖孽，你根本不是什麼龍玉公主，你只是一個孽種，昊日欺君犯上，穢亂後宮留下的孽種！」他的聲音隨著夜風遠遠送了出去。

張長弓一方雖然不知具體的狀況，卻聽到風中送來斷斷續續的聲音，顏天心站在那裡一動不動，雙目專注望著遠方，目光中的殺機卻變得越來越盛。

紅衣少女咯咯笑了起來，她的身軀越飛越高，凌駕於卓一手之上，俯瞰卓一手，目光中充滿了鄙夷和不屑：「你想對付我？以為得到了天火令就能夠號令天廟騎士？用他們來對付我！」

卓一手感覺對方的目光磁石一樣吸引了自己，他的信心開始動搖，他意識到自己的精神即將落入對方的掌控，卓一手竭力迴避龍玉公主的目光，可是卻無濟於事，他又發出一聲大吼，振奮精神的同時，提醒自己不要被對方的精神力操控，發出大吼的同時，竟然舉起令箭連續兩下戳入了自己的雙眼之中。

卓一手眼眶之中鮮血汩汩流出，他竟然親手戳瞎了自己的雙目，也唯有用這種方式才能斷絕對方目光的蠱惑，從而瓦解龍玉公主對他的控制。

卓一手卻並不知道，在場的所有人中，只有他清晰看到了龍玉公主的身影，雙目雖盲，可是腦海中紅衣少女的影像卻變得越發清晰，卓一手雙手緊握被鮮血浸染的天火令，悲憤交加的大吼道：「奧拉貢！」

「射！」他的手再度指向天空，天廟騎士順著他所指的方向再度發射。

萬箭齊發也無法擊中無形的空氣，更造不成一絲一毫的傷害。

顏天心的面孔冷若冰霜，她輕輕解開了髮帶，任憑絲緞般的黑髮隨著夜風起舞，然後慢慢舉起了手，輕聲向部下下達了進攻的命令。

張長弓以為自己聽錯，在天廟騎士人數佔有壓倒性優勢的狀況下，他們理當選擇撤退，最大限度的保存實力，可是顏天心卻做出了一個無異於自投羅網的決定，張長弓奉勸道：「顏大掌櫃，敵強我弱，我們不可和他們硬拚。」

顏天心的態度前所未有的強硬：「我的事情不用你管！」

顏天心所帶來的那四百名部下自然以她的命令為準，張長弓的勸阻在這裡起不到任何的作用，四百名荷槍實彈的士兵向列陣於沙丘之上的天廟騎士團不顧一切地發動了攻擊。

卓一手竭力感知著龍玉公主所在的位置，他再度發號施令，羽箭如蝗，這次射向的是下方朝他們發動進攻的陣營，咻咻咻羽箭破空之聲不絕於耳，槍炮聲也在同時響起，一時間殺聲震天，死傷者慘呼不斷。

張長弓大吼道：「回來，全都回來！」他目眥欲裂，充滿悲憤地望著顏天心，顏天心已經隨著那些部下衝向沙丘。

宋昌金此時悠然醒來，他剛一甦醒就有氣無力地叫道：「她……不是顏天心……絕不是……」

天廟騎士冒著槍林彈雨從沙丘向下衝去，堅韌的甲冑將多半密集的子彈阻擋在外，借著高速下衝的勢頭，他們很快就將顏天心一方四百人的隊伍分裂開來，切割的支離破碎，這支戰鬥力原本就遜色於他們的隊伍狀況變得越發惡化，幾乎沒有太多的緩衝，雙方就從遠距離的攻擊演化為一場貼身肉搏戰。

顏天心靜靜站在戰場的邊緣，眼看著她的部下一個個死去，那些忠心的手下仍然不斷出現在她的身前，不顧一切地為她阻擋著向她發動衝擊的天廟騎士，用熱血和生命捍衛著她。

對於這些人的犧牲，顏天心無動於衷，她的目光專注於仍然位於沙丘之上的卓一手，卓一手雙目已盲，滿臉是血，雙手張開，一手握著天火令，一手掌心向天，仍然在呼喊著那奇怪的咒語——奧拉貢！

卓一手不惜捨棄雙眼，以免被眼前所見的幻象蠱惑，可是剛剛在他腦海中一個個破滅的紅色影像，又如沙塵般流動重聚，以驚人的速度重新聚集成一個人形的影像。

紅衣少女楚楚動人，雙眸單純而無辜，當真是我見猶憐，可是在卓一手的眼中，這世上沒有比她更邪惡更陰險的影像，卓一手改為雙手緊緊握住天火令，口中咒語越念越急，心中不停提醒自己，腦海中的印象絕非現實，只不過是龍玉公主侵入他的腦域帶給自己的幻象罷了，此女的最終目的就是要擾亂自己的心神，控制自己的意識。

紅衣少女單純的雙目楚楚可憐地望著卓一手道：「你當真要殺我？我做錯了什麼？你為何如此狠心？」

卓一手心中回應道：「你父女亂我朝綱毀我社稷，此仇不共戴天！」

紅衣少女聞言呵呵狂笑起來，身影一變，在卓一手的內心中卻變成了顏天心的模樣，充滿幽怨和不解地望著他道：「卓先生，您為何要這樣做？對得起我爺爺嗎？」

卓一手心中愧疚難當，顏闊海對他恩重如山，而他卻心懷異志，抱著不可告人的目的潛伏連雲寨多年，到最後不惜出賣這些已經將他當成族人看待的親人，卓一手用力搖了搖頭：「你不是天心！」

顏天心的影像倏然一變，卻變成了卓一手義父顏闊海的模樣，他厲聲喝道：「逆子！還不給我跪下！」

卓一手看到義父現身，再聽到那熟悉的威嚴聲音，內心中不由得一顫，鼻子一酸，懊悔的眼淚就要流出，可是此時他雙目已盲，又哪裡還流得出眼淚，雙膝一軟差點就下馬跪了下去，尚存的意識提醒他自己一切都是幻象。

卓一手大吼道：「奧拉貢！」雙手緊握中的天火令陡然變得明亮起來，光芒所指的方向正是顏天心的所在。

天廟騎士已經佔據了戰場的主動，這場肉搏戰已經變成了單方面的屠殺，顏天心所帶部下死傷慘重，尚且倖存之人已經不足五十，這些人仍然堅持守護在顏天心的周圍，就算是戰鬥到最後一個，他們也要保護寨主的安全。

五百名天廟騎士形成了包圍圈，不斷向中心收縮，按照卓一手的指引，他們要剷除這戰場上所有的對手。

張長弓和鐵娃幾人僥倖沒有被捲入戰事的核心，宋昌金催促他們遠離戰場，所有人都認識到，這根本就是一場打不贏的仗。張長弓轉身望去，卻見天廟騎士的包圍圈已經形成，顏天心身邊的守護者越來越少，張長弓心中一沉，這樣下去，顏天心支持不了太久的時間了。稍一思索，他向鐵娃道：「鐵娃，你和宋先生他們先走。」

鐵娃愣了一下，宋昌金卻在第一時間懂得了他的意思，勸道：「顏天心應當是被人控制了心智，你救不了她！」

張長弓何嘗不知道現在的顏天心透著古怪，可是他又豈能眼睜睜看著顏天心落難，雖然羅獵沒有來得及囑咐他要照顧好顏天心，可兄弟之間，即便是不說他也明白，如果羅獵在這裡，必然會不惜性命去救顏天心，想到這裡，張長弓毅然決然道：「你們先走！」

鐵娃知道師父素來說一不二，他將瑪莎交給宋昌金道：「師父，我跟你一起去。」

張長弓怒道：「混帳東西，給我滾開！」他轉身向戰場衝去，張長弓方才走了一半，就感覺到地面劇烈震動起來，從黃沙之中，冒升出一隻隻獨目獸，距離張長弓最近的獨目獸從黃沙中冒升出來，張牙舞爪向他撲了上來，張長弓眼疾手快，舉起手中的霰彈槍，對準了獨目獸張開的血盆大口果斷扣動扳機，近距離的發射將獨目獸的咽喉從內部洞穿，獨目獸頭後被射出一個血洞，鮮血從頸後噴射而出。

數十頭獨目獸魚貫而出，還好牠們的首要目標並非張長弓，破土而出之後，朝著天廟騎士的陣營展開了凶猛進攻。

張長弓舉目望去，只見那數十頭獨目獸紛紛從顏天心的身邊經過，卻無一有攻擊進犯她的意思，而是從她的身邊繞行，在她的前方形成了一個三角形的陣營，猶如一支箭頭，突入天廟騎士的陣營中。

天廟騎士原本已經掌握了局面，可是這些突然出現的獨目獸，卻讓戰場的形勢出現了巨變，獨目獸的行動快如閃電，牠們不僅擅長單打獨鬥，還懂得相互配合策應，轉瞬之間已經有數十名天廟騎士被連人帶馬撲倒在地，他們的甲冑雖然能夠抵禦子彈的射擊，卻無法阻擋獨目獸尖銳的牙齒，更何況這些鋼筋鐵骨的獨目獸全速衝擊之下，又如重錘撞擊，遭受撞擊的坐騎還是騎士，其五臟六腑都受到極大的震動。

顏天心黑色的長髮無風自動，一根根飄起，剪水雙眸流露出妖異的光芒。周圍部下發現了她的異常，一人驚呼道：「大當家，您怎麼了？」

顏天心置若罔聞，一步步向戰場的核心走去。

張長弓大吼道：「攔住她！」

兩名部下試圖阻擋顏天心的步伐，卻被她伸手抓住了咽喉，雙臂一震，兩名部下宛如斷了線的風箏般飛了出去，足足飛出十多米方才重重摔落在黃沙之上，不知是死是活。

張長弓向顏天心快步追去，他還未來得及趕到顏天心身邊，顏天心凌空一躍，這一躍竟飛升近十米的高度，從空中俯衝而下，直奔沙丘上的卓一手掠去。

卓一手雙耳顫動，他已經預知危險的到來，口中念念有詞，周圍六名天廟騎士向他聚攏而來，在他的身邊列陣防守，六名天廟騎士同時舉起長矛，斜斜指向天空，迎向空中尚未落地的顏天心，如果顏天心繼續前衝，其結果必然是被他們的長矛洞穿。

顏天心身在半空操刀在手，身形倏然一變，猶如陀螺般逆時針旋轉，手中短刀隨著身軀的急劇轉動，在她的身體周圍形成一道流動的寒光。

寒光瞬間掠過六杆長矛，矛頭齊刷刷被短刀斬斷，顏天心從寒光包裹中現出身來，她一腳踢中最右側那名天廟騎士的腦袋，天廟騎士的頭顱甩鞭一樣向左側歪去，撞擊在身旁那名男子的頭顱上，六人排列得過於整齊，又身穿甲胄，甲胄雖然可以幫助他們抵禦多半的傷害，可同時也影響到了他們的行動，六人閃避不及，宛如多米諾骨牌般一個接著一個撞擊在一起。

卓一手從前方的動靜中已經猜到大敵來到了自己的面前，他雙手緊握天火令，低吼道：「奧拉貢！」

顏天心從一名倒地的天廟騎士身上跨過，那名天廟騎士並未死去，突然一伸手，鋼鐵手套包裹的右手死死抓住了顏天心左腳的足踝，顏天心看都不看腳下的這名騎士，她從槍套中取出了鐳射槍，槍口向下，熟練打開了鐳射槍的保險栓，然後扣動了扳機。

顏天心的腦域被龍玉公主所控制，此前龍玉公主也曾經試圖使用這柄鐳射槍射殺宋昌金，可是因為不懂得如何操作，並未能夠成功，想要掌握此槍的使用方法，就必須要解讀顏天心的腦域，從她大腦深處找出有關於這柄鐳射槍的秘密。

龍玉公主雖然控制了顏天心的腦域，卻做不到將顏天心所有的意識從腦域中清除出去，就算她有這個能力，現在的狀況也不允許，而且顏天心的腦域世界足夠大，足夠容納她的意識，她也沒有那個必要去做這種事。

龍玉公主此前所做的只是將顏天心的本體意識暫時封閉起來，想要解讀顏天心的意識就要將已經封閉的意識打開一扇門，這樣的做法有利有弊，雖然可以通過這種方式解讀顏天心的秘密，卻又不可避免地讓顏天心恢復一些本我的意識。

龍玉公主對自己的能力極其自信，她認為顏天心小小的本我意識無法改變什麼，自己完全有能力將之控制住。

顏天心宛如經歷了一個漫長艱苦的長眠，她努力睜開雙目看著周圍的世界，外面銀裝素裹大雪紛飛，她想要挪動手足，卻發現自己被冰封在透明的冰岩中，她和外面的世界只隔著一層透明的冰，可是她卻無力將之打破，看得到外面的世界，卻聽不到外界的任何聲音，她甚至感覺不到自己的呼吸心跳。

「我死了嗎？」顏天心殘存的意識默默追問著自己，沒有人回答她，她開始感到惶恐，生怕自己會被永遠禁錮在其中，禁錮在一個無人知曉的世界中，沒有人能夠找得到她，她再也見不到羅獵。

雪落無聲，她從未如此清晰地看過這樣的雪景，在這個純然一色的世界中，一切都放慢了速度，她清晰看到雪花的稜角，晶瑩剔透，雪花隨風變幻，稜角不停反射出陰冷的天光，這反光猶如一道道的針芒，直刺她的雙眸，讓她的內心陣陣作痛。

顏天心默念著，我一定要離開這裡，就算手足無法動彈，只要我的心跳還在，只要我的血還在流淌，就可以用體溫融化這禁錮我的堅冰，融化這道冰牆。

外面風雪的世界中出現了一個紅點，那紅點緩緩向她走近，卻是一隻紅色的火狐，她邁著優雅的步伐，猶如雪中躍動著的一團火，火狐幽蘭色的雙目流露出高傲不屑的光芒。

顏天心怒視著那隻火狐，她張口大喊，卻發不出任何的聲息。

火狐輕輕抖落了身上的雪花，就在顏天心的面前幻化成一個少女的形狀。

顏天心本以為會是龍玉公主，可是她看到的卻是另一個自己，她像看到了鏡中的影像，卻意識到那不是自己。

身穿紅裙，肩披白色貂裘的顏天心站在雪中饒有興趣地望著冰中的自己，她歪了歪頭，唇角露出一抹微笑。

冰中的顏天心竭力掙扎著，此刻能夠掙扎的只剩下她孤獨無助的內心。

外面的顏天心將貂裘裹緊了一些，似乎感覺到了風的寒冷，然後湊近冰面，揚起右手，在櫻唇前豎起春蔥般纖長的食指：「噓！」

羅獵和顏拓疆一行人繞過殭屍軍團和天廟騎士的戰場，這讓他們耽擱了不少時間，離西夏王陵還有一段距離時，就聽到那邊密集的槍聲，眾人都意識到那邊的狀況不容樂觀，顏天心一行人的行藏很可能暴露，這場戰鬥應當和他們有關。

羅獵決定和陸威霖、阿諾三人先行前去探路，阿諾駕駛越野車憑藉著嫻熟的車技，很快就將其他人甩在身後，夜色中大大小小的西夏王陵已經出現在他們的視野之中。

顏拓疆站在越野車上，他扣動扳機，將一顆閃光彈射向遠方夜空，閃光彈宛如流星劃過天際，在達到射程的最高點之後緩緩下降，光芒照亮了下方的情景。

天廟騎士組成的鐵甲軍團正在對殘餘的對手進行碾壓似的血腥屠殺，羅獵借著光芒利用望遠鏡觀察戰場的情景。

他很快就找到了傲立於遠處沙丘之上的卓一手，十多名天廟騎士在卓一手的周圍組成防線，羅獵接著看到了一個熟悉的倩影，那倩影穿行於天廟騎士之間，左衝右突，不時抬手射出一道道紅色的鐳射光束。

從那一道道鐳射光束羅獵不難判斷出那是顏天心，看到顏天心無恙，羅獵心中稍安，他示意阿諾繼續向前方推進，陸威霖架起了重機槍，在天廟騎士進入他的有效射程之後，開始扣動扳機，槍口噴出一道道毒蛇吐信般的烈焰。

最先發現車輛的幾名天廟騎士縱馬向他們從來，不等他們靠近，陸威霖就鎖定了他們，迅猛的子彈傾瀉在他們的身上，子彈雖然沒能成功穿透天廟騎士的甲冑，也將他們的甲冑擊出一個又一個的凹窩，強大的衝擊力將天廟騎士從馬背上擊落下去，失去騎士控制的馬兒驚恐得落荒而逃。

羅獵將一顆顆手雷投擲向天廟騎士聚集的地方，他們人數雖然不多，可是在強大火力的輔佐下，殺入敵陣，一時間如入無人之境。

兩頭獨目獸一左一右向車輛衝了過來，陸威霖調轉槍口，雖然接連射中牠們的身體，卻沒能阻止牠們前進的腳步。

獨目獸已經分從兩側利用牠們堅硬的頭顱撞擊在汽車之上，車上三人都是身軀劇震，陸威霖不得不暫時放棄攻擊，死死抓住車輛，方才沒在這次衝撞中被甩出去。羅獵反手抽出虎嘯長刀，從車內騰躍而出，大膽地橫跨在右側獨目獸的背脊上，手中長刀刀鋒向下，在獨目獸未曾來及閉眼之前，戳入牠最嬌嫩的地方。

獨目獸爆發出一聲慘叫，頭顱低垂，身體向上突然拱起，將跨在牠背上的羅獵猛地拋甩出去，原本位於車輛左側的獨目獸，從車尾繞了過來，搶先來到羅獵的落點處，張開利齒森森的大嘴，等待獵物落網。

陸威霖再度端起機槍，瞄準了那獨目獸的嘴巴扣動扳機，密集的火線向獨目獸張開的大嘴射去，綠色的漿液飛濺得到處都是，獨目獸下意識地低下頭去。

阿諾轉動方向盤，操縱越野車一個急速轉向，以車身撞擊在獨目獸的身體上，將受傷的獨目獸擠了出去，原地接連幾個翻滾，羅獵則穩穩落在了汽車內。三人共同經歷了無數戰鬥，彼此間的配合極為默契。

天廟騎士在鐳射槍面前不堪一擊，顏天心接連扣動扳機，射穿天廟騎士的甲冑，藏在甲冑中的肉體因為接觸到鐳射光線而燃燒起來。

從陣陣焦糊的味道，卓一手已預感到危險正在迫近，他仍然迷信手中的天火令，雙手緊握天火令，口中念念有詞，召喚天廟騎士圍堵不斷迫近的龍玉公主。一道紅色的鐳射光束射中阻擋在卓一手身體前方的天廟騎士，他的身體迅速燃燒成為灰燼。

卓一手握著天火令，他的聲音已經變得有些顫抖，十多頭獨目獸正在攻擊清理著他周圍的天廟騎士，卓一手的身邊已經無人保護。

「奧拉貢……」卓一手大聲呼喚著。

顏天心微笑望著他，望著雙目已盲滿臉鮮血的卓一手，輕聲道：「你應該知道背叛我的代價！」

卓一手唇角的肌肉抽動了一下，他大聲道：「妖女！你欺騙了我，欺騙了整個西夏！欺騙了我們黨項人！」

顏天心仰首呵呵狂笑。

被封凍於冰岩中的顏天心似乎聽到了卓一手的那聲悲吼，眼前的雪地中出現了一匹黑色的老馬，老馬雙目已盲，蜷曲在雪地中，雖然牠竭力想掙扎著站起身來，可是幾次嘗試都無法成功，牠太老了，甚至連站立起的力氣都沒有。

顏天心看到了另一個自己，正握著一柄尖刀緩步走向那盲目的老馬，顏天心已意識到自己要做什麼，她尖叫著想要阻止外面的自己，可她既做不出任何動作也發不出任何聲音，只能悲哀無助地看著外面的一切，看著一齣悲劇的上演。

鐳射光束命中了卓一手的坐騎，坐騎發出一聲悲鳴撲倒在地，卓一手的身體從馬背上重重跌落下去，摔在黃沙上接連幾個翻滾，在他落地之前，揚起手中的天火令，用盡全身的力量扔了出去，他最後呼喊了一聲奧拉貢，閃爍著藍光的天火令劃出一道藍色的光軌，然後隱沒在東南方。

顏天心望著腳下的卓一手，卓一手抽出了一柄彎刀，咬牙切齒道：「來吧，我不怕你！」

顏天心輕聲道：「不怕我？難道你不怕死？」

卓一手狂笑道：「死有重於泰山，有輕如鴻毛，為了黨項而死，我死而無憾！」

「誰會知道？」顏天心的語氣充滿了譏諷，她舉起手中槍，一道光束射中了卓一手的右腕，卓一手被洞穿的右腕再也拿捏不住彎刀，彎刀落在沙地之上。

顏天心望著卓一手血淋淋的雙目，輕聲道：「你也算得上一條漢子，以為自毀雙目就可以不被我影響到嗎？」

卓一手心中一沉，他應當蒙住自己的耳朵，龍玉公主的精神力猶如水銀瀉地無孔不入，就算是天火令也無法幫他克制這個妖女。

顏天心道：「天火令可以操縱天廟騎士，可那些被改造過的怪物又能奈我何？」

卓一手忽然感到一陣寒冷，不能視物的眼前卻變得白茫茫一片，恍惚之間，他似乎來到了一片雪原之上，他的出生成長，此前所有的經歷宛如電影一般一幕幕出現在積雪翻飛的空中。

卓一手感到前所未有的冰冷，這冰冷讓他感到軟弱，他低頭看自己，卻沒有看到自己的身體，看到的卻是一匹瘦骨嶙峋的老馬，卓一手明白，這老馬就是他，是他腦域中自身的寫照。

他看到了龍玉公主，那個紅裙飄曳的少女，穿著輕薄的紅裙，赤裸白嫩的雙足輕盈而緩慢地踩在雪面上。

她在老馬的前方停步，好奇地望著他，然後蹲下身去，輕輕撫摸著老馬的鬃毛，老馬惶恐地望著這紅衣少女，她的撫摸並沒有幫助牠安定下來。

少女明澈的雙眸流露出憤怒的光芒，顯然是老馬惶恐的表情激怒了她，她忽然從髮髻中抽出一根雪亮尖銳的簪子，猛然戳入老馬的心臟，一下，兩下，三下……她的動作有條不紊，卻透著讓人驚恐的癲狂，鮮血從老馬的傷口中不斷流出，飛濺出的鮮血宛如梅花般點綴在潔白的雪原之上。

卓一手的意識模糊了，他聽到生命流逝的聲音，他認為自己以這種方式告別世界，是孤獨且悲哀的，更讓他死不瞑目的是，這一切的罪孽和惡果都是他一手造成，可當他發現真相時，卻無力扭轉一切，甚至談不上彌補自己犯下的錯誤。

顏天心看到的卻是一個瘋狂而殘忍的自己，僅僅隔著一道冰牆的外面世界中，自己親手屠殺了那匹老馬，雖然她想阻止，雖然她不情願，可是仍然無法阻止悲劇的發生，顏天心想要否定外面的人是自己，可是內心的痛苦和負疚感卻是如此真切，她想喊喊不出聲，想哭卻哭不出來，當那匹老馬氣息奄奄地伸直了四蹄，悲傷絕望的眼神投向冰岩的剎那，顏天心流淚了，淚水滑過面頰的感受如此真切，這淚水還帶著溫度，融化了些許的冰霜。

前方的景象讓羅獵心驚肉跳，他看到顏天心被十多頭獨目獸包圍在其中，性命危在旦夕，身後響起了密集的槍聲，隨後趕到的顏拓疆等人已經加入了戰團。羅獵向陸威霖大聲道：「掩護我！」說完之後，他就義無反顧地跳下汽車，從兩頭獨目獸夾擊的縫隙中衝過，向沙丘之上全速奔去，他要在顏天心遭遇危險之前抵達她的身邊。

顏天心察覺到了身後的動靜，原本舉起的鐳射槍緩緩垂落，她終於還是沒有在卓一手的頭上補上一槍，轉身看到正亡命奔來的羅獵，臉上露出一絲莫名的驚喜，她驚聲道：「羅獵！小心！」

冰中的顏天心看到了天際間，一頭蒼狼頂著風雪向自己狂奔而來，雪原之下暗潮湧動，殺機正在迅速集聚，顏天心含淚呼喊著羅獵的名字，可是因為冰牆的緣故，她的聲音根本無法傳出去。

羅獵一個靈巧的轉身躲過獨目獸的攻擊，隨手將一顆手雷扔了出去，兩頭從側方衝來的獨目獸被炸了個翻滾。

陸威霖端起機關槍不停發射，用來掩護羅獵的前進。

顏天心揚起手中的鐳射槍接連射殺了兩頭獨目獸為羅獵掃清了前方的道路，眼看羅獵就要來到她的身邊，冷不防一名天廟騎士從後方衝來，揚起手中大劍向顏天心的後腦劈去。

羅獵怒吼一聲，虎嘯長刀脫手擲了出去，長刀在羅獵全力投擲之下又如驚鴻貫日，刀鋒徑直插入天廟騎士的前胸，透過他的前胸，又從後背透射出來，天廟騎士盔甲內的肉體熊熊燃燒起來，足見羅獵的這次攻擊如何強大，同時也證明虎嘯的鋒利。

顏天心頭髮散亂，跌倒在黃沙上，羅獵大步搶上前去，將她從黃沙中抱起。此時身後突然傳來張長弓的一聲大吼：「羅獵，放開她，趕緊放開她……」戰場之上喊殺陣陣，即便是張長弓中氣十足的雄渾嗓音也難免受到了影響，羅獵聽得不甚清楚，還沒搞清楚到底發生了什麼狀況，忽然感到腳下一沉，他的身體竟然向黃沙中陷入。

羅獵此驚非同小可，他的第一反應就是誤入流沙之中，應對這種狀況最好的辦法首先就是減輕對腳下沙層的壓力，他想先將顏天心推出去，可顏天心卻緊緊將他抱住，羅獵心中暗暗叫苦，他們下墜的速度超乎想像，不等羅獵做出下一步舉措，黃沙已經淹沒到了他們的腰部，如果是羅獵自己，或許還有掙脫出來的機會，可是現在他的身上還多了一個顏天心，就算是死他也不甘心將顏天心拋下，更何況顏天心抱得很緊，他們根本不可能分開。

陸威霖因為所處位置的緣故第一個發現了羅獵的困境，他大聲提醒阿諾儘快驅車前往救人，可是在他們的前方至少有九頭獨目獸集結，除非這越野車生出雙翅，否則根本不可能及時抵達羅獵的身邊。

羅獵大吼道：「天心！你醒醒！」他認為顏天心暈厥了過去，唯有喚醒她才能兩人合力逃出困境，這會兒功夫又向下陷入，流沙即將抵達他的心口，如果流沙淹沒他的臂膀，就意味著他們再也沒機會從流沙中逃離了。

千鈞一髮之時，空中傳來轟鳴聲，一架飛機從低空掠過，飛機上垂下一條長繩，拖曳在黃沙上，準確無誤地送到了羅獵身邊，羅獵雖沒有看清駕機者，可是不難推斷出在生死關頭雪中送炭的人必是蘭喜妹無疑，他全部的注意力都集中在那拖曳而來的繩索之上，等到繩索來到近前，準確無誤地將繩索抓住。

飛機拖拽著羅獵和顏天心，將他們已經被流沙淹沒大半的身體重新拽了出來，看到眼前的情景，陸威霖和阿諾兩人同時發出一聲歡呼。

羅獵也是長舒了一口氣，他低頭望去，卻見顏天心緩緩睜開了雙眸，驚喜道：「天心……」他的話還未來得及說完，卻見顏天心揚起左手，左手中的尖刀閃過一道寒光，竟將聯繫他們和飛機的那條救命繩索割斷，羅獵和顏天心從高達十米的空中掉落下去，落在黃沙之上，落地之後卻仍然沒有逃脫出流沙的範圍，猶如石沉大海，兩人的身影瞬間消失，沒有興起一絲一毫的波瀾。

所有人都被眼前發生的一切震驚了，因為角度的緣故所有人都沒有看清具體的細節。

飛機在空中盤旋，重新折返回來，蘭喜妹俯瞰下方，已經找不到羅獵的蹤影，鼻子一酸，眼淚竟然流了出來，她咬牙切齒罵道：「羅獵，混蛋，這世上只有我才有資格殺你……」

戰局已經演變成了一場三方混戰，天廟騎士、獨目獸和先後加入戰鬥的人們混戰一團，顏拓疆等人憑藉火力上的優勢暫時開闢出一片安全的區域，眾人彙聚在一起。

張長弓和陸威霖他們見面之後第一時間提及顏天心詭異的表現，眾人聽得心中都是一驚，如此說來羅獵今次當真是凶多吉少了。現在羅獵墜落的地方仍然被獨目獸佔據，想要尋找羅獵首先就要擊敗那些凶猛的獨目獸。

稍事喘息之後，由張長弓和陸威霖幾人率領隊伍開始向獨目獸發動進攻，進攻剛剛開始，原本被獨目獸衝散的天廟騎士重新組織陣營，向戰場核心靠近，最初他們以為這些天廟騎士會給他們製造新的麻煩，增加進一步的壓力，可很快他們就發現天廟騎士攻擊的目標跟他們保持一致，倖存的近二百名天廟騎士發出低沉的奧拉貢的呼喝聲，他們列陣向獨目獸發起攻擊。

張長弓目力不弱，從天廟騎士的陣營中看到一個熟悉的身影，那人身穿灰色長袍，身材瘦削，手握藍光閃爍的天火令，卻是此前一度失蹤的吳傑，吳傑指揮著天廟騎士向獨目獸發動進擊。

張長弓大喜過望，將情況告訴同伴，他們集合火力配合天廟騎士，雙方合力對仍然盤踞在現場的獨目獸展開了一場圍殲戰。

此消彼長，獨目獸很快就意識到大勢已去，再加上牠們的召喚者此刻已經不知去了什麼地方，獨目獸一個個倉皇逃離，尚未來得及逃離者不是被殺就是鑽入流沙之中。

短短的十分鐘內，這場戰鬥已經接近結束，戰場之上到處都佈滿了屍體，倖存的一百多名天廟騎士排列成為方陣，宛如泥塑般立於沙丘之上，吳傑縱馬登上沙丘，在卓一手的身前停下，他翻身下馬。

卓一手躺在黃沙之上一動不動，鮮血染紅了身體周圍的黃沙，他的生命已經逝去，可鮮血淋漓卻仍然大睜著眼，死不瞑目。

吳傑雖看不到卓一手的模樣，心頭卻浮現出他此刻的樣子，伸出手去為卓一手將眼皮合上，內心中湧現出無盡的悲哀，過往的恩怨一股腦湧上心頭，卻又被這夜風吹散，宛如流沙般風中散去，吳傑知道今生和卓一手再無相見的機會了。

顏拓疆緩步來到卓一手的屍體前，蹲了下去，卓一手和他雖然並非同胞兄弟，可是兩人年輕時感情深篤，如今親眼見證這位義兄的死亡，心中悲不自勝，臉上也是老淚縱橫。

吳傑道：「他後悔了！」

顏拓疆聽到後悔二字，心中如同被針刺了一般，他歎了口氣道：「有些事註定無法回頭。」

吳傑道：「龍玉公主並非西夏皇室血脈，乃是昊日大祭司和當時的王妃私通所生，天下間沒有任何可以守住的秘密。」

顏拓疆道：「難道昊日大祭司並非正常死亡？」

吳傑點了點頭道：「西夏王得知真相之後，又豈能咽下這口惡氣，可是昊日大祭司在西夏國內聲望極高，當時的西夏百姓將他當成真神一樣供養，就算是一國之君也不敢輕易動他，所以只能尋找機會將他除去。斬草除根，西夏王在除掉昊日大祭司和王妃之後，決定對龍玉公主下手。」

顏拓疆心中暗歎，古往今來成大事者需不擇手段，這位西夏王不但隱忍而且手段狠辣。

吳傑道：「昊日大祭司也是一時糊塗，沒有抵禦住王妃的誘惑，他雖有未卜先知之能，卻沒有料到兩人一夕孽緣之後竟然珠胎暗結，自龍玉公主出生之後，他就開始未雨綢繆，龍玉公主幼年時就被民間神話成為百姓信任膜拜的真神也是在他的用心經營之下。」

顏拓疆點了點頭，低聲道：「所以西夏王才不敢輕易對龍玉公主下手，即便是在昊日大祭司死後。」

吳傑道：「這龍玉公主小小年紀也是心機深沉，能夠在西夏王的眼皮底下設立百靈祭壇就可見一斑，當時金國正逢大旱，事實並非是金國威逼西夏王將龍玉公主送過去，而是西夏王偷偷修書一封，主動提出幫忙，利用這件事順理成章地除掉龍玉公主，既拔掉了心頭的這根刺，又能將所有的責任推得乾乾淨淨，讓百姓憎恨金國，而不是他。」

顏拓疆苦笑道：「反倒是我們大金平白無故地背負了這麼多年的罵名。」

吳傑道：「當時的大金也算不上清白。」

顏拓疆沉默了下去。

吳傑道：「卓一手一心想要重振西夏，找回黨項人昔日的榮光，當他發現真相，發現自己不擇手段救回的龍玉公主並非王室血脈，而且因此給人間帶來了一場災禍，他自然懊悔不及，所以才會竭力去彌補自己犯下的錯誤。」

吳傑點了點頭。

顏拓疆目光落在吳傑手中的天火令，低聲道：「這令箭能操縱天廟騎士？」

張長弓和陸威霖幾人走了過來，張長弓道：「吳先生，羅獵失蹤了！」

吳傑皺了皺眉頭，聽張長弓將剛才發生的事情說完，方才道：「他應當不會死，他吸取了慧心石的能量，龍玉公主想要完成百靈祭壇，啟動轉生陣，就必須要利用他去生祭。」

遠處傳來嚶嚶的哭聲，眾人循聲望去，卻見一個穿著飛行服的女子正跪在剛剛羅獵和顏天心失足落入流沙的地方哭泣，陸威霖認得那女子是蘭喜妹，心中不由得暗暗好奇，蘭喜妹顯然不是為了顏天心哭泣，她和羅獵的感情何時變得如此深厚？

請續看《替天行盜》卷十二　邪之眼

替天行盜 卷11 變色龍

作者：石章魚
發行人：陳曉林
出版所：風雲時代出版股份有限公司
地址：10576台北市民生東路五段178號7樓之3
電話：(02) 2756-0949
傳真：(02) 2765-3799
執行主編：劉宇青
美術設計：許惠芳
行銷企劃：林安莉
業務總監：張瑋鳳

初版日期：2021年12月
版權授權：閱文集團
ISBN ：978-626-7025-11-6
風雲書網：http://www.eastbooks.com.tw
官方部落格：http://eastbooks.pixnet.net/blog
Facebook：http://www.facebook.com/h7560949
E-mail：h7560949@ms15.hinet.net
劃撥帳號：12043291
戶名：風雲時代出版股份有限公司

風雲發行所：33373桃園市龜山區公西村2鄰復興街304巷96號
電話：(03) 318-1378
傳真：(03) 318-1378
法律顧問：永然法律事務所 李永然律師
北辰著作權事務所 蕭雄淋律師

行政院新聞局局版台業字第3595號 營利事業統一編號22759935

定價：290元

國家圖書館出版品預行編目資料

替天行盜 ／石章魚 著. -- 臺北市：風雲時代出版股份有限公司，2021.07- 冊；公分

ISBN 978-626-7025-11-6（第11冊；平裝）

857.7 110003703